최평웅 아나운서의 비망록

마이크 뒤에 숨겨둔 이야기들

도서출판
청어

마이크 뒤에
숨겨둔 이야기들

최평웅 아나운서의 비망록

영원히 기억될
남산의 언어운사言語運士

이규항
전 KBS 아나운서실장
야구·민속씨름 전문 캐스터

　요즈음 세상 기계의 성능은 나날이 좋아지는데 사람들의 인성은 갈수록 황폐해지는 것 같아 허탈한 심경에 빠질 때가 많다. 이런 때는 즉시 전철을 타고 낭만 시절의 남산방송국 건물을 찾아간다. 그 자리에는 서울애니메이션센터가 들어서서 옛 모습은 찾아볼 수 없어 한없이 허전하다. 저자는 남산 시절 나의 대학동문이자 동료 아나운서였다. 잊고 지냈던 묵은 기억들이 시골 고향에만 가면 놀라울 정도로 생생하게 떠오르는 것처럼 내가 오랜 시간을 보내면서 정들었던 스튜디오와 복도의 공간들은 나의 마음속에서 그리움으로 진동을 하는 것이다.

　헤밍웨이의 말 가운데 '파리에서 젊은 시절 한때라도 생활했던 사람은 그 사람이 세계 어느 곳에서 살든지 파리는 그의 마음속에서 영원히 살아있을 것이다'라는 메시지보다 나의 정서는 더욱 진하다. 음악이 세계의 음악계를 풍미하고 있지만 베토벤과 모차르트의 고전음악의 생명은 영원할 것이다.

한국방송사에서 1960년대와 70년대는 이른바 고전古典방송시대이다. 고전古典이란 예전에 만들어졌으나 그 가지의 생명은 영원함을 뜻한다.

예천藝泉 최평웅崔平雄 선생이 조선시대에 태어났더라면 꼼꼼하고 정직한 천품으로 보아 승정원承政院의 책임자였을 것이다. KBS 남산방송국의 터 이름은 예장동藝場洞으로 바로 남산 기슭에 유서 깊은 샘터가 있다. 예장동의 샘터 예천藝泉의 유래이다.

당시 아나운서들의 선·후배의 동료애는 화목한 가정의 형제애와 같았다. 저자가 평생의 방송생활에서 겪었던 다채로운 일화를 엮어 책을 내신다 하니 저 자신부터 궁금하여 빨리 보고 싶다. 아나운서는 모든 프로에서 우리말을 시청자들에게 음악처럼 연주하듯이 전달하는 언어의 테크니시언인 언어운사言語運士이다.

저자는 한국방송사적으로도 국군의 날 같은 대형방송의 의식중계와 배구 중계의 일인자였으며 KBS의 상징인 제1라디오 정오 뉴스를 경쾌한 행진곡풍의 스타카토식 아나운싱으로 영원히 기억될 것이다.

기억력과 기록의
차이를 보여 주는 책

이계진

[사]한국아나운서클럽 회장

존경하는 최평웅 선배 아나운서님, 노년이라는 뜻밖 시기에 놀라운 신간을 내신다니 참으로 큰일을 하셨습니다. 아나운서클럽의 회원들과 함께 축하드립니다!

국민의 사랑을 받는 방송가에는 오늘도 수많은 이야기들이 펼쳐지고, 재미난 사건이 생기고, 기묘한 사고가 터진다.

국민이 그 사실을 알 수도 있지만 방송가는 외견상 언제나 조용하기에 모를 수도 있다. 그러므로 그 사건의 기록이 없으면 영영 아무 일도 없는 방송가가 되고, 누군가 세세한 전말을 기록하면 후일 화제의 역사가 된다.

필자가 30년 전쯤에 젊음의 우쭐한 객기로 시도했던 "뉴스 딸국"은 기록에 상당히 의존했다고 자부하지만 상당 부분 구전의 이야기들은 전해 내려오며 보태고 변형돼서 재미에는 보탬이 될 수 있지만 역사성의 검증에는 부족함이 있었다.

그런데 30년의 세월이 흘러 이제 다시 대한민국 아나운서 중에 거의 입을 다물고 사신 최평웅 아나운서 선배께서 놀랍도록 꼼꼼하게 기록한 메모를 바탕으로 근세 방송사의 이면을 재미나게 글로 써서 세상에 내놓으니 가히 화제 만발이다.

아나운서 자신의 개인사와 그가 경험하고 목격한 굵직굵직하고 다양한 이야기는 독자를 사로잡기 충분하다 하겠다. 출판 전에 미리 일견한 원고를 보니 그 힘든 업무 중에, 그것도 긴 세월, 끊임없이 세세하고 면밀한 기록을 유지할 수 있었는지 놀랍기만 하다. 무엇보다 대체로 기록을 바탕으로 풀어쓴 회고록은 딱딱하고 건조하기 쉬운데, 최평웅 선배 아나운서의 이번 글은 눈물과 해학웃음이 함께 하는 기막힌 조화를 보인다.

최평웅 선배님의 은퇴의 의미를 빛내주는 이번 신간을 마음속 깊이 축하하며 부디 독자제현의 사랑을 기대한다.

나의 비망록備忘錄을 열며

최전방에서 달려온 육군 소위 군복 차림의 내가 아나운서 면접시험을 치른 지 어느덧 60년 가까운 세월이 흘렀다.

'방송'하면 라디오가 전부였던 1960년대—

아나운서들에게 남산 시절은 무엇과도 바꿀 수 없는 소중한 추억이 담긴 시기였다. 국민소득 100불도 안 되는 가난했던 그때, 국민에게 삶의 희망과 활력을 불어넣어 준 것은 방송이었다.

높은 경쟁력을 뚫고 아나운서가 되어 사명감과 열정을 쏟아 방송하면서 국민의 뜨거운 사랑에 보람도 느꼈지만, 방송 뒤에 찾아오는 아쉬움과, 때로는 복병처럼 기습하는 방송사고로 고통에 시달리기도 했다.

내가 35년 동안 방송하면서 아나운서들이나 방송국 주변에서 일어나는 크고 작은 방송사고와 버리면 아쉬울 에피소드들이 생길 때마다 비망록에 담아 두었던 이야기들을 이제 꺼내놓으려 한다.

행여 이야기들 중 고락을 함께했던 선배, 동료 아나운서들에게 누累

를 끼치지 않을까 걱정도 되는 게 사실이다.

그러나 희미하게 잊혀가는 '남산의 추억'을 돌이켜 보며 잠시나마 그 시절의 향수鄕愁에 젖어보는 것도 좋지 않을까 한다.

● 아내가 양평 전원생활 중에 틈틈이 그린 그림들이
설익은 나의 글에 신선감과 감미甘味를 넣어주기를
기대하며 책갈피에 넣어보았다

● 김영희 作, 〈봄의 전령傳令〉, 유화, 47×38㎝

목차

전원의 향기 – 人生 제2막을 열다

마이크 뒤에 🎙 숨겨둔 이야기들

최평웅 아나운서의 비망록

인동^{忍冬}의 세월

내 나이 이제 80대 중반에 들어섰다.

우리 나이의 세대는 태어나면서부터 온갖 고난과 역경을 헤치며 힘겹게 살아 여기까지 왔다. 일제의 식민통치와 제2차 세계대전의 막바지에서 태어나 겨우 걸음마를 익힐 나이인 1945년에 조국의 광복을 맞았고 코흘리개로 국민학교초등학교에 들어가 학교 공부가 무언지 겨우 알아갈 즈음인 1950년 북녘의 김일성이 쳐 내려와 수백만 명이 죽고 죽이는 동족상잔의 전쟁을 겪으며 어린 가슴에 지울 수 없는 상처가 생겼다.

전쟁으로 잿더미가 돼버린 교정 한 귀퉁이에 천막을 치고 칠판도 없는 교실에서 중학생이 된 우리는 불안한 휴전 상황과 전화복구戰禍復舊의 어려움 속에서 겨우 고등학교를 마치고 대학엘 진학했으나 우리에게는 시련이 그칠 새가 없었다.

이승만 정권의 3·15 부정선거에 항거해서 일어난 4·18과 4·19 혁명, 민생을 가난과 도탄으로부터 구해내겠다는 공약을 내걸고 일으킨 5·16 군사혁명, 그것뿐인가. 5·18 광주민주항쟁 등 인격 형성의 가장 중요한 시기인 청소년 시절을 전쟁의 소용돌이 속에서 자랐고, 학문과 지성을 갖추고 바로 세워 나아갈 시기인 대학 시절 혼란스러운 사회상에 마음 아파하고 고뇌하면서 보낸 세대가 바로 우리들이다.

가난으로부터 벗어나 우리도 한번 잘 살아보자고 온 국민의 가슴에 조국 근대화의 불을 당긴 새마을 운동은 가난의 고통에 찌든 국민 모두에게 우리도 '하면 된다'는 확신을 심어주었다.

경부고속도로가 뚫리고 제철소가 들어서고 수출길이 열리면서 국민소득 80달러, 총수출액 16억 달러에 불과한 빈국의 멍에를 이제 벗어던지기 시작했다.

국민소득 4만 달러, 총 수출액 6,500억 달러, 무역 2조 달러에 이르러 경제 규모가 200배로 성장한 것은 온 국민이 허리띠를 졸라매고 경제건설에 매진한 결과라 할 수 있겠다.

당시 농업인구 80%로 가난한 농촌의 처녀, 총각들은 앞다투어 도시의 공장들로, 젊은이들은 광부와 간호사들로 서독에 파견되는 등 국민 한 사람이라도 더 외화를 벌어들이기에 있는 힘을 다했다.

이렇듯 국민 모두가 한마음 한뜻이 되어 경이적인 경제발전과 한강의 기적이 이루어지기까지는 온갖 시련과 고난을 헤치고 인동초忍冬草처럼 살아온 우리 세대가 주역을 담당했음에 뿌듯한 긍지를 느낀다.

육군 소위에서 아나운서로

1965년 2월 어느 날, 남산기슭 서울중앙방송국 아나운서 공개채용 면접시험장.

육군 소위 계급장을 단 군복차림의 내가 들어서니 면접관들의 눈이 휘둥그레졌다.

시험장 문을 열고 들어서면서 "수험번호 ○○○번 최평웅입니다."라고 거수경례로 인사를 했더니 장기범 방송과장을 비롯한 이광재 아나운서실장, 최두헌, 송한규 방송관보 등 여섯 분의 면접관들이 깜짝 놀라면서도 호기심 어린 표정으로 나를 대해주셨다.

첫 질문은 어떻게 장교 신분으로 응시를 하게 됐느냐는 것이었다. 사실 나는 ROTC 1기생으로 5월 말 전역을 앞두고 있었다.

당시 강원도 인제에 있는 육군 제3군단 소속 야전공병단의 수송관 직책이었는데 전역을 3개월 앞두고 부대장의 특별 배려로 음성테스트와 필기시험 등 모든 시험 과정을 서울에 와서 어려움 없이 치를 수 있었다. 수차에 걸친 음성테스트와 필기시험을 통과하고 면접시험은 부대에 비상이 걸려 전날 떠나지 못하고 당일 새벽 부대장이 내준 군용지프차로 6시간을 달려 방송국에 도착하니 시험 시작 30분 전이었다.

시험에 늦을세라 허둥지둥 달려온 터라 민간 복장으로 갈아입기는 커녕, 비포장도로를 달려오느라 뒤집어쓴 흙먼지조차 제대로 털어낼

시간도 없었다.

　나의 설명을 들은 선배 시험관들은 그 용기가 가상했던지 너그러운 미소로 면접을 끝내주었다.

　이렇게 나는 1965년 3월, 100대 1의 경쟁률을 뚫고 KBS의 아나운서가 됐다. 직급은 문화공보부 소속의 '조건부 방송원보放送員補=지금의 9급 공무원'이었다.

● 1965. 5. 신입사원 연수를 마치고(앞줄 왼쪽 3번째부터
이광재 아나운서실장 장기범 방송과장 최두헌 송한규 방송관보)

　내가 방송을 시작했던 60년대, 라디오는 국민들이 세상 돌아가는 소식을 듣고 가족들이 라디오 수신기 앞에 모여 앉아 즐기는 대중문화 매체였다. 1961년 12월 31일 KBS-TV가 개국했으나 TV 수신기가

워낙 고가高價여서 보급 대수가 극히 적었다.

1968년 당시 내 월급이 16,000여 원이었는데 그때 금성사 19인치 TV 수신기값이 6만 8천 원이었으니 웬만한 봉급쟁이는 TV를 엄두를 내지 못할 때라 이때야말로 라디오 전성시대라 해도 과언이 아니다.

라디오방송의 주역은 아나운서였고 방송을 통해 나타난 이들은 지금으로서는 생각할 수 없는 절대적인 존재였다.

장기범, 임택근, 강영숙, 강찬선, 전영우, 최계환, 이광재 아나운서는 바로 방송국의 얼굴이었고 이분들이 전해주는 뉴스는 물론 공개방송과 스포츠 중계방송을 들으며 열광했다. 이규항 아나운서는 베토벤과 모짜르트의 고전음악이 영원한 것처럼 우리의 60년대와 70년대 방송을 '고전古典방송시대'라고 일컫는다.

大선배들이 KBS 남산 시대를 구가하며 라디오 전성시대를 화려하게 수놓을 즈음 나는 병아리 아나운서로 태어나게 된 것이다.

입사 동기는 이명종, 이기원, 이철규, 방원혁작고, 원병희, 최승빈작고, 김영조, 양승현, 장현길, 송영자 등 11명. 우리는 곧 발성에서 발음, 낭독기법 등 기초적인 교육 훈련과 아나운서가 갖추어야 할 기본소양 그리고 방송인으로서의 자세 등 3개월여에 걸친 연수와 훈련 끝에 드디어 방송 일선에 나서게 됐다.

공교롭게도 내가 군 복무를 마치고 전역한 날짜는 5월 31일, 아나운서로 발령받은 날짜는 그 다음 날인 6월 1일이었다. 군복을 벗고 하루의 여유도 없이 발령지로 향해야 했으니 내 친구들은 나에게 억세게 운 좋은 놈이라고 부러워했다.

방송국 배치는 지역방송국 우선발령원칙에 따라 서울에 남는 사람은 없었다. 지역국 배치도 연수성적에 따라 서울로부터 가까운 지역으로 발령이 났다.(당시에는 고속도로가 개통되기 전이고 철도교통도 원활하지 못했으므로) 연수성적이 가장 우수한 사람은 대전으로, 다음은 춘천, 그 다음은 청주로, 그리고 대구로 부산으로.

그래서 내가 아나운서로서 첫 고고呱呱의 성聲을 낸 곳이 청주 방송국이었다. 도청소재지 방송국이었지만 청주 시내 한복판 중앙공원 안에 있는 초라한 일본식 2층 목조건물에 1㎾짜리 송신기, 건물 앞에 세워진 높이 10m 송신타워가 전부였다. 그러나 청사에 들어서는 순간 나의 가슴은 뛰기 시작했다. 대학 생활 4년 동안 그리고 군 생활 2년 동안 오직 아나운서의 꿈을 안고 매진한 결과가 여기서부터 열매를 맺기 시작하는구나 하고 생각하니 그저 감회에 젖을 뿐이었다.

선임 이종서 아나운서 선배는 나에게 콜 사인Call Sign부터 시켰다.

"여기는 청주방송국입니다. HLKQ."

이 네 마디 방송에 어찌 그리 떨리던지.

나의 첫 방송인 콜 사인이 나가자 즉각 반응이 왔다. 새 아나운서가 왔느냐는 청취자들의 문의 전화였다. 그때는 TV 방송도 안 나오고 민영방송도 없고 라디오에서는 오로지 KBS 청주방송만 들렸을 때였으니까.

이 시기에 농어촌에서 텔레비전 방송 시청은 꿈도 꿀 수 없으니 라디오 방송이 세상과 소통하고 즐길 수 있는 유일한 수단이었다.

콜 사인이 나가자 바로 전화가 걸려 오니 방송의 위력이 이런 것이구나 하고 처음 실감한 순간이었다.

청주국의 아나운서는 방송계장인 이종서 아나운서와 정기채, 조민자 그리고 신임인 나까지 모두 4명이었다. 처음 시작하는 지역방송국 생활은 군대의 신병 훈련소나 마찬가지인 셈이다. 아나운서가 몇 명 안 되니 뉴스는 물론이고 디스크자키, 공개방송 MC, 좌담 프로의 사회 등 모든 로컬 프로그램의 진행을 맡아 하면서 방송의 경험과 능력을 쌓아가는 과정이다.

그러나 지역방송국 근무가 지금처럼 기한이 있는 것이 아니다. 한 번 발령받고 내려가면 불러올릴 때까지 해바라기처럼 서울에서 좋은 소식이 올 때만을 목을 빼고 기다리는 수밖에 없었고 "어느 국局 아무개의 방송이 쓸만하다더라." 하는 소문이 중앙국에 알려지고 뉴스 녹음 테이프를 올려보내라는 지시가 내려오면 얼마 안 있어 그는 지역방송국 생활을 정리하고 서울행 기차를 타게 되는 것이다.

그러니 누구나 중앙국으로 올라갈 날만 고대하며 사법고시 준비생들처럼 나름대로 방송실력 연마에 매진하게 되니 나도 그 처지에서 벗어날 수 없었다.

설렘의 상경길

1968년 7월의 무더운 어느 날, 근무 교대를 하러 출근하니 김호영 방송과장이 나를 불렀다.

"최 아나지역국에선 아나운서를 '아나'로 불렀다, 서울로 발령 났어."

갑작스런 발령 소식에 나는 귀를 의심했고 정신이 멍해졌다.

아니, 뉴스 녹음테이프를 올리라는 지시도 없었는데….

그때는 서울과 지역국 간에 네트워크 연결 방송이 없었으므로 아나운서의 방송실력은 녹음테이프를 통한 확인이나 풍문을 통해서만 파악할 수 있었다.

기뻐하면서도 한편으로는 두려움이 몰려왔다. 이곳 청주에서는 겨우 3만여의 청취자를 대상으로 한 "우물 안 개구리"에 불과했는데 이제 서울로 가면 전 국민을 대상으로 방송을 한다고 생각하니 설렘과 두려움이 교차됐다.

이렇게 해서 나의 지역방송국 생활은 만 3년 만에 끝났다.

그런데 내 후임으로는 1년 선배인 K 아나운서라고 한다. 선배가 나 대신 내려온다니, 좀 마음에는 걸렸지만 거기까지는 신경 쓸 겨를이 없었다.

3년의 지역방송국 근무 동안 얼마나 동경해왔던 곳인가.

수 차례의 시험과 수개월의 연수 기간에 익숙해지리만큼 드나들던 방송국 건물인데 왠지 처음 오는 것처럼 남산 오르막길의 하얀 2층 건물이 낯설고 위엄 있게 보였다.

● 남산 서울중앙방송국 청사

아나운서실 문을 열고 들어서니 드넓은 방에서 근무 중이던 남녀 선배 아나운서들의 눈길이 일제히 나에게로 쏠렸다.

나는 먼저 이광재 실장에게 "청주에서 올라온 최평웅입니다." 하고 인사를 드렸다. "축하해. 앞으로 열심히 하라구." 나의 첫인사를 받은 실장은 그리 반가워하는 표정이 아니었다. 순간, 자격지심인가? '자네가 여기에 올라올 걸 올라온 게 아니야' 하는 느낌이 들어 마음이 가볍지 않았다. 그러고 나서 각 선배들의 책상을 돌며 인사를 했다.

나의 전입신고를 받는 선배들의 표정도 그리 따뜻해 보이지 않았다. 선배급으로 보이는 몇몇 아나운서들의 눈빛은 싸늘함마저 느껴졌다. 특히 나이 들어 보이는 여자 아나운서는 열심히 뜨개질하던 손을 잠시 멈추더니 나를 뚫어지게 쳐다보고는 다시 하던 일을 계속했다.

내심 중앙에 있는 선배들은 다 그런가 보다 하고 생각하고 좀 의기소침했지만 그런 눈치에 신경을 쓸 만큼 여유로운 처지가 아니었다.

왜냐하면 40명 아나운서 중에서 내가 새내기에 막내가 되니 선배들의 어떻게 대해주더라도 감당해 낼 각오가 돼 있었기 때문이다.

그날부터 나는 아나운서실 맨 끝쪽 말석에 앉아 보도과지금의 뉴스센터에 가서 묵은 뉴스 원고를 가져다 원고지가 닳도록 읽고 또 읽어 독력讀力을 키우는 한편 선배들이 하는 방송 스튜디오를 쫓아다니며 방송 요령을 파악하는 것이 일과였다.

소꿉장난 같은 지역국의 규모나 방송 시스템보다는 비교할 수 없을 만큼 크고 복잡했기 때문이다.

며칠 후 나에게 주어진 첫 방송은 콜 사인Call Sign이었다.

"잠시 후 4시가 되겠습니다. KBS 서울중앙방송국입니다. HLKA."

이 한 줄 '콜 사인'을 넣는 중앙국의 아나운서들이 얼마나 부럽고 위대해 보였던가. 이 콜 사인을 지금 내가 넣고 있다니 그저 감개무량하다.

지금은 모든 콜 사인은 다 녹음으로 자동 처리되지만, 그 당시에는 매시 생生으로 넣게 돼 있었고 실장이 일일이 배당을 했다.

아침에 배당된 4시 콜 사인, 단 두 마디의 방송이지만 여간 긴장되고 걱정되는 것이 아니었다. 행여 실수라도 할까 봐 종이에 써서 읽어보고 또 외우고….

이렇게 해서 나의 중앙에서의 첫 방송은 실수 없이 마칠 수 있었다.

그다음부터의 방송은 그날의 방송순서 예고와 공지사항, 기상통보, "북어 한 쾌에 얼마, 달걀 한 꾸러미에 얼마." 하는 5분짜리 물가 시세, 이러한 순서를 차근차근 밟으며 어느 정도 마이크 공포증을 없앤 다음에야 청취율이 가장 낮은 시간대의 뉴스를 배당받게 된다. 이 과정이 보통 2개월 정도의 시간이 걸린다. 지역국에서 방송을 제아무리 날고 기었다 해도 여기에 와서는 걸음마부터 시작하는 것이 불문율처럼 돼 있었다.

　매일 아침 일찍 출근해서 선배들의 책상을 걸레질하고 온종일 선배들의 눈치나 보며 원고지와 씨름하기를 계속한 끝에 드디어 현업에 들어가 근무조勤務組에 편성됐다.

　이 당시의 현업은 1개 조 5명의 남자 아나운서가 3교대로 근무를 했는데 저녁 7시에 숙직조組가 들어오면 통상 중앙방송국지금의 제1라디오 채널의 매시간 뉴스와 대공對共 방송 채널의 대공뉴스, 해외로 방송되는 국제방송채널의 국제뉴스를 소화하는 바쁜 근무다. 게다가 프로그램이 끝날 때마다 시각고지와 매시간 콜 사인, 그리고 새벽 2시에 하는 방송 종료 멘트는 말번末番인 막내의 몫이어서 자정뉴스가 끝날 때까지는 긴장의 연속이며 제대로 앉아 쉴 틈이 없으니 고달픈 신세다.

"그게 이렇게 된 거야"

어느 날 가까운 선배와 저녁을 먹는 자리에서 놀라운 소식을 들었다.

"자네가 서울로 오게 된 데는 사연이 있네."

"아니 무슨 사연입니까?" 하고 나는 정색을 하며 물었다. 선배 얘기의 내용은 이러했다.

K 아나운서는 야근을 하는 날 자정뉴스^{대북 새 소식} 담당자였다. 뉴스 시간이 다가오는 줄도 모르고 그는 무슨 고민이 있었는지 정신을 놓고 앉아 있다가 뉴스 5분 전에야 '아차!' 하고 보도국으로 달려갔다.

숨이 턱에 차도록 달려와 뉴스 부스에 앉았으니 원고를 미리 읽어볼 시간이 있을 리가 없었다. 자정뉴스는 시보와 함께 날짜가 바뀌기 때문에 원고 중의 시제時制를 다 바꿔 주어야 한다. 그런데 편집 데스크에서 나온 기사는 자정 이전에 작성된 것이어서 '오늘'은 '어제'로, '내일'은 '오늘'로 고쳐야 하는데 원고를 미리 읽어보지 못했으니 읽어나가면서 시제를 바꿔야 하므로 뉴스가 매끄러울 수 없었다. 더구나 성격이 좀 소심한 그였으니 진땀깨나 흘렸을 것이다. 그는 뉴스를 마치고 나오면서 "아이, 뉴스 망쳤네." 하며 한숨을 내쉬었다.

그런데 문제는 그 다음 날 터지고 말았다. 홍종철 문화공보부장관이 청와대에 들어갔다가 박정희 대통령으로부터 '어젯밤 자정뉴스를 들었는데 아나운서가 뉴스에 성의가 없고 힘없는 방송을 하더라'는 지적을 받았다는 것이다. 이 당시 자정부터는 대북방송對北放送이 시작되는데 남북 간의 긴장이 고조되고 있던 이 시기에 대공방송對共放送 프로그램의 진행자는 박력 있고 활기 넘치게 방송을 진행해야 하는데 하필 이때에 대통령이 그의 뉴스를 들었으니 운이 나빴다고 해야 할 것이다.

장관은 바로 방송국장을 불렀다. 어젯밤 자정뉴스 담당자가 누구인지 경위를 조사하고 당장 인사 조치하라는 것이었다. 당시 홍종철 장관은 불도저 같은 우직함과 불같은 성격의 소유자로 그의 명령에 토를 달거나 변명할 용기를 가진 사람은 아무도 없었다. 그 당시 아나운서에 대한 가장 무거운 징계는 지역국으로의 전출이었다. 아나운서실장 이하 동료들의 간절한 구명운동도 소용없이 결국 K 아나운서는 지역국으로 내려가게 되었다.

뉴스 펑크 낸 것도 아니고 좀 더듬거렸다고 지방으로 쫓아내다니 지금은 도저히 납득 할 수 없는 인사 조치였으나 그때는 이에 아무도 항의하거나 거역할 상황이 아니었다.

불의에 터진 사고로 아나운서실은 침통한 분위기에 휩싸이고 말았다. 그 아나운서는 워낙 인품이 훌륭하고 원만한 성격이라 선후배의 사랑을 받아왔는데 갑작스럽게 아나운서실을 떠나 지역국으로 전출된다니 모두가 안타까워했다. 이 실장이 그를 위로하며 이왕 이렇게 된 일, 가고 싶은 지역국이 있으면 보내주겠다고 하니 그는 청주가 서울서도 가깝고 연고가 있는 곳이니 그곳으로 보내주기를 원해 청주방송국으로 발령을 받았고 그 바람에 내가 밀려서 서울로 올라오게 됐다는 것이다.

선배로부터 내가 서울로 올라오게 된 데에는 이런 비화가 숨어 있었다는 이야기를 전해 듣고 놀라지 않을 수가 없었다. 내가 뛰어난 방송을 인정받고 불려 올라온 것이 아니라 한 사건으로 인해 반사이익을 얻은 결과라니 영 마음이 개운치 않았다. 그래서 내가 아나운서실에 처음 발을 들여놓았을 때 나를 대하는 실장 이하 선배들의 눈길이 싸늘했던 이유를 이제야 알 것 같았다.

어쨌거나 "모로 가도 서울만 가면 된다"는 속담처럼 서울 중앙방송국 아나운서실의 일원이 됐으니 일단은 나의 소원은 풀린 셈이다. 뉴스 한 번 잘못했다고 지방으로 내쫓는 상황이니 나도 삐끗하다가는 언제 또다시 지역국으로 쫓겨가는 신세가 될지 모른다. 이제부터 정신 바짝 차리고 무엇에든 열심히 최선을 다하자, 그래서 내가 재수가 좋아 굴러들어온 돌이 아니라는 것을 보여주자며 몇 번이나 다짐했다.

아나운서실의 말번末番은 고달프다. 단조로운 지역국 생활에 비하면 이곳은 긴장의 연속에 정신없이 돌아간다. 매 프로그램 끝 시각 고지와 정각 콜 사인, 뉴스 등 생방송에 온 신경을 곤두세워야 하고 선배들의 눈치도 살펴야 하는 고된 나날을 보내야 했다. 이 가운데서도 새벽 5시 뉴스에 가해지는 스트레스는 정말 힘든 나의 시험 기간이었다.

우리 현업의 숙직야근은 저녁 7시에 출근해서 이튿날 오전 9시까지인데 말번의 임무는 새벽 2시의 방송종료 멘트를 넣고 3시간 뒤에 방송개시 멘트와 함께 5시 뉴스를 해야 하니 이것저것 정리하고 나면 잠 잘 시간은 거의 없다. 지금은 종료 멘트와 개시 멘트를 모두 녹음으로 처리해 주지만 그 당시는 철저하게 생방송으로 내보냈다. 이것은 기술

쪽 현업 근무자들이 "우리는 조종실에서 밤새 고생하는데 왜 너희들만 편하게 잠을 자느냐"며 녹음 처리를 안 해주기 때문이라고 한다.

이광재 실장은 이 새벽 5시 뉴스를 6개월 동안 계속 나에게 배당했다. 야속한 마음보다는 뉴스 경험을 쌓게 해주려는 실장의 배려로 생각하고 싶었다. 덕분에 나는 방송 전반에 걸쳐 빨리 적응할 수 있었고 아나운서실의 분위기에 자연스럽게 동화될 수 있었다.

선배는 후배를 사랑하고 후배는 선배를 존경하는 아나운서실의 전통은 지금도 변함없이 이어져 오고 있다.

그 당시의 위계질서位階秩序는 군대의 그것에 지지 않았으니 선배들로부터 물려받아 온 아나운서실의 전통이요 자랑이기도 했다. 조장급組長級 선배가 뉴스를 할 때는 시간 맞추어 보도국으로 가서 뉴스 원고를 가져다 바치는 것도 늘 있던 일이었으나 우리는 후배가 선배를 위해 당연히 할 수 있는 일로 받아들이고 있었다. 이렇게 6개월을 새벽 5시 뉴스라는 고행苦行을 거치는 동안 40명 아나운서들도 나에 대해 닫혔던 마음을 열고 우호적으로 돌아서기 시작했다.

그러던 어느 날 점심시간에 이 실장이 나를 부르더니 "이봐, 최평웅 씨! 짜장면 먹으러 가자구." 하며 나를 데리고 바로 앞에 있는 서중관瑞衆館이라는 중국집으로 갔다. 실장과 단둘이 점심을 먹는 것은 처음이었다.

"그동안 새벽 5시 뉴스 하느라 고생 많았어. 아나운서실에 들어와 겪는 트레이닝 코스라고 생각해. 앞으로 더 열심히 하고."

실장의 이 한마디에 처음 청주에서 올라오면서 쌓인 정신적 스트레스와 육체적 고통이 봄눈 녹듯 사라져 버림을 느꼈다.

지역국에 근무하면서도 늘 서울 아나운서실에서 전국을 향해 방송하는 것이 꿈이었는데 이렇게 이광재 실장과 마주 앉아 점심을 함께 하니 감개무량하다.

● 〈해바라기〉 수채화 36×27㎝

● 〈기다림〉 유화 36×27㎝

아나운서의 우상偶像,
장기범張基範 大 아나운서

청주는 내가 아나운서로 첫 출발한 곳인 동시에 나의 평생 반려자를 만난 곳이기도 하다.

청주방송국에서의 생활이 익숙해져가고 있을 즈음 성우인 L 모 양이 나에게 참한 규숫감이 있는데 한번 만나보지 않겠느냐고 제의를 했다.

그때까지 이성에 관해선 별 관심 없게 지냈지만 30이 가까워져 오는 나이이니 은근히 마음이 내켜 만나보기로 했다. 사실 누가 보더라도 KBS 아나운서라면 인물이 잘났건 못났건 명성(?)만으로도 그 바닥에서는 빠지는 신랑감은 아니었다. 본정통本町通변화가의 일본식 이름 어느 다방에서 만난 그녀는 요조숙녀窈窕淑女의 감이 드는 참한 미모에 호감이 갔다. 그녀도 내가 싫지 않은 눈치였다. 그 이후 우리의 만남은 계속되면서 사랑이 키워졌고 양가의 혼담이 이루어지면서 내가 서울로 발령받아 올라온 해 11월에 그곳 청주에서 결혼식을 올렸다.

1971년 어느 봄날 오후, 남산에도 개나리와 진달래가 활짝 피었다.

아직 신부 티를 벗어나지 못한 아내가 처제를 데리고 방송국을 찾아왔다. 처제는 '미스 충북'에 당선되고 서울 본선에 올라왔다가 형부가 근무하고 있는 방송국을 구경할 겸 해서 찾아온 것이었다. 남산연주소 건물에는 왼쪽에 공개홀과 스튜디오로 들어가는 현관문이 있었는데 외부 손님과 방청객들은 보통 이 문으로 드나들게 돼 있었다.

수위실경비실로부터 아내가 찾아왔다는 전화를 받고 청사 앞 등나무 밑에서 기다리고 있는 아내를 만나러 현관문을 나가는 순간 눈에서 번쩍하더니 "와장창" 유리문 부서지는 소리와 함께 정신이 아찔할 정도의 충격을 느꼈다. 정신을 가다듬고 보니 대형 현관문이 깨져 바닥에 흩어져 있었고 오른쪽 무릎에서 피가 철철 흐르고 있었다. 이마가 아파 손으로 얼굴을 만져봤더니 다행히 크게 다치지는 않은 것 같았다.

서향 건물에다 서쪽으로 기운 햇빛에 눈이 부셔서 닫혀있는 문이 열려있는 줄 알고 그대로 들이받은 것이다.

현관문 깨지는 소리가 얼마나 컸는지 방송과장이던 장기범 선배님이 사무실에서 뛰어나오셨다. 바지 밑으로 흘러내리는 피를 보시더니 나를 번쩍 안고는 근처에 세워져 있던 업무용 지프차까지 데려가 급히 운전사를 불러 병원으로 데려가라고 재촉했다. 장기범 선배도 마른 체구였는데 어떻게 차력사借力士처럼 나를 번쩍 안을 수 있었는지 궁금하다. 그분의 후배 사랑하는 마음에서 나온 힘이 아니었나 생각된다.

사실 새내기였던 나에게 장기범 선배는 하늘같이 높은 존재였다. 유리문을 들이받아 깨지면서 유리 파편이 무릎을 찢었으나 이마에 큰 혹이 생긴 것 외에는 상처가 없었던 것이 그나마 다행이었다. 내 상처를 보고 당황해하시며 업무용 지프차에 태워주던 장 선배의 얼굴에서 인자한 아버지의 모습을 읽을 수 있었다.

장기범 선배 아나운서는 60년대 최고 인기 프로그램인 '스무고개'를 방송했는데 비단결처럼 부드럽고 달콤한 음성과 재치로 최고의 인기를 누렸다.

장기범 선배는 꼿꼿하고 고고한 성품을 지녔음에도 부하들에게는 인정이 많아 아나운서들은 물론 모든 직원들의 존경을 받았는데 애석하게도 1988년 3월 향년 61세로 세상을 떠나셨다.

장 선배가 떠나시고 30여 년이 흐른 지금도 후배들의 존경과 사랑을 받으며 우상偶像으로 남아 계시다.

이계진 아나운서가 그분을 기리고자 사재私財를 들여 '仁泉 張基範 賞'을 제정해 매년 12월에 시상하며 그분을 추모하고 있다.

다음 글은 김포시 월곶면 묘비에 적힌 장기범 아나운서 추모문追慕文이다.

시대의 아픔을 가슴으로 삭이신 은둔(隱遁)의 지사(志士)
난세(亂世)를 학(鶴)처럼 사신 위대한 상식인(常識人)
방송의 한 시대를 풍미(風靡)하시며
모든 방송인의 사표(師表)가 되신 준엄한 선비...
그러나 달과 술을 사랑하셨던 낭만인(浪漫人)
당신은 한국의 영원한 아나운서!

이 추모문이 그분의 생전의 모든 것을 설명해 준다.

다행히도 그분의 음성과 인품, 방송 능력 등 DNA를 이어받은 이규항 아나운서가 있기에 떠나신 뒤에도 그분의 빈자리를 메울 수 있었다.

나는 가끔 짐 리브스Jim Reeves의 'Adios Amigo'와 이규항 아나운서의 '네 잎 클로버'를 들으며 故 장기범 대선배의 인자한 모습을 그려보곤 한다.

육영수 여사와 아나운서실

밤 12시 뉴스로 인해 아나운서실에 인사 회오리 사건이 있고 난 얼마 후 이광재 실장이 영부인 육영수 여사와 독대를 가질 기회가 생겼다. 이 자리에서 이 실장은 지난번 있었던 K 아나운서의 자정 뉴스 사건에 관해 상세히 설명했다. 감히 대통령 영부인을 만나 자유롭게 마음을 털어놓고 이야기를 할 수 있었던 이광재 실장의 위상과 인기가 얼마나 대단했나를 짐작할 수 있을 것이다.

이 실장은 "저희 아나운서들은 생활이 궁핍해 매우 힘든 생활을 하고 있습니다. 사실은 그날 뉴스를 담당했던 아나운서도 영양실조 상태에서 허기진 몸으로 방송을 하다가 실수를 좀 했는데 그날따라 대통령께서 들으시고 지적을 하신 모양입니다. 영부인께서도 저희 아나운서들을 너그럽게 보살펴주십시오." 이렇게 말씀드리니 육 여사는 놀란 눈빛으로 "KBS 아나운서들의 생활이 그렇게 어려운가요?"하며 동정 어린 표정으로 잠시 생각에 잠기더니 "알겠습니다. 돌아가 기다려주세요." 하며 이 실장을 돌려보냈다.

그런 일이 있은 지 며칠 후, 중앙방송국장이 아나운서실장을 불렀다. 국장은 이 실장에게 영부인이 홍 장관을 통해 아나운서들에게 하사금을 보내면서 아나운서들의 생계에 보탬이 되도록 하라고 당부하셨다며 돈이 든 봉투를 건네주었다. 그 봉투 속에는 거액의 수표가 들어있었다. 실장은 뜻밖의 하사금을 받고 놀라지 않을 수 없었다. 국장은 이 돈을 아나운서 전원에게 직급과 관계없이 매월 골고루 나누어주되 절대 비밀로 하고 만일 이 사실이 외부에 알려지게 되면 그날로 지급을 중지시킬 것이라는 당부도 덧붙였다.

실장은 서무인 배덕환 아나운서에게 책임을 맡겨 하사금을 은행에 예금해 두고 그달부터 40명의 방 식구들에게 매월 일정액을 비밀리에 지급하기 시작했다. 그 당시 나의 월급이 16,000여 원이었으니까 급여 중간에 주는 그 돈은 그야말로 천사의 손길 같은 것이었다.

이광재 실장이니까 육 여사 앞에서 그러한 임기응변이 나올 수 있었고 또 그와 마주 앉아 대화하면 상대가 자기도 모르게 빠져버리고 마는 마력(?)이 있었다.

그는 육 여사에게 경제적인 도움을 얻고자 한 것이 아니라 단순히 K 아나운서에 대한 변명을 하다 보니 아나운서들의 궁핍한 생활상을 설명하게 됐을 것이다. 여하튼 그달부터 아나운서들의 생활에는 갑자기 생기가 돌았고 모두의 얼굴에는 활기가 넘쳤다.

서울로 올라오던 해에 결혼식을 올리고 석관동에 신혼살림을 차린 나에게 매월 지급되는 그 돈은 가난한 흥부네 집에 금은보화가 굴러 들어온 것과 같은 것이었다. 신혼살림이라야 부엌도 제대로 갖추어지지 않은 단칸방이었으나 그 당시에는 대개가 그러한 생활 형편이었으니까 고생이라 생각되지도 않았다. 다만 청주에서 비교적 부유한 집에서 자란 22살의 어린 신부를 데려다 낯선 서울 변두리에서 셋방살이시킨다는 것에 미안하고 마음이 아팠다. 신혼 셋방에 찾아오신 장인어른이 애지중지하며 키운 딸을 아나운서라는 허울만 좋은 놈에게 줬더니 이 고생을 시키는구나 하고 생각하셨는지 청주로 내려가시면서 한없이 눈물을 흘리시던 모습이 떠오를 때면 송구한 마음이 든다.

　어쨌든 나는 자력이 아닌 K 선배의 희생 덕에 서울로 올라오게 됐고 결혼과 함께 생계도 나아졌으니 그 선배에게 미안함과 고마운 마음이 교차했다. 그런데 다행인 것은 문책성 인사로 청주로 내려가 나와 교체됐던 그 아나운서는 6개월 후 다시 서울로 복귀해서 그 선배에 대한 나의 심적 부담을 덜 수 있게 돼 다행스러웠다.

고달픈 막내들

아나운서 세계의 위계질서位階秩序는 대단하다. 실장은 바로 하늘 같은 존재이고 조장급 이하 층층이 있는 선배들의 지시는 군대에서 상관의 명령만큼이나 엄중한 것이다. 조장이 뉴스를 할 때에는 30분 전에 보도과지금의 뉴스센터 원고를 가져다가 바쳐야 하고 뉴스가 끝나면 원고를 다시 받아 보도과에 갖다줘야 한다. 아침에는 선배의 뉴스시간에 맞춰 숙직실로 올라가 깨워줘야 하는데, 바빠 우왕좌왕하다 미처 늦게 깨워줘 뉴스진행에 차질이 빚어지기라도 하면 날벼락을 맞기 일쑤다. 그런 고달픔 속에서도 아나운서실 근무 환경에 대해서는 후배가 해야 할 당연한 임무로 받아들였고 어떠한 불평불만도 있을 수 없었다. 이는 형제애兄弟愛가 두터운 집안의 맏형을 대하는 동생의 태도나 다름없는 것이었다.

당시도 KBS 아나운서 하면 젊은이라면 누구나 되고 싶어 하는 화려한 직업이었다. 그러나 실속은 그렇지 않았다.

쥐꼬리만 한 공무원 봉급으로 먹고살기도 힘든데 아나운서로서의 인기 관리나 품위 유지란 사치스러운 것이었다. 3교대 근무를 하며 1년에 3분의 1을 방송국 숙직실에서 지내는 아나운서들.

우리말의 수호자라는 책임감과 사명감으로 피 말리는 생방송의 긴장감에서 오는 스트레스 속에서 생활하는 아나운서들에게 청취자들의 사랑과 격려가 없다면 그것은 황량한 가시밭길을 걷는 것이나 다를 바 없을 것이다.

낮 근무를 마치고 퇴근길에 조장의 뒤를 따라 5명의 조원組員이 일사불란하게 향하는 곳은 명동 사보이호텔 뒷골목에 있는 '송도'라는 대폿집. 언제부터 인가 송도는 우리 아나운서들에게 마음의 고향이고 고달픈 몸을 잠시 쉬었다 가는 안식처가 돼 있었다. 살 두터운 개성식 빈대떡에 걸죽한 막걸리 몇 잔으로 하루의 고단함과 긴장을 푸는 곳.

언제 들러도 따뜻한 미소로 맞아주는 주인아주머니는 내 이모님처럼 푸근하다. 술값은 외상이다. 매월 봉급날 한 달 외상값을 조원들이 모아 갚는데, 몇 달을 밀려도 주인아주머니는 재촉 한 번 하는 일이 없다. 아나운서들의 가난한 주머니 사정을 잘 아는 터이니 형편 나아지면 갚겠지 하며 언제 가도 넉넉한 인심은 변하지 않는다. 사실 술을 좋아하는 조장을 만나면 얄팍한 월급봉투에서 지출되는 술값은 큰 부담이 아닐 수 없다. 그저 울며 겨자먹기식으로 조장을 따라나서는 것이 관행처럼 돼 있었다. 남자 아나운서들 중 결혼한 사람은 그리 많지 않았고 여자 아나운서는 결혼과 동시에 아나운서실을 떠나는 것이 불문율처럼 돼 있었다. 총각들이 많다 보니 저녁에 술을 마시다 늦어 통금시간에 걸리면 으레 찾아드는 곳이 '남산호텔'이라 부르는 방송국 숙직실이다. 심야 근무를 마치고 막 자려고 누우면 아래층부터 시끄러운 소리로 떠들며 올라오는 술 취한 아나운서들이 숙직실을 온통 난장판으로 만들기 일쑤다. 다음 날 새벽 방송 근무자는 이를 견디지 못하고 쫓겨 와 아나운서실 소파에서 잠을 청하려니 시간은 벌써 새벽 3시다. 잘못 깊은 잠에 빠졌다가는 5시 개시 멘트와 뉴스를 펑크 내기 십상이니 그대로 웅크리고 앉아 밤을 새우는 수밖에 없다. 사실

말단 아나운서들이 가장 부담스러워하는 방송이 새벽 방송 개시 멘트와 5시 뉴스다. 새벽 2시에 방송 종료 멘트를 넣고 4시 30분에 기상, 5시 첫 뉴스를 해야 하므로 잠은커녕 밤을 그대로 새운다 해도 과언이 아니다.

새벽 5시 뉴스 사고치다

새벽 2시 방송종료 멘트로 하루 방송을 끝내고 아나운서실에 가서 잔무殘務를 정리하고 나니 2시 30분이 넘었다. 숙직실에 올라가 잠을 청하지만 이날따라 잠이 쉽게 오지 않는다. 4시 30분에 일어나야 하니 남은 시간은 2시간.

잠이 든 건지 꿈을 꾸는 건지 비몽사몽간에 어디선가 들려오는 외마디소리, "아나운서~!"

바로 아래층 뉴스 부스booth의 엔지니어가 숙직실을 향해 외치는 소리였다. 소스라치게 놀라 잠을 깬 나는 내의 바람으로 아래층을 향해 뛰기 시작했다. 2층으로 내려가는 18개 계단이 왜 이렇게 긴지, 숨을 몰아쉬며 복도에 들어서니 애국가가 울린다.

개시 멘트는 이미 놓쳤다. 그런데 스튜디오 문을 열고 들어서려 하니 아차, 뉴스 원고! 이런 비상시를 대비해서 어젯밤 편집부에서 가져다 침대 머리에 놓은 뉴스 원고를 안 가지고 왔다. 다시 숙직실로 뛰어 올라가 원고를 가져오니 이미 비상 음악이 깔리고 있었다. 마이크 앞에 앉자 큐cue가 들어오고 뉴스를 시작하려는데 숨이 턱에 차 목소리가 나오지 않는다.

"흐흑~ 뉴스를 흐흑~ 말씀드리겠습니다. 흐흑~"한 마디를 간신히 내뱉고 나서는 쉬고, 또 한 구절을 읽고는 쉬고… 이건 누가 들어도 뉴스 하는 게 아니라 처절하게 울부짖는 절규라고 하는 게 맞을 것이다.

5분 뉴스에 1분이 음악으로 나가고 4분 동안의 뉴스가 왜 이렇게 긴지. 뉴스를 마치고 나니 기운 이 팍 빠져 의자에서 일어날 힘도 없다. 이 순간의 고통은 나처럼 이 상황을 경험해 본 사람이 아니면 짐작할 수 없으리라.

아나운서실에 돌아와 멍하니 앉아 있자니 발가락이 아파온다. 들여다보니 발가락에서 피가 흐르고 있었다. 숙직실을 두 번 뛰어오르고 내릴 때 계단 모서리에 찢긴 모양이다. 그러나 발가락 상처보다는 뉴스를 펑크냈으니 사고에 대한 처벌을 받을 걱정이 더 크다. 조장은 "뉴스를 좀 망치긴 했지만 완전 펑크 낸 건 아니니까 큰 처벌은 안 받을 거야." 하고 안심시키려 하지만 귀에 들어올 리 없다. 우리 근무조는 내 사고 때문에 모두 무거운 분위기로 아침 교대 시간을 맞았다.

출근해 들어온 낮 근무 팀은 내 사고를 알고는 내게 다가와 동정 어린 손길로 나를 위로해 준다. 그러나 실장이 출근하면 어떻게 보고를 드려야 할지 난감하기만 하다.

이윽고 이광재 실장이 여느 때처럼 "어, 수고들 했어." 하며 밝은 표정으로 들어선다. 실장이 자리에 앉자마자 앞으로 가서 "저 실장님, 제가 5시 뉴스를 사고 냈습니다." "뭐? 웬일이야. 미스터 최가 사고를 내다니. 완전히 펑크 냈나?"

다소 놀란 표정으로 묻는다. "그건 아니구요. 1분만 음악을 내보냈습니다." 실장은 난감한 표정을 짓더니 낮 근무조의 배당을 끝내기가 무섭게 외출 채비를 하며 책상에 웅크리고 있는 나에게 "문공부에 다녀올 테니 퇴근하지 말고 기다려." 하고 서둘러 나갔다. 당시에는 KBS 가 문화공보부 소속이었기 때문에 방송 사고가 나면 방송관리국장에 게 보고하고 수습하게 돼 있었다. 실장이 돌아오기까지 기다리는 동안 은 왜 그렇게 긴지 그야말로 바늘방석에 앉은 고통이었다. 한참 만에 돌아온 실장이 나를 불렀다. "시말서 한 장 써놓고 퇴근해. 다시는 사 고 내지 말고." 짤막한 이 한 마디가 꾸짖는 소리보다 더 내 가슴을 울 렸다. 최악의 경우 지방으로 쫓겨 가는 게 아닌가 하고 걱정을 했는데 '시말서'로 끝내주다니 실장이 참으로 고맙게 느껴졌다.

그 사고 이후 나는 한 건의 방송 사고도 내지 않았고 이광재 실장에 대한 감사하는 마음은 수십 년이 지난 지금도 고이 간직하고 있다.

신변에 위협을 받고

어쨌든 개운치 않은 사연과 함께 아나운서실의 일원이 된 나는 방송을 인정받기 위해서 피나는 노력을 쏟아부었다. 항상 내 손에는 뉴스원고지가 쥐어져 있었고 옆에 누가 있든 없든 원고를 소리 내 읽었다. 독력讀力을 키우기 위해서였다. 또 내가 한 방송은 반드시 녹음해서 스스로 평가하는 훈련을 거듭했다. 이러한 노력이 결실을 맺기 시작한 것일까. TV의 다큐멘터리 프로그램인 '동물의 왕국'과 대공방송對共放送의 '자유통신'이 나에게 전담으로 주어졌다. 지금까지도 계속 방송되고 있는 KBS의 최장수 프로그램인 '동물의 왕국'은 당시는 흑백 화면으로 방송됐지만 약육강식의 동물의 세계를 다룬 유일한 다큐멘터리로 어린이는 물론 일반 시청자들에게도 꽤 인기가 많았던 프로그램이었다. 지금처럼 미리 더빙을 했다 방송하는 것이 아니라 스튜디오에서 영화필름을 보면서 생LIVE으로 방송을 했기 때문에 초년병인 나에게는 꽤 어려운 방송이었다.

그러다가 1980년 12월 31일 컬러TV 방송이 시작되면서부터 동물의 왕국은 진가를 발휘하기 시작했다. 칙칙하고 어둡게만 보이던 정글과 호랑이며 기린 얼룩말, 각종 뱀들의 색깔이 선명하게 나타나니 이건 전혀 새로운 동물의 왕국의 모습이었던 것이다.

6, 70년대에는 남북 간의 긴장이 고조돼 있을 때이니만큼 남북 간 심리전이 치열했고, KBS에는 대공방송채널이 따로 운용되고 있었다.

당시 내가 담당했던 '자유통신'은 대북 심리전 방송 중에서도 북의 김일성 족벌의 행적이나 인신공격, 또는 체제를 원색적으로 비난하는 내용의 5분짜리 낭독 프로였다.

원고를 읽다 보면 나도 모르게 흥분돼서 목청이 높아지고 온몸이 땀에 젖을 정도이니 그들이 이 프로를 듣는다면 얼마나 이를 갈겠는가.

나 말고도 성우 K양이 이러한 프로를 담당하고 있었다.

이 프로그램을 시작으로 나는 대공방송을 많이 했다. 남과 북이 서로 목청을 높이며 상대방을 헐뜯고 공격하는 격렬한 심리전에 내 음성이 선동적이고 박력이 있어 제격이라는 인정을 받았다.

그런데 1975년 4월 어느 날 남산 중앙정보부에서 우리 대공방송요원들을 초청해서 만찬을 베풀었다. 대북방송에 수고하는 우리들을 위로해주는 자리려니 하고 참석했는데 알고 보니 며칠 전 성우 K양 등 집에 대공방송을 당장 그만두지 않으면 그녀는 물론 가족까지도 모두 죽이겠다는 협박편지와 전화가 걸려 와 방송국에 더 이상 방송을 할 수 없다고 했고 이 소식은 즉각 중앙정보부에 보고됐다. 이에 중앙정보부에서는 대북방송요원들의 신변안전을 철저히 보호해 줄 터이니 조금도 동요하지 말고 방송에 전념해 달라는 당부와 함께 금일봉을 나누어주며 격려해 주었다.

그 이튿날 우리 아파트 현관 인근에는 무장경찰관이 배치되어 아파트를 들고나는 사람들을 감시하고 있었다. 경찰에 알아보니 대공방송요원인 나와 내 가족의 신변을 보호하라는 당국의 지시에 따라 24시간 경비근무에 임하고 있다는 것이다.

　나는 우리 가정의 신변 보호는 안 해줘도 좋으니 주민들의 사생활 보호와 불편을 고려해서 즉시 철수해 줄 것을 강력히 요청했고 며칠 후 경찰은 철수하고 우리 집 현관에 순찰함을 설치하는 것으로 끝냈다.

● 〈송림松林〉 유화 45.5×37.9㎝

● 〈가을 산길〉 유화 45.5×37.9㎝

이광재李光宰 아나운서

5, 60년대 라디오 시대에 KBS에는 황우겸, 장기범, 임택근, 강찬선, 최계환, 전영우, 박종세, 이광재 등 아나운서 선배들이 가히 전설적인 명성과 인기를 누리고 있었다. 그러다가 60년대 초 MBC, 동아방송, RSB후에 동양방송 등 민영방송이 잇따라 출현하면서 명성을 날리던 몇 분의 선배 아나운서들은 중역이나 아나운서 책임자로 자리를 옮겼고 내가 입사할 당시에는 장기범, 강찬선, 이광재 아나운서 등 세 분의 선배들이 KBS를 지키고 있었다.

장기범 선배 아나운서는 당시 방송과장으로 계셨는데 학鶴처럼 고결한 인품에 음성이 벨벳처럼 부드러워 후배들은 물론 방송을 듣는 청취자들을 매혹시켰다.

성품이 포근하면서도 아버지처럼 위엄이 있어 후배들은 우러러 존경했고 방송에서 그의 매혹적인 목소리가 흘러나오면 청취자들은 그에 대한 동경과 행복한 상상력 속에서 라디오 곁을 떠나지 못했다. 그분처럼 매혹적이고 부드러운 음성의 소유자를 아직 발견하지 못했다. 장기범 아나운서의 음성을 연상하려면 벨벳 음성으로 'He will have to go'를 부른 짐 리브스Jim Leeves의 노래를 들으면 다소 이해가 될 것 같다.

기라성 같은 선배들이 썰물처럼 신생 민영방송民營放送으로 떠난 KBS의 빈자리는 컸으나 그 충격은 그리 오래가지 않았다. 바로 이광재 아나운서가 선배들이 있던 자리를 메울 수 있었기 때문이다.

그는 아나운서실장을 맡고 나서 전열을 재정비하고 40명 아나운서들을 이끌어나가면서 12시 정오뉴스로부터 시작해서 퀴즈열차 등 공개방송은 물론 축구, 농구, 복싱, 레슬링 등 각종 스포츠 중계방송 중 중요한 방송은 본인이 담당했다.

나는 이광재 실장에 대해 언급함에 있어 혹여 그의 명예에 손상이 가지 않을까 염려되며, 내가 입사하기 전에 그가 동료나 선배들과 어떤 인간관계를 가졌었는지에 대해서도 잘 알지 못한다. 내 선배들 중에서는 그를 낮게 평가하는 이들도 있음을 안다. 다만 내가 방송 생활을 시작하면서 그를 상사로 모시게 된 이후 그에 대해 느끼고 겪은 일들을 주관적이지만 솔직한 마음으로 기술하고자 한다. 그 당시 방송계를 누비던 아나운서들이 현업을 떠난 지 오랜 세월이 흐른 지금, 마음에 담아 뒀던 모든 일들이 아름다운 추억으로만 회상되기를 비는 마음뿐이다.

방송에서 1인이 5역役에서 10역役까지 한다는 것은 지금 같으면 상상하기 어려운 일이지만 그때는 충분히 가능했다. 오늘날은 아나운서들도 자기 특기별로 방송이 분업화돼 있지만 그 당시만 해도 프로그램 배당의 전권은 아나운서실장이 가지고 있었고 실장이 방송을 독점한다 해도 일부 조장급 아나운서들이 '실장 혼자 다 해 먹는다'는 비난은 심심치 않게 해왔지만 노골적으로 반기를 들 사람은 없었다. 또 그의 방송을 능가할만한 인재가 없었던 것도 사실이다. 우선 목소리부터 타고났다. 폭넓은 볼륨에 폐부肺腑부터 터져 나오는 맑고 우렁찬 목소리는 마이크를 거치지 않고 들어도 상대방이 압도되고 만다.

간판 격인 정오 뉴스는 장기범, 강찬선, 이광재, 최계환 순으로 아나운서실장이 맡는 것이 전통이 돼 있었으므로 그의 뉴스는 그만큼 권위와 무게를 지니고 있었다.

가장 인기 있었던 공개방송 '퀴즈열차', 어느 농촌의 70을 넘은 노인이 출연했다. 사회를 맡은 이광재 아나운서 "할아버지, 오늘 퀴즈왕이 되시면 텔레비전을 타시게 되는데 사시는 동네엔 전기가 들어옵니까?" "안 들어옵니다.""그럼 텔레비전을 타 가셔도 전기가 안 들어오면 볼 수가 없을 텐데요." 하니까 "촛불 켜놓고 보죠.""촛불로는 볼 수가 없는데 어떡하죠?""촛불을 여러 개 켜놓으면 환해서 잘 보일 테니 타게만 해주슈." 방청객들은 배를 잡고 웃는다.

"퀴즈열차, 프로듀서 하동광, 엔지니어 김순구, 아나운서 이광재였습니다. 안녕히 계십시오." 이 끝 멘트가 아직도 귀에 생생하다. 불행하게도 이 세 분은 지금 이 세상에 계시지 않는다.

그의 진면목眞面目은 스포츠 중계방송에 있었다. 경기장이 어디든 그가 중계석에 앉으면 그 경기는 활력이 넘친다. 쩌렁쩌렁한 그의 음성은 관중석에까지도 울려 퍼지고 경기가 접전이 될수록 경기장이나 전국은 흥분의 도가니가 되어간다.

스포츠 중계방송은 경기의 흐름을 시·청취자에게 정확하게 전달해

주는 것도 중요하지만, 특히 라디오 중계의 경우 경기의 상황을 청취자에게 얼마나 리드미컬하고 맛있게 전해주느냐가 더 중요하다.

실제 경기장에서는 별로 익사이트 하지 않은 경기라도 그의 입만 거치면 흥미있고 박진감 넘치는 경기가 되어 버린다. 그것이 그의 카리스마였다. 특히 축구와 농구경기 중계에서 "슈우웃- 골인~"지금은 '골[goal]'이라고 해야 맞지만 당시에는 골인이라고 했음을 외칠 때면 시·청취자들은 열광했다. 해외중계방송도 그의 독판獨判이었다.

"고국에 계신 동포 여러분, 여기는 이태리 로마입니다." 하고 시작되는 축구 중계방송은 온 국민을 라디오 앞에 모아 놓고 가슴 졸이며 그의 신들린 듯한 중계방송에 빠져들게 했다. 그러다가 우리의 골이 터지면 으레 "고국에 계신 동포 여러분 기뻐해 주십시오! 우리 한국 팀이 한 골을 넣었습니다." 하며 목청을 높여 외쳐댔다. "고국에 계신 동포 여러분, 기뻐해 주십시오!"는 지금은 신파조新派調 같은 표현이라 아무도 쓰지 않지만, 그 당시에는 해외에 파견된 아나운서라면 누구나 외쳐대고 싶은 멘트였고 청취자의 귀에 멋지게 와 닿는 표현 방법의 하나였다.

또 놀라운 것은 방송에 대한 의욕과 열정이었다. 이를 두고 그의 방송에 대한 지나친 욕심으로 후배들에게는 마이크를 넘겨주지 않고 스포츠 중계방송을 독식한다는 불만도 있었던 게 사실이다. 그러나 후배들의 불만에 앞서 이광재 아나운서의 방송을 필적할만한 후배가 있었나 하는 데는 안팎에서 동의할 사람이 많지 않은 것이 사실이었다.

그럼에도 불구하고 그에 대한 시·청취자들의 인기는 더욱 높아져만 갔다. 어느 날은 춘천에서 오후 4시에 농구 중계방송을 끝내고 저녁 7시에 장충체육관에서 레슬링 중계방송을 한 적도 있었다. 교통수단이 발달한 요즈음은 그것이 가능하겠지만 그 당시에는 육로로 춘천에서 3시간 만에 서울에 와 방송을 한다는 것은 불가능에 가까운 일이었다. 나중에 안 사실이지만 이광재 아나운서가 인근 전방 사단장에게 부탁을 해서 군 경비행기를 얻어 타고 서울로 와서 중계방송 시간에 맞출 수 있었다고 한다. 이것도 그 시절의 이광재 아나운서니까 가능했던 일이다.

그 경기는 바로 6, 70대 연령층이라면 다 기억하겠지만 70년대 일본 프로레슬링계를 평정하며 한국 국민들에게 짜릿한 기쁨을 안겨주었던 박치기왕 김일 선수와 안토니오 이노키 선수와의 경기였다.

그는 선동적인 음성과 특유한 억양으로 "이노키의 반칙으로 쓰러졌던 김일 선수 일어나 박치기! 다시 한번 박치기!"하며 소리치며 흑백 TV 앞에 앉은 시청자들을 흥분의 절정으로 몰아넣었다. 이 경기를 시청하다 어떤 청취자는 지나치게 흥분한 나머지 갑자기 쓰러져 병원에 실려 가는 이도 있었다.

그의 스포츠 중계방송이 현재의 흐름이나 수준에 비교한다면 진부한 표현에 지나지 않겠지만 그 당시에는 시·청취자들의 마음을 사로잡기에 충분했다.

군용기 타고 제주 여행

1967년 어느 가을날, 여성잡지를 들여다보던 여자 아나운서가 실장에게 말했다. "실장님, 저는 아직 제주도를 못 가봤는데 거기 좀 가 봤으면 좋겠어요."

이 아나운서는 잡지에서 제주도에 관한 기사를 보면서 자기의 소원이 이루어질 것을 기대하고 한 말을 아니었을 것이다. 이광재 실장이 "그래?" 하더니 잠시 생각을 하다가 어디론가 전화를 건다. 그는 중요한 전화를 걸 때면 회전의자를 뒤 벽 쪽으로 돌리고 전화를 걸곤 했다. "저 이광재입니다" 하고는 나직한 목소리로 한참을 통화하고는 전화를 끊는다. 얼마 안 있어 전화가 걸려 온다. 전화를 받은 실장의 얼굴에 미소와 함께 화색이 돈다.

그 여자 아나운서의 꿈이 이루어진 것이다.

며칠 후 아나운서들은 여의도 군 공항에서 공군이 제공한 C-46 수송기로 꿈같은 제주도를 다녀오게 된 것이다.

이 당시만 해도 항공편이 오늘날처럼 보편화하지 않았기 때문에 부유층의 신혼여행이 아니면 일반인들이 제주도로 여행한다는 것이 그리 쉽지 않을 때였다.

아나운서실의 나들이는 당일 근무자와 생방송 진행자는 빠질 수밖에 없기 때문에 이번 제주 여행에 40명 중 20여 명만 다녀왔으니 이는 현업을 하는 아나운서들에게는 숙명이나 다름없다.

비록 하루 동안의 짧은 여행이었지만 비행기를 타고 하늘을 나는 것만으로도 설레는 일인데 제주에 가보니 아나운서들에게는 더없이 즐겁고 행복한 날이었다.

1969년 늦은 봄날 남산을 오르는 상춘객들의 행렬이 방송국 앞 도로를 메웠다. 모처럼 아나운서실에도 봄기운이 가득했다. 늘 방송으로 바쁜 이광재 실장도 이날만은 자기 자리에서 방 식구들과 함께 한가한 시간을 보내고 있었다. 창밖 산길다방 쪽을 응시하고 있던 여자 아나운서들이 "실장님 우리도 야유회 한번 가죠." 늘 시동을 거는 것은 여자 아나운서들이었다. 이에 실장이 "그러지, 어디로 갈까?" "바다 구경 좀 했음 좋겠어요." 이윽고 실장이 의자를 벽 쪽으로 돌리더니 어디론가 전화를 건다. "저 이광재입니다." 하고는 한참 통화를 하더니,

"다음 주 일요일 인천 앞바다 팔미도로 가지."

아나운서들이 박수를 치며 환성을 질렀다.

그날이 왔다. 현업 근무자들을 남겨두고 인천으로 향했다. 인천항 부두에는 해운국 책임자로 보이는 분이 순시선 한 척을 대기시켜 놓고 우리를 맞이했다. 실장은 그에게 정중히 인사하고 우리들에게 그를 소개하며 큰 박수로 감사를 표하게 했다. 그렇게 우리는 커다란 순시선을 타고 1시간 거리인 팔미도로 향했다. 늘 방송에 쫓기며 긴장 속에 사는 우리에게는 팔미도에서의 하루가 낙원에 온 것 같은 느낌이었다.

이광재 실장은 방송에 욕심이 많다고 불평하는 선배들도 있었지만 적어도 자기 부하들의 복지福祉를 위해서는 성의를 다한 분이라고 생각한다.

아나운서 실장의 전화 한 마디로 공군 비행기를 타고 하늘을 날아 제주도를 다녀왔고, 해안순시선을 타고 바다를 누빌 수 있었으니 이 시절 KBS 아나운서들의 위상位相이었다.

이제 기차를 타고 대지를 달리는 일만 남았다.

뜻밖에 터진 "파발마 사건"

1969년 2월 우리나라에도 '관광호' 열차가 개통됐다. 서울에서 출발하면 대전과 동대구에만 정차하고 부산에 도착하는 특급열차로 시속 110km로 달려 서울에서 부산까지 4시간 50분대에 주파한다. (오늘날 2시간여의 운행 시간을 과시하는 KTX 열차에 비교하면 격세지감이 있지만) 한창 불붙었던 새마을 운동을 상징해서 1974년 '관광호'는 '새마을호'로 이름을 바꾸었다.

1970년 어느 봄날 이광재 실장은 야유회를 제안했다. 장소는 대전 근처 계룡산의 동학사, 교통편은 "관광호 열차"였다.

아나운서실에는 환호성이 터져 나왔다. 말로만 듣던 특급열차 관광호를 타보는 것은 아나운서들에게 꿈이나 다름없었다.

실장은 이미 관광호 1칸을 예약해 놓았다. 40여 명 아나운서들의 열차표는 자비로 구입했는지 교통부 고위층에게 청탁해서 확보했는지 그 당시 말단末端인 나로서는 알 수도 또 알 필요도 없었다. 오직 말로만 듣던 관광호를 타보는 것이 좋기만 했다. 특히 실장은 결혼한 사람은 아내까지 동반할 것을 권유했다. 첫 아이를 임신 중인 아내에게 얘기했더니 무척 좋아했다. 사실 아내는 결혼 이후 서울 시내를 벗어나 본 적이 없었기 때문이다.

한편 실장은 관광호 여행을 발표해 놓고 며칠 동안 꽤 분주해 보였다. 며칠 전부터 실室 게시판에는 "당일 오전 7시까지 서울역 파발마서 울역사 정면 시계탑 앞에 전원 집합集合하라."는 공고가 붙어 있었다. 야유회 전날의 근무표를 들여다보던 실장은 나를 불렀다.

"미스터 최가 그날 야근이지?" "예." "당일 새벽 4시 반에 우리 집에 전화해서 나를 깨워줘." "예, 알겠습니다."

실장은 야유회에는 으레 그렇듯이 당일 방 식구들이 먹을 도시락 등 간식거리를 준비하느라 그의 자가용인 '퍼블릭 카'에 식자재를 잔뜩 싣고 퇴근했다.

그리고 이날 점심 식사는 대전방송국에 부탁해서 동학사 인근 식당 에 40명분 식사를 예약해 모든 준비가 끝나 이제 떠나기만 하면 된다.

대망의 야유회 D-1. 근무표대로 나는 그날 저녁 7시 야근숙직을 위해 출근했다. 출근하면서 집사람에게는 내일 아침 7시까지 서울역 시계탑 앞으로 나오라고 단단히 일러뒀다.

그런데 아나운서실에 들어서니 교대자들의 분위기가 여느 때와는 좀 다른 걸 느꼈다. 교대하는 한 선배가 나에게 다가오더니 "내일 서울역 에는 나가지 말아." 깜짝 놀란 내가 "왜요?" 하고 물었더니 "그건 나도 몰라. 하여튼 나가지 말래." 하며 자기도 불만 섞인 표정으로 퇴근해 버렸다. 야근하러 들어온 우리 팀은 각자 그 통보를 받고 황당할 수밖 에 없었다.

각자 내일 근무를 마치면 홀가분하게 야유회를 가려고 단단히 준비 하고 나온 우리들에게 나가지 말라니.

도대체 그 이유가 뭐야 하고 투덜댔지만 이유를 설명할 사람은 없 었다. 다만 조장급組長級 선배들 중 몇 사람이 이 일을 벌였을 것이라는 추측이 나왔다.

일종의 사보타주^{Savotage}다. 그러나 팀의 막내인 나에게는 전혀 이해할 수 없는 일이었다.

실장에게 무슨 불만이 있기에 집단행위를 한단 말인가.

전혀 예기치 않은 일에 맞닥뜨리고 나니 크게 걱정스러운 일이 두 가지가 생겼다.

하나는 아내에게 내일 서울역에 나가지 말라는 것인데 당시에는 전화가 없으니 이문동里門洞에 있는 집엘 가서 전하고 통행금지 시간이 되기 전에 돌아올 것을 생각하니 큰 걱정이 아닐 수 없다. 더 큰 걱정은 이 사실을 사전에 실장에게 절대 알리지 말라는 지시였다. 그런데 나는 내일 새벽 4시 30분에 실장댁에 전화를 걸어 깨워줘야 할 지시를 받아 놓은 상태이다. 이를 어쩐단 말인가? 근무 중에 우선 나는 집으로 향했다. 요즈음처럼 교통 사정이 좋지 않을 때였으므로 버스를 갈아타고 허둥지둥 집에 도착하니 아내가 깜짝 놀랐다. 아내는 내일 입고 갈 한복을 매만지는 중이었다.

거두절미하고 내일 야유회는 취소됐으니 나오지 말라 하니 아닌 밤중에 웬 홍두깨냐는 표정으로 무척 실망스러워했다. 그런 아내를 달랠 틈도 없이 나는 다시 방송국으로 달렸다.

이날 나는 밤을 꼬박 새웠다. 실장 댁에 전화할 걱정이 태산 같다. 밤은 왜 이리 긴가.

새벽 4시 30분이 되자 나는 실장 댁에 전화를 걸었다.

"실장님 4시 반입니다." "응, 수고했어. 준비들은 다 됐나?" 이미 잠에서 깨어 있는 듯 실장의 목소리는 낭랑했다.

"네" 하고 대답하는 내 목소리는 기어들어가고 있었다.

"실장님, 사실은 이러저러해서 내일 야유회는 전원 안 가기로 했습니다. 실장님, 야유회 취소하시지요." 하고 보고를 해야 하는 것 아닌가. 그러나 나에게는 그럴 용기가 나질 않았다. 전화를 끊고 나니 마음은 더 심란해졌다.

실장은 일찌감치 방 식구들이 먹을 음식물을 바리바리 싸들고 파발마시계탑 아래로 나갔다. 약속 시간인 7시가 다 되도록 아나운서들의 모습은 보이지 않았다.

그런데 TV 아나운서로 새로 뽑은 N과 H, 두 여자 아나운서에 이어 배덕환 아나운서가 나타났다. 그는 조장급組長級 아나운서들 중 최고참으로 아나운서실의 살림을 책임지고 있었다.

그는 성격이나 방송이 여성적이고 다정다감해서 동료들이나 후배들이 "배 언니"라고 부르면서 무척 따랐다. 그는 출발시간이 다가오도록 아무도 나타나지 않자 초조해지기 시작했다.

'아니, 이것들 봐라. 일을 일으킨 것 아냐? 나까지 속이고!' 배 언니는 배신감과 절망감에 화가 치밀어 올랐다. 평소 대범한 실장의 얼굴에 초조한 기색이 짙어져 갔다.

아침 7시가 됐다. 그러나 그 시각에 파발마 시계탑 아래에 모여 있어야 할 아나운서들의 모습은 보이지 않았다.

다만 두 신인 여자 아나운서와 배덕환 아나운서, 그리고 실장 내외분, 이렇게 다섯 사람만이 잔뜩 실어 간 간식 꾸러미를 역 앞에 놓고 아나운서들을 기다리고 있었다. 차 출발시간까지 시계탑 아래서 정신 나간 사람처럼 멍하니 한참을 서 있다가 발길을 돌렸다. 그들 앞에는 실장 내외가 밤을 새며 만든 40명분의 샌드위치며 음료수 등 음식물이 수북이 쌓여 있었다. 왜 N과 H, 두 신인 여자 아나운서와 배 언니만 현장에 나가도록 내버려 두었을까? 무겁게 싸 온 보따리를 다시 실고 돌아갈 때 거둬들이도록 하기 위한 배려(?)였을까 아니면 잔인한 장난기가 숨어 있는 것이었을까?

배 언니는 그 자리에 주저앉아 넋을 잃고 있던 부인에게 "사모님, 죄송합니다. 어떻게 이런 일이…"라는 말밖에 할 수 없었다.

한동안 정신 나간 사람들처럼 멍하니 서 있던 실장 내외는 처절한 표정으로 발길을 돌렸다.

관광호 열차 한 칸을 텅 비운채 떠나보낸 이 실장의 심정은 지금까지 쌓아올린 명성과 인기, 신뢰성이 한꺼번에 허물어지는 참담함 바로 그것이었을 것이다.

철석같이 믿었던 부하들로부터 참을 수 없는 배신과 모욕을 당한 실장 내외의 심정은 말할 것도 없겠거니와 나에게도 정말 힘든 24시간이었다. 나뿐만 아니라 선의의 아나운서 모두는 불편하고 불안한 하루를 보냈을 것이다.

이 사건을 가장 가슴 아파한 이는 그날 아무것도 모르고 파발마 현장에 나갔던 배덕환 선배였다. 그날 아나운서실로 식식거리며 돌아온 배 선배는 나에게 "실장 덕에 제주도로, 팔미도로, 복에 겨운 나들이를 즐기고는 이런 배은망덕背恩忘德이 어디 있니?" 하며 울분을 토했다.

용의주도하게 거사(?)를 꾸미고 의도대로 일을 성공시킨 당사자들은 쾌재를 부르고 그들만의 축배를 들었을지 모른다.

나의 고민은 거기서 끝나는 것이 아니었다. 다음 날 아침이면 실장을 만날 터인데 무슨 용기로 그를 뵌단 말인가.

새벽 4시 반 그를 깨울 때 사실을 얘기했으면 그의 자존심과 명예에 치명적인 상처는 미리 막을 수 있었지 않을까 하는 자책감이 나를 짓누르고 있었기 때문이다.

이튿날 낮 근무인 나는 다른 날보다 일찍 출근했다. 전날 밤을 샌 야근夜勤조와 일근日勤조, 상근常勤조 등 여느 때처럼 아나운서실은 이때가 가장 인원이 많이 있는 시간이다. 모두들 어제 일을 생각하며 초조하고 무거운 표정이다.

이들의 관심사는 실장이 출근해서 들어오면 어떤 표정으로 무슨 말부터 할까였다.

"당신들 나에게 그렇게 배신할 수가 있어? 도대체 그 이유가 뭐야 주동자는 누구야?" 하며 진노震怒할 실장의 얼굴을 떠올리며 실장이 들어오기를 숨죽이며 기다리고 있었다.

이윽고 실장이 문을 열고 방에 들어섰다. 그러나 뜻밖에도 그의 표정은 평상시와 조금도 다름이 없었다.

"어, 수고들 했어." 하고 인사하는 그의 말투도 여느 때처럼 밝게 보였다. 책상에 앉으면서 하는 뉴스와 콜 사인 배당 등 일상 업무도 전과 똑같았다. 즉 어제 실장과 우리들 사이에는 아무 일도 없었다는 것을 일깨워 주려는 것 같았다. 그날뿐이 아니었다. 그 이후 "파발마 사건"에 대해서는 아무도 입 밖에 꺼내지 않았다.

그리고 그 사건은 우리들만의 사건으로 그쳤고, 외부 누구에게도 알려지지 않았다. 누구에게도 알려지게 하고 싶지 않은 아나운서실 역사상 가장 아프고 부끄러운 사건이었지만 50여 년이 지난 지금 과거를 반성하는 의미에서 접어두었던 내 비망록備忘錄을 연 것이다.

물러가는 카리스마

그 일이 있은 몇 달 후 실장이 미국의 소리VOA(Voice of America) 방송으로 떠나게 됐다는 소식이 알려졌다. 당시에는 KBS에서 VOA미국의소리에 2년간 미국 정부의 초청으로 파견근무를 했는데 장기범, 강찬선 아나운서가 다녀왔고 송한규 아나운서에 이어 이번에 이 실장이 파견근무를 떠나게 된 것이었다.

지난번 '파발마 사건'에 이은 또 하나의 충격이었다. 인기 절정에 있던 그가 돌연 미국행을 택하리라고는 아무도 예측하지 못했기 때문이다.

그런 그가 왜 갑자기 미국행을 결심했을까?

갑작스러운 VOA행에 대해 자신이 이유를 내비치지는 않았지만 실원室員들은 지난번 "파발마 사건"이 결정적인 이유가 됐을 것이라고 단정하고 있었다. 철석같이 믿고 있었던 후배들에게 비수匕首와 같은 배신을 당하고 나서 더는 아나운서실장 자리에 있어서는 안 되겠다는 결심이 섰을 것이다.

미국으로 떠나기 며칠 전 종로3가 세운상가에 있는 아서원雅苑이란 중국음식점에서 그의 송별연送別宴이 열렸다. 그 자리에는 실장 내외와 근무자를 제외한 아나운서들이 대부분 참석해 석별의 정을 나누었다.

며칠 후 그를 아끼던 많은 애청자들과 후배들을 뒤로 하고 미국행

비행기에 올랐다.

이로써 이광재 아나운서의 '전성시대'는 막을 내린 것이다. 이와 함께 남산에 메아리치던 우리 아나운서들의 전성시대도 서서히 저물어가고 있었다.

그즈음 방송계는 3개 민영방송의 성장과 함께 라디오 시대에서 TV 시대로 변화하면서 아나운서들이 설 자리가 서서히 좁아지기 시작했기 때문이다.

그가 떠난 후 강찬선 선배 아나운서가 계시다가 이사理事로 승진하고 최계한 아나운서가 실장의 바통을 이어 받았지만 개운치 않은 사건 후에 이광재 실장이 미국 파견이라는 명분으로 자리를 떠난 것은 그를 따르던 후배들의 마음을 오래도록 아프게 했다.

파발마 사건은 그 후 누구에 의해 주도된 것인지 나는 지금까지도 알지 못한다.

사건이 있고 난 뒤 사석에서도 누구 하나 그 사건에 대해 입 밖으로 꺼내는 사람이 없었으니 그 사건은 자연히 물밑으로 가라앉게 됐다. 다만 이 실장의 지나친 방송 욕심으로 인기 있는 프로를 독점하고 불공평한 프로그램 배당에 대한 몇몇 조장급 간부들의 불만이 누적됐다가 폭발한 것이라는 뒷얘기들이 후배 아나운서들의 입에 오르내린 적은 있었다. 새내기에 불과한 나로서는 실장이 무슨 스포츠 중계를 맡든, 어떤 프로를 배당하든 조그만 불만도 가질 위치가 아니었으니 그런 불만들은 나에게는 관심 밖의 일이었다. 오히려 그가 우리 아나운서실을 지키고 있는 한 우리들도 자신감과 긍지를 가질 수 있다고 믿고 싶었다.

● 〈두물머리〉 유화 53×46㎝

보스, 외롭게 지다

2012년 9월 5일, 이광재 아나운서가 별세했다는 비보悲報가 멀리 LA에서 들려왔다.

1970년 4월 '미국의 소리VOA'로 떠난 지 42년 만인 2012년 8월 30일, 향년 80세1932년 8월 8일생로 세상을 떠난 것이다.

1956년 12월 서울중앙방송국KBS에 입사해서 미국으로 떠날 때까지 14년 동안 만능 아나운서로 명성을 드높이며 청춘을 불태웠던 그가 자신이 남긴 수필 『남산길의 가로등』에서처럼 '흘러왔다가 흘러가는 인생'이 된 것이다.

미국으로 건너가 '미국의 소리'에서 근무한 후 그곳에 눌러앉아 현지 방송에 관여하면서 독실한 기독교 신자가 된 그는 목회자가 되었으나 미국 생활이 그렇게 행복한 것만은 아니라는 소식이 들려올 때마다 그의 사랑을 받으며 방송 인생을 시작한 나는 안타깝고 송구스런 마음을 감출 수 없었다.

입추의 여지 없이 관중들로 꽉 들어찬 장충체육관, KBS라는 휘장이 둘러쳐진 중계방송석에 주먹만 한 헤드폰을 쓰고 마이크를 움켜잡고 앉아 있는 이광재 아나운서의 모습은 관중들에게는 선망의 대상으로, 나 같은 아나운서 지망생에게는 우상과 같은 존재였다. 일단 중계방송이 시작되면 그의 볼륨 있고 우렁찬 목소리는 마이크를 통하지 않고서도 맞은편 스탠드에서도 들릴 정도였으니 그는 방송을 위해 태어난 사람이었다.

무려 24개 종목에 달하는 경기를 중계방송할 수 있는 캐스터로 온 국민의 사랑을 흠뻑 받은 그는 60년대 이 땅에 유명무실했던 스포츠 종목을 특유의 박력 있고 신명나는 중계방송으로 활성화시키는 기틀을 마련한 인물이라 해도 좋을 것이다.

그는 또 1960년대 전쟁의 폐허를 딛고 일어서는 배고프고 고달팠던 시절 국민들에게 용기와 희망을 준 대차 아나운서였다.

지금도 "고국에 계신 동포 여러분 기뻐해 주십시오!" 하며 외치던 그의 목소리가 귓가에 쟁쟁하게 들려오는 것 같다.

다른 아나운서가 아니고 오직 그가 해야만 멋있게 들렸던 이 멘트는 그의 방송을 들으며 가난 속의 어려움을 이겨 냈던 6070세대들의 가슴 속에 영원히 살아 숨 쉴 것이다. 하루아침에 그를 배신감과 절망 속으로 빠뜨리게 했던 "파발마 사건"만 일어나지 않았어도 그가 미국으로 떠나는 일은 없었을지도 모른다.

그랬다면 그는 미국에서의 삶보다는 훨씬 더 행복한 노후를 즐기며 지금쯤 남산 시절 얘기로 꽃을 피우고 있을 것이라 생각해 본다.

그 사건 현장에 있었던 배덕환 선배와 당시의 얘기를 회상하다 보면 그는 "그게 무슨 철없는 짓들이니 난 지금도 그날만 회상하면 나 자신이 부끄러워서 견딜 수가 없단다." 하고 한탄하기도 했다. 마음은 여자 같이 여리면서도 다정다감해서 후배들이 많이 따랐으나 애석하게도 몇 년 전 숙환宿患으로 고인故人이 되셨다. 이광재 선배님, 배덕환 선배님, 편히 잠드소서.

가난 속에도
여유와 낭만은 있었다

6, 70년대 아나운서실에는 이광재 실장과 몇몇을 빼고는 대부분의 남자 아나운서들이 담배를 피웠다. 호주머니가 가난해 담배를 사 피울 능력이 없으면서도 끊지 못하고 동료들에게 얻어 피는 선배들도 많았다. 저녁 근무를 하러 출근할 때 청자 한 갑을 사 넣고 들어오면 낮 근무를 마친 교대조원交代組員들이 반색을 하며 달려든다. 내가 반가워서가 아니라 담배가 떨어져 한 대 얻어 피우려고 다가오는 사람들이다.

20개비 한 갑에서 4~5개비를 빼주고 나면 담뱃갑이 금방 홀쭉해진다. 그러니 문제는 이다음부터다. 밤 근무 중 일찌감치 담배가 떨어졌거나 아예 담배를 사지 않고 남에게서 얻어 피우는 선배들에게 주고 나면 정작 내가 피울 담배가 없다. 새벽 5시 뉴스를 하고 나면 담배 생각이 간절한데 담배가 없다.

담배가 떨어지면 피우고 싶은 욕구는 더 강력해진다. 참다못한 나는 재떨이에 피우다 만 꽁초들을 골라 불을 붙인다. 낮 근무조가 들어오기까지는 서너 시간을 있어야 하니 그때까지는 어쩔 수 없이 재떨이를 뒤져야 한다.

이윽고 낮 근무조가 들어오면 우리가 어제저녁 그랬던 것처럼 야근조의 담배수탈(?)이 시작된다. 결국 피장파장이요 장군멍군이다.

지금 돌이켜 보면 통 이해할 수가 없다. 목소리가 생명이라며 날계란을 보약처럼 여기던 아나운서들이 담배는 최대의 적이란 것을 알면서도 왜 그렇게 많이 피워댔는지.

어느 날 L과 K, 두 아나운서는 퇴근길에 명동 골목을 걸어 내려가고 있었다. 이 당시 아나운서들이 명동을 자주 드나든 것은 사치나 유행을 따르는 생활을 해서가 아니라 방송국 위치상 퇴근길에 버스를 타려면 충무로 입구나 명동을 거쳐야 해서 그곳을 자주 지나칠 수밖에 없었다.

걸어가는 두 사람 옆으로 한 남자가 담배를 물고 지나가는데 그 담배 연기 냄새가 틀림없는 양洋담배였다. 그 당시 우리 국산 담배는 질이 나빠 담배를 피우는 사람이라면 연기 냄새만 맡아도 국산 담배인지 양담배인지 금방 알 수 있었다.

그 구수한 담배 연기를 맡은 두 사람은 갑자기 담배가 피우고 싶어졌다. 그러나 두 사람 주머니에는 이미 담배가 떨어졌다. 담배를 사고 싶어도 수중에는 집에 갈 버스비만 달랑 남아 있다. 집에 쌀독이 비면 더 배가 고파오듯 담배가 떨어지니 더욱 담배가 피우고 싶어졌다.

터덜터덜 골목길을 걸어 내려오고 있는데 갑자기 L이 "야, 가만있어 봐. 움직이지 말고 그대로 서 있어." 하더니 걸음을 멈춘 그의 뒤쪽에서 담배꽁초 하나를 집어 들었다. 누가 피우다 버린 꽁초인데 제법 길었다. 사람들 보는 데서 꽁초를 집기가 창피하니까 K의 몸으로 꽁초 집는 걸 가리게 한 것이다.

두 사람은 픽 웃으며 가던 길을 계속했다. 얼마를 더 가 꽁초 하나를 더 주워 든 다음에 그들은 지나가던 행인에게 불을 빌려 맛있게 담배의 갈증을 풀었다.

방송국에 출퇴근을 하려면 명동이나 충무로 입구에서 버스에서 내려 대한적십자사 옆 골목을 통해 남산길을 올라가야 한다.

하루는 L 선배가 층계길의 돌계단에 앉아 구두 한 짝을 돌에다 내려치고 있었다. 다가가서 "선배님, 지금 뭐 하는 거예요?" 하고 물었더니 선배는 씩 웃으며 "으응, 올라오는데 구두 뒤창 하나가 떨어져 나갔잖아? 그냥 걸어가려니까 몸이 뒤뚱거려 걷기가 영 불편해. 그래서 한쪽마저 떼어 버리려구." 하며 구두를 돌계단에 냅다 태기 질을 하는 것이었다.

몇 번 매를 맞고 난 구두 뒤창은 힘없이 떨어져 나갔다. 그제야 그는 태연스럽게 한쪽 구두를 마저 신더니 "아, 이제야 균형이 맞는구나." 하며 아무 일 없었다는 듯이 가벼운 발걸음으로 남산 길을 계속 올랐다.

담배가 떨어지면 길에서 주워 피우면 되고, 구두 뒤창 한쪽이 떨어져 나가면 한쪽마저 떼어버리면 그만이다. 이렇듯 가난해도 비관하지 않왔고 돈이 없어도 그리 불편해 하지 않는 것이 그 당시 아나운서들의 생활방식이었다.

그것은 여유와 낭만을 주는 마이크의 위력이었는지도 모르겠다.

林元平昌容, 이것은 오자성어五字成語도 아니고 한시漢詩의 싯귀도 아니다. 3교대로 돌아가는 아나운서들의 조 편성 중 한 조의 5명 구성원이다. 5명 조원組員의 이름 가운데 한 글자를 따서 선배 순으로 나열해 놓아 조의 이름으로 만든 것이다.

임문택林文澤, 이원춘李元春, 최평웅崔平雄, 이창호李昌浩, 박용호朴容琥, 이렇게 5명의 이름 석 자 중에 한 글자를 따서 썼는데 40명 남녀 아나운서 전원이 고유의 '외자 이름'을 사용했다.

조장 임문택 아나운서는 꼼꼼한 성격에 선후배를 가리지 않고 잘못이 있을 때는 입바른 소리를 해서 '임독사'라는 별명이 붙었고 당시 배구 중계방송의 일인자였다. 이원춘 아나운서는 입심이 좋아 공개방송 사회에 능했으나 우직한 성격으로 회식 자리에서는 후배들이 경계를 풀지 않았다. 이창호 아나운서는 미남형으로 TV에서 각광을 받으며 크게 성장했다. 박용호 아나운서는 막내로 호남형好男型에 붙임성이 좋아 선배 동료들의 사랑을 받았고 퇴직 후 16대 국회의원을 지냈다.

임문택 아나운서와 이창호 아나운서는 인생을 한창 즐길 나이에 애석하게 병을 얻어 떠났다.

아나운서실의 현업은 처음에는 3개 조 3교대로 시행되다가 인원에 여유가 생기면서 4교대 4개조로 되니 근무 여건이 훨씬 편해졌다.

3교대 시 사흘에 한 번 숙직야근은 잠을 제대로 잘 수 없을 뿐 아니라 생방송으로 늘 긴장 속에 밤을 보내야 하니 심신에 가해지는 부담은 일반 직장의 숙직과는 비교할 수 없다.

남자 아나운서들에게 큰 관심사는 정기적으로 하는 근무조 편성이다. 5명으로 짜이는 근무조는 조장이 누가 되느냐에 따라 그 조組의 분위기와 근무 의욕이 영향을 받기 때문이다. 또 조장의 입장에서 보면 성실하고 매사를 꼼꼼하게 챙기는 말번末番 등 조원들이 있어야 방송 사고가 나지 않고 현업이 순조롭게 이루어지는 것이고 3, 4번의 입장에서 보면 조장의 성격이 원만하고 말번이 성실하고 부지런해야 고생을 덜 하게 된다. 이런 경우를 동상이몽同床異夢이라고 해야 하나?

담배를 많이 피는 조장을 만나면 말번은 괴롭다. 담배가 떨어지면 꼭 말번에게 손을 내밀게 되니 말이다. 더 괴로운 경우는 술을 좋아하는 조장을 만나는 것이다. 낮 근무가 끝나면 조장이 "송도로 가지." 하고 앞장서면 군소리 없이 따라나서는 것이 조組의 습관처럼 돼 있다. 대개 송도에서 끝나지 않고 2차 맥줏집으로 이어진다. 어쩌다 한 번이면 괜찮다. 한 달에 몇 번 이었는지 월급날이면 외상 술값 받으러 온 술집 사장들이 아나운서실 앞에 와 서성거린다. 한 달 술값을 5분의 1로 나누어 이날 갚아야 하는데 쥐꼬리만 한 5급 공무원지금의 9급 월급에서 외상 술값을 제하고 나면 월급봉투는 얄팍해지니 집에 가 아내에게 내밀 걱정이 태산 같다. 이래서 조장을 잘 만나야 한다는 말이 이해되리라 믿는다.

근무조가 발표되는 날은 희비가 엇갈린다. 현업근무표를 받아보고 고참은 고참대로 말번은 말번대로 누구는 한숨을 쉬고 누구는 안도의 표정이다.

"넌, 마! 왜 여태 안 자!?"

60년대 중반쯤 여름 어느 날 밤 남산연주소에서 일어났던 일이다.

아나운서실에 총각들이 많으니 퇴근 후 대폿집에서 술을 마시다가 늦으면 통금시간에 걸려 집에는 못 가고 으레 남산으로 올라오는 것이 습관처럼 돼 있었다. 하루는 C 아나운서가 밤 자정이 가깝게 거나하게 취한 채 술병을 들고 올라와 숙직근무 중인 입사 동기생인 B 아나운서 등과 청사 앞 등나무 파고라 밑에서 주거니 받거니 하면서 술잔을 나누었다.

자정 대공뉴스까지 마쳤으니 새벽 2시까지 기다렸다가 방송 종료멘트를 넣어야 그날 방송이 마무리 되는 것이다. 녹음으로 처리해 주면 간단한 일을 30초짜리 종료멘트를 위해 2시간을 기다렸다가 넣어야 하니 인력의 낭비요 시간의 낭비다. 하지만 기술 쪽의 반대로 그때는 그럴 수밖에 없었다.

시간은 흘러 새벽 2시가 가까워졌다. 담당 아나운서인 B가 방송 종료멘트를 넣으려 일어서니까 C 아나운서가 종료멘트를 자기가 넣어주겠다고 따라 일어선다. B는 근무자인 내가 넣어야 한다며 뿌리쳤지만 고집이 센 C는 질 리가 없다. 그는 말릴 새도 없이 단숨에 스튜디오로 달려갔다.

막상 마이크 앞에 앉으니 천장에서 내리쬐는 조명을 받아 취기가 확 오르며 순간적으로 자기가 여기에 왜 앉아 있는지 잊어버리고 말았다.

맞은편 유리벽 너머에는 평소 친하게 지내는 엔지니어가 앉아 있었다. 그 엔지니어는 아나운서가 들어와 앉아 있고 새벽 2시를 알리는 시보가 울리자 평소처럼 종료멘트를 넣으라는 ON AIR 큐를 주었다.

그런데 아나운서는 거기 온 이유를 깜빡 잊었으니 앞 창窓에 ON AIR 사인이 켜진 것을 알아챌 턱이 없었다. 그는 대뜸 "넌 마 왜 여태 자지 않고 앉아 있어?!"

아 이를 어쩌나? 전파를 타고 흘러나간 소리는 아나운서가 바로 시청자들에게 '너는 자지 않고 뭐하고 있느냐'는 호통처럼 되고 말았으니 말이다. 새벽 2시에 그 방송을 들을 사람이 얼마나 되겠느냐고 하겠지만 사안이 중대한 방송사고 임에 틀림없다.

그 이튿날, 아니 새벽 2시의 방송사고이니까 몇 시간 뒤 방송국에 난리가 난 것은 말할 것도 없다.

사고당사자들을 앞에 불려다 놓고 고심하던 장기범 방송과장은 그날 근무자인 B 아나운서에게 "우선 지역방송국으로 내려가 있게. 그렇지 않으면 무슨 엄한 처벌이 내려질지 모르니 잠시 피신한다고 생각하고 가 있는 게 좋을 거야."

장기범 과장은 그를 지체 없이 먼 남쪽 지역방송국으로 발령을 내도록 조처했다. 말하자면 더 큰 화를 방지하기 위한 현명한 선제조치였던 것이다. 평소에 B 아나운서를 많이 아끼던 장 과장이었지만 후배들에 대한 사랑이 남달랐던 분이었으니 누가 사고를 냈어도 같은 배려를 해 주었을 것이다. 아날로그 방송시대, 사람들의 정情이 메마르지 않았을 때였으니 방송사고 처리에서도 온정과 인간미를 찾아볼 수 있었다.

결국 B 아나운서는 남녘의 지역방송국에서 방송유배 생활(?)이 시작됐는데 그가 발령을 받고 간 지역에서는 훤칠한 키에 잘생긴 젊은 아나운서가 오니 복덩이가 들어왔다고 난리들이다. 선배들 틈에 끼어 제대로 방송할 기회를 얻지 못했던 그는 여기에 와서 인기와 함께 물 만난 고기처럼 공개방송이며 디스크자키며 좌담 프로 등의 방송경험을 마음껏 쌓을 수 있었다.

1년 후 서울로 다시 불러올린 그는 얼마 안 있어 MBC로 스카웃되어 옮겨갔으니 그에게는 지역방송국에서의 방송생활이 도약의 발판의 기회가 됐고 선제처벌先制處罰의 결정을 내려 전화위복轉禍爲福의 기회를 만들어 주신 장기범 과장님을 존경하는 선배로, 고마운 은인恩人으로 추앙하고 있다.

MBC에서 방송의 날개를 펼친 그는 '유쾌한 청백전', '명랑운동회'등 인기 TV예능프로그램에서 명성을 떨쳤고 급기야 정계에 진출해 15대 16대 18대 까지 3선 국회의원을 지냈다.

이 글에서 제시한 B 아나운서가 누구인지는 대략 짐작을 하실 수 있으리라 믿지만 실명實名을 밝히지 못 함을 이해해 주시기 바란다.

[이 이야기는 사전에 B 아나운서의 양해를 얻어 썼음을 밝힌다]

● 왼쪽부터 손범수 변웅전 왕종근 아나운서(2023. 9. 14.)

하늘도 노하고, 땅도 노하고

밤 11시 뉴스가 끝나면 "남산의 메아리"라는 5분짜리 생방송 프로그램이 있었다.

그날의 이슈를 다루는 논설형식의 비중 있는 낭독 프로그램으로 고참 아나운서가 주로 담당했다. 지금처럼 컴퓨터 워드프로세서로 친 원고가 아니라 원고지에 펜으로 쓴 글인데 이날 담당인 L 아나운서는 원고의 길이가 짧았는지 낭독 속도가 빨랐는지 11시 10분에 끝내야 하는데 50초가량 일찍 끝냈다. 이럴 때 다음 프로가 시작될 때까지 짧은 스파트Spot로 시간을 메우기 위해서 애드 립Add Lip으로 시간을 메워야 하는데 이 아나운서는 즉흥 멘트를 생각해 낸다는 것이 "여러분 밤에 창문을 열어 놓고 자다가는 참변慘變을 당하기 쉽습니다."

참변을 당한다니 이게 무슨 말인가? 그의 의도는 그런 뜻이 아니었는데 임기응변으로 하다 보니까 엉뚱한 내용이 되고 말았다.

그때는 국민의 대다수가 가난한 생활을 할 때였다. 지금처럼 강도가 횡행하거나 살인사건이 자주 발생하지는 않았지만 생활이 어렵다 보니 좀도둑이 극성을 부릴 때였다.

무더운 여름철에는 좀 산다 하는 집이라야 선풍기 바람에 더위를 식힐 정도였고 창문은 대개 열어 놓고 잠을 잤다. 입을 옷도 귀한 이 당시에는 빨랫줄에 널어놓은 옷도 걷어가는 시절이었으니 그때 우리들의 생활이 어떠했는지 짐작할 수 있을 것이다.

당시에는 '넝마주이'라는 부랑인들이 많았는데 요즈음의 폐품수집인들에 해당할까. 등에는 커다란 바구니를 짊어지고 한 손에 든 쇠갈고리로 넝마든 폐지든 돈이 되는 것이라면 갈고리로 찍어 등 뒤 바구니로 집어넣으며 다녔다.

캄캄한 밤에는 이들이 골목길을 다니며 열린 창문을 통해 벽에 걸어놓은 옷가지들을 낚아채 달아나는 일들이 흔했다. 아침에 일어나 외출하기 위해 벽에 걸어놓은 옷을 입으려고 보면 옷이 감쪽같이 없어져 황당했는데 바로 그들의 짓이었다.

L 아나운서가 의도했던 멘트가 이런 옷 절도를 예방하자는 것이었는데 '참변뜻밖에 당하는 끔찍하고 비참한 재앙이나 사고'이란 섬뜩한 어휘가 튀어나왔으니 이를 어찌할꼬. 이 시절은 생활은 가난했어도 강력범죄는 요즘처럼 흔하지 않았다. 기껏해야 좀도둑들이고 그나마 주인에게 들키면 해코지하지 않고 도망쳤다. 잘못 선택한 말 한마디를 수습해 보려고 애쓰다가 오히려 제한된 시간을 초과해 버리고 말았다.

개인 간의 대화에서도 어휘 하나가 일의 성패를 좌우한다는 사실을 일깨워 주는 일화이다

이 일이 있은 후 방송과에서는 각 스튜디오에 20초, 30초, 40초짜리 등 상황별로 남는 시간을 메울 수 있는 공익 스팟트 멘트를 비치해 놓았다.

1972년 8월 서울에는 기록적인 폭우로 대홍수가 일어났다. 중부지방에는 하천이 범람해서 수많은 농경지가 물에 잠기고 서울의 한강변 저지대에서는 수천 채의 가옥이 물에 잠겨 많은 이재민이 발생하는 전

재앙災였다. 홍수경보가 발령되자 방송은 정규방송을 중단하고 홍수 피해 상황을 수시로 방송했다. 텔레비전 방송은 시내 피해지역에 중계 차를 내보내 피해 상황을 실시간으로 중계방송했다.

제1한강교는 상판 턱밑까지 물이 차올라 금세라도 다리를 집어삼킬 듯이 세차게 흐르고 용산 쪽 강둑은 범람 직전의 위기 상황이었다. 제1한강교 상황을 중계방송하기 위해 L 아나운서가 나갔다.

"여기는 제1한강교입니다. 이곳 한강은 지금 엄청나게 불어난 강물이 '망망대해'를 연상시키듯 노도와 같이 흘러내리고 있습니다. … 하늘도 노怒하고 땅도 노했나 봅니다. … 비는 줄기차게 내리고 있습니다." 이 멘트에서 어법상 잘못된 표현은 찾아볼 수 없다. 그러나 이 당시의 시대상황이나 사회적인 분위기에 비춰본다면 그리 적절한 표현이라고는 볼 수 없다.

당시 제3공화국은 1969년 박 대통령의 3선 개헌에 이어 1972년 10월에 유신헌법을 통과시킬 계획이어서 민심이 뒤숭숭한, 저항 세력들이 흔히 표현하는 '공안정국' 상황이었던 것이다. 더구나 아나운서는 문화공보부 소속의 공무원 신분이었다.

각 언론들도 몸을 사리고 방송인들도 말 한마디 한마디를 살얼음판 걷듯이 조심할 때였다. 이러한 민감한 시기에 홍수 상황을 중계방송하러 나간 아나운서가 시국에 대한 저항이 담긴 듯한 표현을 뱉어내니 무사할 리가 없었다.

"뭐 한강이 망망대해를 연상시켜 하늘도 노하고, 땅도 노하고? 이게 무슨 뜻이야! 당신 무슨 의도로 한 멘트야!"

서슬이 시퍼렇던 공안기관은 아나운서를 불러다 놓고 이렇게 다그쳐 물었고 아나운서는 아무 의도도 없이 그저 보이는 대로 설명했을 뿐이라며 변명하느라 진땀을 흘렸다. 어쨌든 이 중계방송 이후 그는 한동안 곤욕을 치러야 했다.

앞의 두 프로그램에서 보듯 방송에서 아나운서가 임기응변이나 즉흥적으로 현장 상황을 묘사할 때 자기의 표현이 적절한 것인지 아닌지를 먼저 신중하게 판단하는 지혜가 필요하다.

● 〈북한강의 봄〉 유화 53×46㎝

하천기下川機와 무답회의 권수

아나운서 시험에 합격해서 교육을 받을 때 선배들은 우리에게 "아나운서는 만물박사가 돼야 한다."고 강조했다.

왜냐하면 아나운서는 정치 경제 사회 문화 등 각 방면에 걸친 뉴스를 다룰 뿐만 아니라 각계 인사와의 대담이나 인터뷰 등 1인 다역을 담당하기 때문에 풍부한 상식을 가져야 하고 좁은 범위의 사물을 깊이 있게 아는 것보다는 다방면에 걸쳐 두루 아는 것이 아나운서 업무를 수행하는 데 유리하다고 선배들은 충고해 줬다.

6, 70년대만 해도 한자漢字 사용은 보편화 되어 있었다. 이 당시 신문은 물론이고 일반 방송원고도 한자漢字를 함께 썼다. 그러기에 아나운서와 기자, PD 직종의 입사 시험에는 한자 실력이 없으면 응시해도 합격하기 어려웠다. 60년대엔 텔레타이프Teletype나, 동양통신東洋通信, 합동통신合同通信 등 통신사들이 매시간 배달하는 기사를 베껴 뉴스 기사를 만들어 사용하는 경우가 많았다. 통신사에서 배급하는 기사도 활자인쇄가 아닌 사람의 손으로 등사謄寫판에 긁어 쓴 기사로 한자와 한글 병용併用이었고 기사를 가로쓰기가 아니라 세로쓰기로 역시 한자와 한글을 섞어 썼다. 그렇기 때문에 기자가 한자를 모르면 옮겨 쓸 수도 없고 아나운서 역시 뉴스를 할 수가 없었다. 어느 날 중견인 L 아나운서가 뉴스를 했는데 그 내용 중 일부는 이러했다. "國防部는 今年度에

國防豫算 0백억 원을 들여 美國의 신예 전투기 下川機 2개 編隊를 導入하기로 했습니다."

한자투성이인 이 기사를 지금의 아나운서들은 읽는 데 애깨나 먹을 것 같다.

그건 그렇다 치고 L 아나운서가 읽은 이 기사에 나온 '하천기下川機'는 도대체 무슨 전투기인가? 청취자는 뉴스를 자막으로 보는 것이 아니고 소리로만 듣기 때문에 이 '下川機'를 더더욱 이해하지 못했을 것이다. 뉴스를 마치고 나온 아나운서에게 '하천기'가 무슨 전투기냐고 물었더니 자세히는 모르지만 그런 기종이 있는 모양이라고 대답해 선배 아나운서로부터 그런 뜻도 모르는 뉴스를 어떻게 무책임하게 할 수가 있느냐는 핀잔을 들었다. 보도과에 확인한 결과는 너무나 어처구니없는 내용이었다. 그 뉴스는 통신을 인용한 기사인데 세로로 내려 쓴 이 기사에 '下川機'는 'F-111기機'를 무심코 베끼다 보니 F를 '아래 하下 자'로, 111을 '내 천川 자'로 오기誤記한 것이었다. 요즈음 같으면 이 기사를 쓴 기자나, 이를 아무 의문 없이 읽은 아나운서 모두 개념概念 없는 사람들이라고 비웃음을 살 것이다.

1953년 9월 21일 북한의 노금석 공군 대위가 미그MIG-15 전투기를 몰고 귀순해 왔다. 동족상잔의 한국동란이 휴전협정으로 멈추긴 했으나 전쟁이 언제 다시 터질지 모르는 불안한 상태에서 북한의 전투기 한 대가 귀순해 왔으니 온 나라는 물론 AP, UP 등 외신들은 서울발 긴급뉴스로 타전해 전 세계를 깜짝 놀라게 했다. 당시 미그-15 전투기는 소련제 최신예기로 미국에게도 베일에 가려져 있던 전투기였다. 국내 각 신문은 호외號外를 찍어 냈고, 라디오는 긴급 뉴스로 방송했다. 뉴스의 기사는 이러했다. "北傀 空軍의 노금석 大尉가 오늘 오전 ○○시 蘇聯製 미그 15기를 몰고 歸順해 왔습니다. … 노금석 대위는 지금 關係機關에서 訊問을 받고 있습니다." 이 기사에서 아나운서는 訊問^{신문=말로 물어 조사하는 일}을 고문^{拷問}이라고 읽었으니 얼마나 큰 잘못을 저질렀는지는 묻지 않아도 잘 알 일이다. 아나운서가 한자^{漢字} 한자를 잘못 읽을 때 경우에 따라서는 개인의 망신에 그치지 않고 사회나 국가에도 악영향을 미칠 수 있음을 실감 나게 보여주는 예라고 할 수 있다.

50년대와 60년대, TV 방송이 생겨나기 전 그야말로 라디오 전성시대의 아나운서들은 생활은 비록 넉넉지 못했지만, 우리말의 수호자라는 사명감과 긍지를 가지고 방송을 했다. 인원이 많지 않은 관계로 뉴스는 기본이고 공개방송과 스포츠 중계방송, 디스크자키, 대담, 해설 등 1인 다역을 소화해 냈다. 예나 지금이나 아나운서들은 각기 긍지가 높은 만큼 개성도 강했고 방송에서 멋도 풍길 줄 알았다.

제2라디오 채널은 음악방송을 내보냈는데 아침 시간의 클래식 음악 프로를 담당한 C 아나운서는 방송에서 멋을 잘 내 비교적 인기가 높았던 이다. 그런데 이날따라 재수가 없었는지 곡목 소개를 한글로 써 주던 PD가 한자로 써 준 것이었다.

아나운서는 점잖게 목소리를 내리깔며 특유의 어조로 "이번에 들으실 곡은 독일 낭만파의 기수 칼 마리아 폰 베버 작곡의-" 여기까지는 좋았는데 '무답회의 권수-' 어미를 낮추며 한껏 멋을 넣어 멘트를 넣었다.

스튜디오 밖 조정실의 PD는 이 멘트를 듣고 기가 막힌다는 듯 스튜디오 안의 아나운서를 노려보고 서 있었고 조금 있더니 주조정실의 엔지니어가 달려와 청취자가 전화를 했는데 '무답회의 권수'가 아니라 '무도회의 권유'이니 아나운서에게 고쳐 주라는 것이었다.

'舞蹈會무도회의 勸誘권유'라는 한자 곡명을 보면 문제가 된 글자가 '밟을 도(蹈)' 자는 '답(踏)' 자로, '꾈 유(誘)' 자는 '수(琇)' 자로 오인해서 '무답회의 권수'라는 해괴한 멘트가 된 것이다.

'하천기下川機'로 읽은 아나운서나 '무답회의 권수'로 읽은 아나운서나 시사時事와 군사 상식, 또는 한자와 음악에 좀 더 넓은 지식을 가졌더라면 이런 실소를 자아낼 잘못쯤은 저지르지 않았을 것이다. 그러기에 예나 지금이나 아나운서들은 이러한 실수를 저지르지 않기 위해 전방위에 걸친 해박한 지식이 강력한 무기임을 다시 되새기게 하는 사건들이라고 할 수 있다.

독립군 1개 중대로 일본군 1개 사단을 섬멸시킨 청산리 대첩의 영웅 철기鐵驥 이범석 장군의 장례식이 1972년 5월 11일 오전 10시 서울 남산 야외음악당에서 엄수됐다.

수많은 애국시민들의 애도 속에 영결식을 마치고 장례 행렬이 서울 시내를 굽어보며 비탈길을 내려와 시내로 향하고 있었다. KBS-TV에서는 영결식에 이어 장례 행렬의 이동 모습을 생방송으로 중계방송했다.

이날 KBS 방송국 앞에서 장례 행렬의 이동 실황을 중계방송하고 있던 K 아나운서는 "지금 이범석 장군의 운구행렬이 본 방송국 앞을 향해 서서히 내려오고 있습니다. 맨 앞에 10여 명에 의해 대형 태극기가 들려져 천천히 다가오고 있고 그 뒤에 국화꽃으로 장식된 운구차가 뒤따르고 있습니다. 영구차의 뒤에는 수십 개의 '족자簇子'가 바람에 펄럭이며 내려오고 있습니다."

아차! 여기서 아나운서는 큰 실수를 범하고 말았다. 그것은 족자(簇子)가 아니라 만장(輓章)이라고 하는 것이다. 만장은 죽은 이를 슬퍼하며 지은 글을 비단에 적어 기旗처럼 만든 것인데, 이를 족자라고 표현하면 웃겨도 한참 웃기는 멘트다.

이 아나운서에게 우리의 장례의식葬禮儀式에 대한 상식이 조금만 있었어도 이러한 실수는 저지르지 않았을 것이다.

그러기에 선배들은 아나운서는 만물박사가 돼야 한다고 충고해 준 것이리라.

새벽 5시의 방송 종료멘트

1970년 8월 어느 날 남녘의 한 지역방송국에서 일어난 일이다.

그 당시 지방방송국 근무란 단조로워서 저녁 9시 로컬뉴스를 끝내면 12시 종료멘트 시까지 별로 할 일이 없으니 근무자들 중 바둑에 심취한 사람들끼리 만나면 숙직실에서 바둑을 두며 시간을 보내는 것이 예사였다. 이날은 바둑을 유난히 좋아하는 M 아나운서가 야근이었는데 역시 당직인 K 기자도 바둑이라면 자다가도 벌떡 일어나는 바둑광^狂이었다. 두 사람의 맞수가 만났으니 한판 벌일 것은 뻔한 일이었다. 그런데 이날 마침 비번非番인 B 아나운서가 저녁을 먹고 방송국에 놀러 왔는데 두 사람의 대국을 구경하다가 밤이 깊어져서야 집으로 돌아가면서 "선배님, 종료 멘트는 제가 넣고 갈게요." 하니까 M 아나운서는 "응, 고마워 부탁해." 하며 건성으로 대답하고는 바둑에 더 깊이 빠져 들었다.

그러고 나서 시간이 얼마나 지났을까.

조정실로부터 "아나운서!" 하며 소리치는 엔지니어의 다급한 목소리가 터져 나왔다. 바둑에 빠져 판을 거듭하는 동안 어느새 날이 새 버린 것이다.

M 아나운서는 본능적으로 바둑알을 내던지고 스튜디오로 뛰어갔다. 스피커에서는 새벽 5시 방송개시를 알리는 애국가가 울려 나오고

있었다. 급하게 뛰어가 마이크 앞에 앉은 아나운서는 온 에어ON AIR의 큐가 들어오자 "지금까지 여러분께서는 대한민국 ○○에서 보내드린 KBS ○○방송을 들으셨습니다." 하니까, 조정실의 엔지니어가 깜짝 놀라 손을 내저으며 그게 아니라는 제스처를 했다.

방송 개시멘트를 넣으라고 큐를 줬더니 종료멘트를 넣으니 엔지니어는 놀랄 수밖에…. 그 아나운서는 엔지니어의 제스처를 방송이 안 나갔으니 다시 하라는 신호인 줄 알고 "지금까지 여러분께서는… 오늘 방송을 마치겠습니다. 안녕히 주무십시오." 하고 종료멘트를 다시 힘주어 반복했다.

참으로 실소를 금치 못할 사고였다.

그 멘트가 나가자마자 청취자들의 전화가 빗발치고 난리가 났다.

"아니, 그 아나운서 정신 나간 사람 아냐? 새벽에 일어난 사람한테 다시 안녕히 주무시라니!"

아나운서는 밤새 바둑에 정신이 빠져 종료멘트를 넣은 기억이 없었기 때문에 그때가 종료멘트를 넣을 시간으로 착각했던 것이다.

전날 밤 놀러 왔던 후배 아나운서가 종료멘트를 넣고 간다고 했는데도 바둑 두는 데 정신이 빠져 그의 말에 건성으로 대답하고 밤이 새는 줄 몰랐으니 사고는 예견된 것이나 다름없는 일이었다.

철가방, 스튜디오 침입 사건

　지방의 어느 방송국 K 아나운서는 야근 교대를 하고 밤 근무에 들어갔다. 저녁 식사를 위해 방송국 근처에 있는 중국집에 짜장면 한 그릇을 시켰다. 저녁 8시경 시켰는데 9시가 가까워지도록 감감무소식이다. 9시 10분에는 중앙의 메인 뉴스에 이어 로컬 뉴스를 해야 하는데 그 안에 먹기는 그른 것 같다. 결국 뉴스를 끝내고 먹기로 하고 원고를 가지고 스튜디오로 들어갔다. 한편 철가방을 들고 중국집을 나선 배달원은 음식점에 갓 들어온 새내기였다.

　그에겐 처음 들어온 방송국 건물이 사방이 육중한 문으로 막혀있고 조정실과 스튜디오들로 통하는 길이 미로처럼 돼 있어 어디로 가야 할지 이리저리 헤맬 수밖에 없었다. 그러다 자그마한 유리창 넘어 방에 한 사람이 앉아있는 걸 발견한 이 배달원은 반가운 나머지 "아 여기구나" 하며 그 문을 열고 들어갔다.

　그 안에서는 이미 K 아나운서가 한참 뉴스를 하는 중이었는데 갑자기 스튜디오 문이 열리더니 철가방을 든 배달원이 저벅저벅 들어오는 것이 아닌가.

　깜짝 놀란 아나운서는 원고를 읽으면서 한 손을 내저으며 나가라는 시늉을 했으나 이를 알아채지 못한 배달원은 오히려 "짜장면 가와씸더." 하고 지껄이면서 자장면 그릇을 뉴스 테이블 위에 꺼내놓았다.

스튜디오는 일순간 철가방 여는 소리 그릇 꺼내는 소리로 시끄러워지며 뉴스고 뭐고 엉망이 돼 버렸다. 워낙 순간적으로 일어난 일이라 조정실에 있던 엔지니어도 어떻게 손을 쓸 겨를이 없었다고 한다.

　이 시간 집에서 뉴스를 들은 직원의 말에 의하면 뉴스를 듣고 있는데 갑자기 덜커덕 문 열리는 소리가 나더니 "짜장면 가와씸더." 하는 남자의 음성과 함께 물건 부딪히는 잡음이 시끄럽게 들리더라는 것이다.

　그렇다고 무조건 밀고 들어온 짜장면 배달원만 나무랄 일이 아니다.

　방송국이란 데를 난생처음 들어와 본 시골 청년이니 문 위에 켜진 "ON AIR"가 무언지 "방송 중"이 무언지 알 턱이 없어 일반 사무실 들어가듯 했으니 말이다.

　지금은 방송국 건물에 경비가 완벽하고 보안시스템이 철통같지만, 그 당시엔 경비원도 없고 저녁에는 당직 기자와 아나운서, 엔지니어 세 사람이 야근을 하며 방송국을 지키니 이런 웃지 못할 사고가 일어난 것이다.

심야에 찾아온 손님

내가 청주방송국에서 근무하던 때의 이야기이다.

방송국 청사는 청주 시내 한복판 중앙공원 한 모퉁이에 자리 잡고 있었다. 일제 강점기 때 지은 목조 2층 건물인데 낡은데다 주위는 수령이 꽤 오래된 나무들로 둘러싸여 있어 낮에도 음산한 기운을 느끼게 했다. 이 허름한 방송국 청사에는 스튜디오와 송신기가 1층에 그리고 사무실은 2층에 있었다.

추적 추적 비가 내리는 어느 여름날 밤 자정에 저녁 근무를 끝내고 2층 사무실에서 잔무 정리를 하고 있었는데 창 밖의 낙숫물 소리가 그날따라 유난히 스산함을 느끼게 했다. 근무자는 아래층에 엔지니어 한 사람 2층에 나 둘뿐이었다.

갑자기 누군가 계단 오르는 소리가 났다. 그것도 아주 천천히.

몇 초에 한 발짝씩 옮길 때마다 낡은 나무 계단에선 삐거덕 소리가 났다. 그러더니 한참을 쉬었다가 또 삐거덕 삐거덕-.

엔지니어의 걸음걸이는 분명 아닌데… 이 깊은 밤에 누굴까.

그 순간 머리끝이 쭈뼛해졌다. 옛날엔 이 건물이 병원이었었는데 사람이 죽어나가기도 했었다는 얘기가 더욱 기분 나쁘게 떠올랐다. 그렇다면 혹시 귀신이란 말인가 그는 어느새 층계를 다 올라왔는지 조용해졌다. 조용하니 마음은 더 불안하다.

나는 잔뜩 긴장해서 문쪽을 바라보고 있었다. 아무도 보이지 않았다. 더 못 참고 의자에서 일어나 나가려는 순간 나는 악! 하며 주저앉고 말았다.

눈앞에는 한발이나 되는 머리를 풀어헤쳤고 너덜거리는 옷은 비에 젖어 물이 뚝뚝 떨어지는데 나를 보더니 "히히히" 하며 웃고 있는 게 아닌가. 어느 공포영화에 나오는 귀신 바로 그 모습이었다.

어찌나 놀랐는지, 한참을 혼 나간 사람처럼 앉아 있다가 가까스로 정신을 차려보니 그 귀신은 평소 방송국 앞 중앙공원을 배회하며 지내는 여자 걸인이었다. 그 당시만 해도 길거리에서 구걸하는 걸인들이 흔한 때였으니까. 내가 방송국을 드나들 때마다 서로 얼굴을 익혀온 터라 그 여인은 비를 피해 방송국으로 들어왔다가 나를 보자 반가워서 웃어 보였던 것이다. 나도 그제서야 허탈감에 쓴웃음으로 인사해 주었다.

이 에피소드는 내가 청주국에 근무하면서 잊혀 지지 않는 추억의 한 토막이다.

● 〈純潔〉 유화 35×27㎝

중앙국장中央局長과
중앙극장中央劇場의 차이

　사람이 말로 자기의 의사를 전달하다 보면 자그마한 뉘앙스의 차이
로 인해 예기치 않은 결과를 불러오는 경우가 종종 생긴다.

　하나는 말의 의미를 잘못 이해해서 생기는 오해誤解이고 또 하나는
말을 잘못 발음하거나 잘못 들어서 생기는 오해다.

　1960년대 말 어느 여름날, L 아나운서는 오후 근무를 마치고 조원
들과 퇴근길에 나섰다. 버스를 타기 위해서는 명동을 지나야 하는데
참새가 방앗간을 그냥 지나칠 수가 있겠는가.

● 전기풍로 앞에 모여앉아
추위를 달래던 남산 시절, 왼
쪽부터 소병규, 이계진, 필
자, 최선 아나운서

누가 먼저랄 것도 없이 조원들의 발길은 자연스레 단골 대폿집 '송도'로 향하게 됐다. 쥐꼬리만 한 봉급에 방송 생활의 고달픔을 대폿잔을 기울이며 풀다 보니 어느덧 통금시간이 가까워져 집으로 가려 해도 이미 버스는 끊겼다. 결국 이들이 향할 곳은 만만한 남산 아나운서실이다. 숙직자들도 12시가 가까워 오면 집엘 못 가고 술에 취해 들어오는 동료들을 맞는 것에 익숙해져 있었다. 이날도 L 아나운서는 술에 거나하게 취해 동기생 B와 함께 방송국을 향해 충무로 2가 길을 접어들고 있었는데 갑자기 소변이 보고 싶어졌다. 늦은 밤이라 건물들은 이미 문을 닫았으니 화장실을 찾기란 쉬운 일이 아니었다. 막걸리를 금붕어처럼 마시고 났으니 그의 오줌보에는 점점 더 압박감이 느껴져 왔다.

하는 수 없이 그는 어느 2층 건물 옆 담벼락에다 실례를 하기 시작했다. 그런데 공교롭게도 그 건물은 파출소였다. 마침 순찰을 돌고 돌아오던 경찰관이 그를 보았다. "여보, 여보! 당신 뭐 하는 거야! 여기가 어디라고!" 경찰관은 그를 향해 소리를 질렀다.

그 소리에 L 아나운서는 정신이 번쩍 드는 것 같았으나 워낙 오래 참은 터라 도중에 중지하기는 불가능했다.

취중이어서 그랬겠지만 '에라, 기왕 이렇게 된 거 나도 오기나 부려보자.' 하며 태연스럽게 그 자리에 서 있었다.

경찰관은 어이가 없었던지 그 옆에 다가와 "당신 제정신이야? 여기가 어딘지 알고 그래!" 하며 다시 한번 소리를 질렀다.

가만히 듣고 있던 L 아나운서는 돌연 반격을 하기 시작했다.

"나 그래도 될 만한 사람이야!"

"당신 혼나 봐야겠군. 당신 뭐 하는 사람이야?"

L은 호기豪氣 있는 목소리로 "나 남산." 하며 손가락으로 남산 쪽을

가리켰다. 그의 대답을 들은 경찰관은 잠시 멈칫하더니 "남산요? 아, 예 그러시군요. 그래도 그렇지… 올라가 보시죠." 하며 못마땅한 말투였으나 더 이상 대꾸를 안 하고 파출소 안으로 들어가 버렸다.

여기에는 말의 의미를 잘못 인식한 데서 생긴 오해가 있었으리라 생각된다. L 아나운서가 대답한 '나 남산'이란 말은 남산에 있는 KBS를 지칭한 것이었을 테고, 경찰관이 생각한 '남산'은 중앙정보부였을 것이다. 그 당시 중앙정보부는 KBS에서 가까운 남산 기슭에 있었고 '무서운 곳'이라고 알려진 대공분실도 인근에 있었으니 경찰관이 그를 그곳에 근무하는 요원으로 오해하고 순순히 돌려보냈을 것이리라.

저녁 10시면 야근 근무조가 한창 바쁘게 돌아가는 시간대다. 중파방송지금의 제1라디오의 콜 사인과 10시 뉴스, 국제 방송의 해외로 보내는 단파 뉴스 등 조원들이 각기 배당표에 따라 스튜디오를 드나드는 시간이다.

아나운서실의 전화벨이 울렸다. 방금 10시 뉴스를 마치고 방에 들어오던 K 아나운서가 "네, 아나운서실입니다." 하고 전화를 받았다. 수화기에서는 대뜸 "나 중앙극장인데." 하는 목소리가 흘러나왔다.

가뜩이나 뉴스를 많이 더듬어 심란한데 건방지게 극장에서 반말로 전화를 걸어오다니 K 아나운서는 기분이 언짢아졌다.

그 당시에는 가끔 극장에서 아침 생활 정보 시간에 극장 프로를 안내해 달라는 부탁 전화가 걸려 왔는데 오늘처럼 거만스런 전화는 처음이었다.

K 아나운서는 "여보, 중앙극장인데 왜 반말이야!" 하고 대꾸했다.

그랬더니 상대방은 "당신 누구야?" 하고 소리 질렀다.

"나 아무개다, 왜?"

"내일 내 방으로 와!" 하고 화가 머리끝까지 난 목소리로 외치더니 전화를 끊었다.

K 아나운서도 씩씩거리며 수화기를 내려놓았다.

옆에서 통화하는 것을 듣고 있던 내가 "선배님, 무슨 전화예요?" 하니까 "짜식, 중앙극장이라는데 기분 나쁘게 반말을 하지 않아."

문제는 다음날 일어났다. 실장이 출근하자마자 중앙방송국장실로 불려 올라갔다. 그 당시에는 KBS의 직제가 중앙방송국과 국제방송국, 텔레비전 방송국으로 나뉘어져 있었다.

한참 만에 돌아온 실장이 심각한 얼굴로 K 아나운서를 불렀다. 영문을 모르고 불려 간 K 아나운서에게 "어제 중앙국장님의 전화를 당신이 받았나?"

"아니요. 중앙극장에서 걸려온 전화밖에 안 받았는데요?"

"중앙극장이 아니라 중앙국장이야! 어젯밤 국장님의 전화를 불경不敬스럽게 받았다면서? 빨리 올라가 사과드려."

K 아나운서는 아차! 그제야 어젯밤 '중앙극장' 전화 사건이 떠올랐다.

그 사건은 한마디로 소통疏通의 차이에서 벌어진 불상사였던 것이다.

당시의 L 중앙방송국장은 경상도 분으로 평소 발음이 명확하지 않았는데 이날따라 국장과 극장의 발음을 혼동한 K 아나운서가 그만 "중앙극장"에서 걸려 온 전화로 오인한 데서 일어난 해프닝이었다. 전화를 건 사람의 불명확한 발음에도 문제가 있었지만 신중하지 못하고 불친절하게 전화를 받은 쪽도 변명할 여지가 없을 것이다.

'님'이라는 글자에 점 하나만 찍으면 '남'이 된다는 대중가요가 있듯이 '극' 자와 '국' 자의 점 하나 때문에 일어난 오해로 발음이 명확하지 않거나 상대방이 말을 잘못 알아들은 데서 생긴 사례에 속할 것이다.

또 우리 속담에 '어'와 '아'가 다르다는 말이 있다. 글자의 혹 하나 차이이지만 때로는 엉뚱한 오해를 불러올 수 있으니 우리 언어생활에 있어 말을 하는 사람이나 듣는 쪽이나 신중할 필요가 있겠다.

뉴스 원고 실종사건

1971년 5월 어느 날 새벽 L 아나운서는 6시 뉴스를 준비 중이었다. 원고 예독豫讀을 마치고 스튜디오로 향하던 중 갑자기 변의便意를 느껴 화장실에 들러야만 했다.

뉴스원고를 화장실 세면대 위에 가지런히 놓고 용변 칸에 들어가 일을 보고 나와 보니 원고가 온데간데없어진 것이 아닌가. 하긴 용변을 보고 있는 동안 누가 들어왔다 나가는 인기척이 있긴 했는데… '누가 날 골탕 먹이려고 장난치는 걸까?'

그러나 뉴스 시간이 3분밖에 안 남았으니 그런데 신경 쓸 겨를이 없다. 시간적으로 멀리 떨어진 보도과에 가서 원고를 다시 가져올 여유가 없다.

그는 아나운서실로 뛰어가 갓 배달된 조간신문을 들고 뉴스 스튜디오로 들어갔다. 뉴스 1분 전, 노련하고 침착한 아나운서라 해도 깨알 같은 신문글을 예독豫讀도 없이 읽어나가기란 그리 쉬운 일은 아니다. 그는 신문의 머리기사부터 살얼음판 걷듯 읽어 내려갔는데 5분 뉴스가 마치 50분처럼 길게 느껴졌다. 간신히 뉴스 시간을 채웠으나 뉴스가 나간 다음 편집부에서는 난리가 났다. 뉴스가 편집해 준 대로 안 나가고 엉뚱한 기사들이 나갔으니 말이다.

뉴스를 끝낸 그의 등은 식은땀으로 젖어있었고 얼굴은 술에 취한 사람처럼 상기돼 있었다.

정신을 겨우 가다듬은 L 아나운서는 감쪽같이 사라진 뉴스 원고를 찾아 나섰다. 그는 불현듯 '아, 그렇다면 범인(?)은 바로 청소원일 것이다.' 이렇게 결론을 내리고 그를 찾아 나섰다.

청사 안을 뒤지던 그는 어느 사무실에서 청소를 하고 있던 청소원을 발견하고 끌고 다니던 대형 쓰레기통에 눈길을 돌렸다.

신문지와 폐지로 가득 찬 쓰레기통을 뒤지던 그는 그 속에서 몇 분전에 정성껏 읽어두었던 뉴스 원고 뭉치를 발견하고 화가 치밀었다. 다짜고짜 그 청소원에게 "당신 때문에 뉴스를 망쳤다"고 따지자 오히려 청소원은 웬 뚱딴지 같은 소리냐는 표정이다. 자기는 화장실에 청소하러 들어갔다가 세면대에 폐지뭉치(?)가 놓여있기에 쓰레기통에 주워 놓고 나왔는데 무슨 잘못이냐는 것이다. 하긴 그를 나무랄 일은 아니다. 그 중요한 뉴스 원고를 제대로 간수하지 못한 사람의 잘못인 것이다.

그나마 다행인 것은 조간신문이라도 들고 들어갈 기지를 발휘해서 '펑크'의 위기를 넘긴 것이다.

명패名牌와 TV뉴스

KBS는 TV방송이 개국하면서 청사가 둘로 갈라지게 됐다. 라디오는 본관청사를 그대로 사용하고 길 건너편에 건물을 새로 건립해서 TV방송을 개시했다. 뉴스를 담당하는 보도기능은 본 청사에서 TV청사로 옮겼으므로 매 시간 하는 라디오 뉴스는 방송국 청사 사이에 있는 4차선 도로를 건너 다니며 해야하니 아나운서들에게는 여간 성가신 게 아니었다.

뉴스 시간에 쫓길 때에는 질주하는 차들 사이로 뉴스원고를 들고 곡예하듯 건너다녀야 한다. TV뉴스의 경우는 TV청사에 보도과가 있으므로 뉴스원고를 가지고 다닐 번거로움은 없었으나 대신 데스크 앞에 놓을 자기의 명패名牌를 가지고 다녀야 했다. 지금은 컴퓨터로 이름을 쳐넣으면 뉴스캐스터의 이름이 뜨지만 그 당시에는 페인트로 이름을 쓴 길이 50cm, 높이 10cm의 삼각형의 나무토막 명패를 가지고 다녀야 했으니 격세지감을 느낀다.

TV뉴스 명패는 길 건너편 아나운서실에 보관돼 있었는데 깜박 잊고 명패를 안 가져 갔다가 다시 돌아오거나 남의 명패를 잘 못 가져

갔다가 헐레벌떡 다시 뛰어 와 바꿔 가는 등 코미디 같은 해프닝도 빈번했다.

어느 날 나는 TV뉴스를 마치고 다음에 할 라디오 뉴스 원고와 명패를 양손에 들고 본관으로 길을 건너다가 잘못해서 뉴스원고를 놓치고 말았다. 차들이 휙휙 지나가니 원고는 바람에 차도 위에 이리저리 흩어져 날아다니니 나는 들고 있던 명패를 집어 던지고 원고부터 쓸어모으느라 정신이 없었다.

당황해 허둥지둥하는 나의 모습을 본 운전자들이 차를 멈추고 차에서 내려 이리저리 뛰어다니며 흩어진 원고들을 집어줘 가까스로 수습할 수 있었으나 뒤죽박죽된 원고의 순서를 맞추는 것이 큰일이었다. 잠시의 방심으로 일어난 사고로 이 일대는 잠시 차량들의 정체현상이 빚어졌고 이 사정을 모르는 뒤쪽에서는 빵빵 경적을 울리며 난리가 났다.

황망히 원고와 명패를 주워 들고 라디오뉴스 부스에 들어와 앉았을 때는 뉴스 4분 전, 다행히 뉴스는 무사히 마칠 수 있었으나 십년감수한 느낌이었다. 지금도 그때 일만 생각하면 얼굴에 식은땀이 난다. 나중에 가까스로 주워 들고 온 나의 명패를 들여다 보니 차 바퀴에 이리 치이고 저리 치여 엉망이 돼 있어 마치 내 모습을 보는 것 같아 기분이 언짢았다. 그래도 명패를 들고 다니며 TV뉴스를 하던 그때가 그립다.

오후의 로타리와 배호裵湖

'오후의 로타리'는 매일 오후 2시부터 4시까지 진행되는 라디오의 와이드 프로였다. 남녀 아나운서의 더블 자키로 교양과 예능, 세간의 관심사를 다양하게 엮어가는 프로였는데, 그 당시로서는 거의 2시간 동안 진행되는 대형 프로그램이니 청취자들의 관심도 높았다. 책임 PD는 기획력이 뛰어난 김현金炫, 아나운서는 김영자金英子와 내가 진행을 맡았다.

그 프로의 초대 손님들만 해도 매일 사회 각계의 화제의 인물들 대여섯 명이 출연했는데, 가수로는 가요계의 최고 라이벌인 남진과 나훈아, '동백 아가씨'의 이미자, '9월이 오면'의 패티킴, 그리고 정윤희 장미희, 남궁원 등 인기 영화배우들과 사회 저명인사들도 출연해서 프로그램을 다채롭고 풍요롭게 해 주었다.

그러나 그 많은 출연가수들 중에서 '돌아가는 삼각지'와 '안개 낀 장충단 공원'으로 최고의 인기를 누리고 있는 배호裵湖는 우리 프로그램에 초대할 수 없었다. 청취자들의 빗발치는 출연 요청에 우리 제작진의 끈질긴 출연 교섭에도 불구하고 신곡 녹음에다 전국 극장 무대 출연으로 시간을 낼 수 없는데다 그는 만성신장염을 앓고 있어 건강이 나날이 악화 돼 가고 있었기 때문에 방송 출연은 불가능하다는 매니저의 답변이었다.

1971년 11월 7일요일, 그날도 우리 '오후의 로타리'는 돌아가고 있었다. 오후 3시 조금 지나 유리벽 건너편 조정실이 갑자기 바빠졌다. 김현 PD가 전화통에 매달려 있더니 스튜디오 문을 열고 들어와 메모지 한 장을 넘겨주고 나갔다. 그 메모에는 이렇게 쓰여 있었다. "수많은 히트곡으로 우리의 사랑을 받아오던 배호 씨가 평소 앓아온 신장병이 악화되어 방금 전 집으로 달려가는 구급차 안에서 숨을 거두었습니다."

지금까지 밝고 명랑하게 진행되던 '오후의 로타리'는 놀라움과 함께 그를 애도하는 분위기로 반전됐고 그가 남긴 노래 '돌아가는 삼각지', '마지막 잎새' 등의 노래가 턴테이블을 타고 전국으로 울려 퍼졌다.

29살, 무엇이든 이룰 수 있는 나이에, 그것도 무수한 히트곡으로 인기가 절정인 그가 세상을 떠난 것이다.

배호가 의술이 발달한 지금 사람이었다면 문제는 달라졌을 것이다. 오늘의 의술은 신장병에 걸렸어도 혈액투석이나 신장이식 등으로 가수로 활동하는 데 전혀 지장이 없었을 텐데 하는 안타까움이 생긴다.

하긴 병든 몸으로 참기 어려운 고통이 처절한 노래로 승화됐는지도 모르겠다.

본명은 배신웅裵信雄. 1942년생. 중국 산동성에서 독립운동가인 아버지의 3대 독자로 태어나 3살 때 해방이 되어 귀국행렬에 합류했다. 부친은 동경대를 나온 지식인이고 어머니 역시 고등교육을 받은 인텔리 집안이다. 둘째 외삼촌은 일본 무사시 음대를 나온 바이올린 연주자였고 셋째 외삼촌은 KBS 초대 악단장을 지낸 트럼펫 주자 김광수 씨, 그리고 막내 외삼촌 김광빈 씨는 서울대 음대 교수였으니 외가 쪽 가계의 음악적 유전자를 타고 났다고 할 수 있다.

그는 1956년 8월 음악을 하기 위해 혼자 상경해서 막내 외삼촌인 김광빈에게 드럼을 배운지 1년 만에 통달하고 12인조의 풀 밴드를 구성해서 드러머 겸 가수로 본격적인 활동을 시작, 1963년 '두메산골'로 첫 음반을 내고 가수로 데뷔하면서 드럼을 치며 노래하는 가수로 이름이 알려지기 시작했고 같은 해 영화 '황금의 눈'의 주제가로 발표한 '황금의 눈'이 처음으로 가요 차트에 진입해 대중에게 존재를 알렸다.

그러나 1966년 그에게는 뜻하지 않은 병마가 덮쳐오기 시작했다. 신장염이 발병해서 음악 활동을 중단하고 청량리 단칸방에서 투병 생활을 하던 그는 신진 작곡가 배상태를 만나 '돌아가는 삼각지'를 발표했다.

특색있는 음색과 호소력이 돋보이는 '돌아가는 삼각지'가 전국 인기차트를 휩쓸면서 단숨에 정상의 인기가수가 됐으며 이어서 발표된 '안개 낀 장충단 공원'이 연속 히트함으로써 KBS, MBC, TBC 등 주요 방송사에서 수여하는 가수상을 휩쓸었다.

가수로 활동하던 5년간 '비 내리는 명동', '누가 울어', '파도', '울고싶어', '안녕', '영시의 이별', '조용한 이별', '두메산골' 등 300여 곡을 남겼는데 이 중 50여 곡이 주옥같은 대 히트곡이 됐다.

배호가 부른 노래 중에는 '이별'이나 '슬픔'을 표현하는 곡이 많다. '안녕', '마지막 잎새', '0시의 이별'은 그가 떠난다는 것을 예감해서 부른 노래가 아닐까? 그의 첫 취입곡이 '굿바이', 마지막 취입곡이 '마지막 잎새'와 '0시의 이별'처럼 노래의 제목과 가수의 운명이 같이 가니 그의 숙명이라고 하기엔 너무나 공교롭다.

중저음中低音의 목소리에 호소력이 돋보이는 그만이 가진 특유한 음색은 가슴에 아프게 파고들며 한없이 빠져들게 하고 병의 고통을 이겨내기 위해 애쓰며 부른 노래들에는 가슴을 저미게 하는 애절함이 깃들어 있다.

11월 11일 예총회관에서 치러진 장례식에는 스물아홉 젊은 나이에 스러진 그를 애도하는 팬들이 구름처럼 몰려들어 슬퍼했고 소복을 입은 여인들이 수백 미터나 늘어서 떠나는 '마지막 잎새'를 눈물로 보내줬다.

그가 떠난 지 53년.

그러나 세상을 떠난 뒤에 그는 더 유명해졌다. 그가 없는 세상에서 50여 년 동안 배호라는 이름 앞에 변함없는 사랑을 보내는 사람들이 더 늘어나고 있으니 특이한 현상이라고 평론가들은 말한다.

인기가 절정일 때 요절한 가수들은 많다. '낙엽 따라 가 버린 사랑'의 차중락, '아내에게 바치는 노래'의 하수영, '하얀 나비'의 김정호, '먼지가 되어'의 김광석, '내 사랑 내 곁에'의 김현식 등은 30대의 아까운 나이에 그것도 팬들의 열화와 같은 인기를 뒤로하고 세상을 떠난 가수들이다. 그러나 차중락을 빼고는 이들이 세상을 떠난 지 30년 안팎이다. 배호가 그들보다 훨씬 전 세대임에도 불구하고 그에 대한 팬들의 사랑은 식을 줄 모른다.

그가 떠난 10년 뒤인 1981년 여론조사에서 가장 좋아하는 가수 1위에 뽑혔고, 2005년 6월 광복 60주년 기념 KBS 가요무대 여론조사에서 '국민에게 가장 사랑 받는 국민가수 10인'에 오르기도 했다.

그가 없는데도 전국에는 여러 개의 팬클럽이 활발하게 활동하고 있고 전국 곳곳에 노래비가 세워져 있는가 하면 그의 이름을 딴 가요제가 여러 군데에서 열리고 있다. 그뿐만 아니라 지금도 노래방에서는 그의 히트곡 40여 곡이 애창되고 있으니 우연한 일이 아니다. 특이한 현상은 그가 남긴 히트곡들이 많은 세월이 흘렀음에도 불구하고 오늘 그를 따르는 팬들의 분포를 보면 20대에서 70대에 이르기까지 고루 분포돼 있다는 사실이다.

나 역시 배호와 그의 노래를 사랑하는 팬이다. 내가 젊은 아나운서 시절 '오후의 로타리' 진행 중 그의 갑작스런 별세 소식을 속보로 전해 줄 때 틀어 준 그의 노래 '마지막 잎새'와 '0시의 이별'이 내 마음을 저미도록 깊게 파고들어 그 후 그의 노래에 심취해서 시간만 나면 그의 노래를 듣고 따라 부르며 오늘까지 왔다.

우스운 얘기지만 그 덕에 나도 '배호 모창가수' 못지않다는 친구들의 평을 받기도 했다.

배호가 세상을 떠난 뒤 나는 그를 더 좋아하게 됐다. 연민의 마음이 더해져서일까? 달리는 구급차 안에서 숨을 거두기 전까지 노래를 불렀다. 그가 부른 300곡의 노래들 중 히트를 친 50여 곡은 거의 다가 투병의 고통을 이기며 병상에서 부른 곡들이다. 말년에는 무대에서 노래를 부르다 쓰러지기도 했고 무대로 걸어 나올 힘이 없을 때는 휠체어에 몸을 싣고 나와 노래를 불렀다. '누가 울어', '비 내리는 명동거리'를 들으면 아픔을 노래로 이겨 내느라 몸부림치듯 토해내는 그의 목소리는 나의 가슴을 파고든다. 이와같이 죽음을 앞두고서도 마지막 남은 에너지와 열정을 모두 다 태워버린 그의 투혼이 나를 감동을 넘어 존경심을 갖게 했고 그 후부터 나는 그의 레코드판을 모으기 시작했다. 50여 년이 흐른 지금도 그의 노래를 들을 때는 항상 CD가 아닌 LP판으로 듣는다. 그래야 그의 숨결이, 아니 혼魂 깃든 노래를 느낄 수 있다. 요즘 시중에 나와 있는 CD 음반들 중에는 배호가 아닌 모창 가수들의 음반이 상당수 있어 음색과 창법이 거의 흡사해 어느 것이 진짜 배호의 노래인지 구분하기 쉽지 않다. 나는 배호가 세상을 떠난 직후부터 그의 노래에 심취했고 그의 노래를 즐겨 불러왔으니 그 진위眞僞를 가리기 어렵지 않다.

● 추억의 삼각지 로터리

배호가 간지 반 세기가 흘렀어도 그의 노래가 아직까지 온 국민의 사랑을 받는 또 하나의 원인은 그가 히트한 노래들이 모두 누구든 따라 부를 수 있다는 데 있다. 예를 들어 제일 애창되는 '돌아가는 삼각지'나 '안개 낀 장충단공원'은 고음高音이나 저음低音을 무리하게 낼 필요가 없어 음치音痴가 아니라면 누구나 쉽게 부를 수 있어 아직도 노래방 인기 순위에서 밀려나지 않고 있고 그를 모르는 세대인 20대까지 그의 노래가 불리고 있는 것을 보면 결코 우연한 현상이 아니다.

오늘도 나는 지구레코드사에서 찍어 낸 배호의 히트곡 LP판을 들으며 어느 것 하나 소홀히 들어 넘길 수 없는 그의 주옥같은 노래를 흥얼거려 본다.

● 〈맨드라미〉 수채화 53×45㎝

국군의 날 행사와 나

　1973년 8월 어느 날, 나는 실장으로부터 새로운 임무를 받았다. 그것은 국군의 날 행사 현장 중계방송 아나운서 역할이다.

　당시 국군의 날 행사는 70년대 초부터 매년 10월 1일 여의도 5·16 광장지금은 여의도공원으로 조성되었음에서 성대하게 거행됐다. 사열대에는 대통령을 비롯한 3부 요인과 주한 외교사절, 각 군 참모총장, 16개국 한국전 참전용사 등 1,000명이 참석해있고 23만㎡의 광장 주변에는 수만명의 시민들이 행사를 보기 위해 구름처럼 모여들었다.

국군의 날 행사는 육·해·군과 해병대 도보 부대, 탱크를 비롯한 자주포, 어네스트존 미사일 등 최신예 기계화 부대의 퍼레이드, 특수전 용사들의 고공 침투, 그리고 공군 전투기들의 공중분열 등으로 약 2시간에 걸쳐 다채로우면서도 박진감 넘치게 진행되는 국가적인 큰 행사였다.

특히 이 행사의 하이라이트는 특전 용사들의 고공 침투 시범과 공군 주력기인 F-4 팬텀과 F-5 전투기구 당시에는 최신예기들이었음의 공중분열이었는데 여의도 상공에서 펼쳐지는 에어쇼였다.

이 행사에서 나에게 주어진 임무는 사열대에서 행사를 참관하는 귀빈들에게 행사의 장면 하나하나를 상세하게 설명해주는 현장 중계방송 아나운서의 역할이었던 것이다.

사열대 정면을 지나가는 도보 부대의 명칭이나 기계화 부대의 무기 이름은 물론 성능, 제원까지도 정확하게 파악하고 설명해야 하며 하늘에서 낙하산을 타고 내려와 목표한 지점에 착지하는 고공 침투 요원들의 이름, 계급까지도 착오 없이 설명해야 한다.

행사 중에 제일 어려운 것이 특전 부대의 고공 침투와 공군 F-5A 독수리 편대의 공중분열이다. 그날의 기상 조건에 따라 변수가 생기기 쉽고 모든 기동이 초를 다투며 순간적으로 바뀌기 때문에 원고에 의지하지 않고 하늘을 쳐다보며 애드리브로 설명해야 하는 어려움이 있다.

현장 중계방송은 전반적으로 완벽한 시나리오에 의해 진행된다. 그러나 이런 큰 행사에는 항상 돌발적인 상황이 발생할 수 있다. 예를 들면 기계화 부대의 분열 중 대열 속에 있는 탱크가 갑자기 고장을 일으켜 멈춰 선다거나 고공 침투 시범 중 낙하산이 퍼지지 않아 보조 낙하산으로 위험하게 착지한다거나 하는 돌발상황이다.

이런 때를 대비해서 아나운서는 몇 가지의 예비 시나리오도 준비해 두어야 한다. 즉 만일 대열 속의 탱크가 멈춰 섰다 하자. 이런 상황을 대비해 행사장 주변에 대기하고 있던 견인용 탱크가 쏜살같이 나타나 고장 난 탱크를 2, 3분 내에 견인해 대열 밖으로 끌어낸다. 아나운서는 이런 상황을 사고가 아닌 행사의 일환인 것처럼 자연스럽게 임기응변으로 처리해야 한다.

이러한 큰 행사의 현장 중계는 아직 초년생인 나에게는 엄청 부담스러운 일이었다.

국군의 날 행사는 보통 30일 전에 리허설에 들어간다. 남녀 아나운서들은 그날부터 제병지휘부라는 행사본부에 파견돼서 매일 두 차례씩 도보 부대와 기계화 부대의 훈련장과 공중기동연습을 하는 공군기지를 오가며 훈련과정을 익혀 나간다.

이런 연습을 마스터하면 9일 전부터는 여의도 행사장에 총집합해서 실제 행사와 똑같은 총 리허설에 돌입하여 각 부대 간 진행상의 오차 범위를 좁혀 나아간다.

● 제병지휘관 황영시 중장과 함께

행사 3일 전부터는 잠이 잘 오지 않는다. 식욕도 떨어진다. 머릿속은 온통 이날 행사를 잘 마칠 수 있을까 하는 중압감으로 꽉 차 있다.

드디어 D-Day, 결전의 날이 왔다. 행사는 10시 정각 대통령의 도착과 함께 시작된다. 사열대 좌측 하단에 마련된 방송실에는 남녀 아나운서와 외국 귀빈들을 위한 영어 아나운서 등이 나란히 앉아 행사 시작 10분 전인 9시 50분부터 방송을 시작한다.

방송이 시작됨과 동시에 수만 장병과 관계자들이 100여 일 동안 뙤약볕 아래 훈련한 결과들이 1초의 오차도 없이 차근차근 진행돼 나간다. 국군 통수권자인 대통령이 도착하면 대통령에 대한 경례로부터 시작해서 대통령이 사열차를 타고 각 군부대를 도는 열병에 이어 국군의 날 기념식과 분열의 순서로 약 2시간 동안 진행되는 것이다.

이 행사는 KBS, MBC, TBC 등 TV 방송이 합동으로 실황을 중계방송하는데 오디오^Audio는 현장 중계방송을 그대로 받아 전국으로 송출하게 된다.

극단의 긴장 속에서도 방송이 시작되니 한 달 동안 땀 흘려 준비한 시나리오 문장이 기관총의 탄알이 튀어 나가듯 거의 무의식적으로 정신없이 입에서 쏟아져 나온다. 이런 상태를 무아지경無我之境이라고 하는 걸까. 꿈속을 헤매듯 1시간 50분이 흐르고 맨 마지막 순서인 최신예 F-4 팬텀기 편대가 폭음을 내며 사열대 상공을 가르고 통과한다.

행사가 끝나고 정훈참모가 다가와 상기된 표정으로 거수 경례를 하며 "대성공입니다. 수고하셨습니다. 각하께서 아주 만족해하시며 행사장을 떠나셨습니다." 하며 기뻐했다.

나도 온몸에 힘이 쫙 빠지며 허탈감이라 할까. 큰일을 해냈다는 안도감이라고 할까. 복잡한 감정이 교차한다. 이 현장 방송을 계기로 나는 매년 국군의 날 행사중계의 단골 아나운서로 자리를 굳히면서 10여 년을 계속하게 됐다.

10여 년 동안 나와 함께 호흡을 맞춰 방송한 여자 아나운서는 이희완, 이명희, 전인선 아나운서 등 중견급 아나운서들이었다. 이희완 아나운서는 박력 있는 음성과 거침없이 달리는 독력으로 나와 호흡이 잘 맞아 환상의 콤비라는 평가를 받았다.

군 행사에 익숙해지다 보니 엔진 소리만 들어도 탱크인지 자주포인지 알 수 있게 됐고 하늘을 나는 전투기의 제트엔진 소리만으로 기종을 구별할 수 있는 경지에 이르게 됐다.

그뿐 아니라 내가 처음 현장 아나운서를 시작하던 해에 중대장이었던 장교가 연대장으로, 대대장이었던 중령이 장군이 되어 나를 찾아와 그 당시 자기가 지휘하는 부대 소개를 잘해준 덕택으로 장군으로 진급하게 됐다며 고마움을 표하기도 했다.

KBS, 공영 방송으로 전환과 여의도 시대의 개막

1973년 3월 3일, KBS가 정부기관의 국영방송에서 공영방송체제로 전환되는 동시에 명칭도 서울중앙방송국에서 한국방송공사로 변경된 날이다. 우리들의 신분이 공무원에서 회사원으로 바뀌면서 대우도 민영방송 수준에는 못 미치지만 상당히 달라졌다.

이제는 가난에 짓눌렸던 어깨를 할짝 펴고 남산의 오르막길을 오르내릴 수 있게 되면서 사원들의 얼굴에는 새 방송체제에 대한 기대와 함께 활기가 넘쳤다.

TV수상기의 급격한 보급과 함께 텔레비전 방송의 본격적인 확장으로 방송은 라디오 시대에서 텔레비전 시대로 넘어가면서 아나운서실에도 변화의 바람이 불기 시작했다. 라디오 위주의 단조로운 근무형태는 방송채널 확장에 따라 복잡해졌고 아나운서들의 TV 출연으로 스타 아나운서들도 속속 등장했다.

1957년 정동으로부터 옮겨 온 남산연주소는 기구가 확장되고 방송시설의 증설 등에 따라 협소해지면서 20년의 남산시대를 마감하고 1976년 12월 1일 여의도 종합청사를 준공함으로써 여의도시대를 열게 됐다.

KBS는 이날 박정희 대통령이 참석한 가운데 준공 테이프를 끊고 우리나라 방송사의 큰 획을 그으며 새로운 발걸음을 내디뎠다.

1976년 12월 1일 여의도 방송센터에서의 첫 방송은 제1라디오의 새벽 5시 뉴스였다.

　남산연주소에서의 마지막 날인 11월 30일, 아나운서실의 숙직근무팀은 '평규용진平圭容振'. 나와 김규홍金圭弘, 박용호朴容琥, 그리고 공채 1기생인 이계진李季振 아나운서 등 4명으로, 우리 팀을 팀장인 내 이름의 한 글자를 따 '평平팀'이라 불렀는데 방송이나 팀워크에 있어서 착실한 팀이라는 평을 받았다.

　남산시대의 방송을 마무리 짓고 동시에 여의도시대의 첫발을 내딛는 우리 팀원들로서는 실로 역사적인 임무였다.

　나와 박용호 아나운서는 내일 새벽 첫 방송을 위해 저녁 9시 뉴스를 마치고 여의도로 건너왔고 김규홍, 이계진 아나운서는 남산에서의 마지막 방송을 마무리하고 뒤늦게 여의도 새 청사로 건너와 합류했다.

　1976년 12월 1일, 여의도 방송센터에서의 첫 방송은 제1라디오 새벽 5시 뉴스였다. 여의도시대를 여는 첫 뉴스를 내가 담당한다는 설렘과 흥분으로 낯선 숙직실에 누우니 잠이 오지 않아 거의 밤을 새우고 4시 조금 지나 양치질에 면도面刀로 용모를 단정히 하고 말끔한 정장 차림으로 마이크 앞에 앉았다. 뉴스 부스 밖에는 김경식 보도본부장 등 보도국 간부들이 내 뉴스를 지켜보고 있었다. 그만큼 첫 방송인 5시 뉴스에 큰 관심을 가지고 있었던 것이다.

　뉴스를 마치고 나오니 보도본부장이 '첫 뉴스를 축하한다'며 내 손을 잡아주었다. 나 자신도 5분짜리 뉴스였지만 큰일을 치른 것처럼 뿌듯한 마음이 들었다.

　낡은 남산연주소를 떠나 여의도 새 청사로 오니 옹색한 초가삼간에서 고대광실高臺廣室에 든 것처럼 모든 것이 새롭고 풍요로웠다. 그러나 가난한 시절 아나운서들의 애환이 서린 그곳을 떠나오니 만감이 교차했다. 아나운서들에게 그곳은 마음의 고향이나 다름없었기 때문이었다.

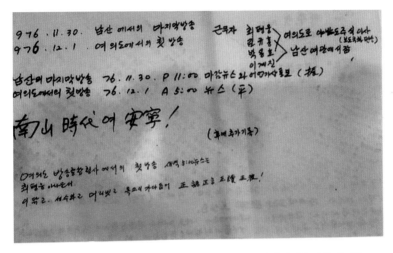

● '남산시대南山時代여 안녕安寧!' 1976. 11. 30. 이계진 아나운서의 메모장

1927년 2월 16일, 방송이 시작되던 날부터 아나운서는 청취자들의 가장 사랑받는 친구였다. 농촌인구가 전 국민의 70%였던 그 시절 라디오에서 들려오는 뉴스가 유일한 소식통이었다.

그나마 농어촌에서는 라디오를 가진 집이 한 마을에서 몇 집 되지 않았고 대부분이 벽에 매달린 유선방송 스피커 통에서 울려 나오는 방송을 듣는 것이 유일한 즐거움이었다.

그 시절 국민들은 방송국에는 아나운서들만 있는 줄 알 정도로 아나운서들의 역할이 컸던 것이다. 그런 만큼 아나운서들은 지금은 상상하기 어려운 친근한 존재였다.

장기범, 임택근, 최계환, 전영우, 박종세, 강영숙, 이광재 아나운서는 남녀노소, 도시농촌 할 것 없이 모르는 사람이 없을 정도로 인기가 높았다. 그러다가 텔레비전 방송이 등장하고 민영방송들이 속속 생겨나면서 우리 방송에도 지각변동이 일어나고 '목소리의 주인공'으로만 청취자들에게 다가갔던 아나운서들의 얼굴이 TV 화면에 공개되면서 신비감도 걷히기 시작했다. 이와 동시에 KBS에서 명성을 날리던 아나운서들이 새로 개국한 문화방송MBC, 동아방송, 라디오서울TBC의 전신 등 각 방송사의 얼굴이 되면서 방송국 간의 불꽃 튀는 경쟁과 함께 라디오 전성시대인 60년대를 마감했다.

옹색한 근무 여건 속에서도 선후배 간의 풋풋하고 따뜻한 정을 나눌 수 있었던 때는 남산 시절이었다. 또한 숱한 얘깃거리와 오래도록 간직하고 싶은 추억을 남긴 곳도 남산이었다.

방송사放送社 통폐합

1980년 12월 1일 전두환 정권의 신군부에 의해 방송사 통폐합이라는 방송 사상 대 변혁이 일어났다.

민영방송인 동양방송 TBC의 라디오와 TV, 동아방송 라디오DBS 그리고 기독교방송의 보도 기능을 KBS에 통합하고, MBC는 공익법인 체제로 이원화시켰다. 12월 1일 방송사 통폐합으로 TBC를 인수한 KBS는 기존 채널을 제1텔레비전으로, 인수한 TBC 채널을 제2텔레비전으로, 그리고 3개월 후에 발족한 교육 전담 방송을 제3텔레비전으로 구분해 3개 채널을 정착시켰다. KBS는 동양방송TBC의 텔레비전과 라디오, 동아방송DBS 등을 인수하게 되어 텔레비전 2개 채널, 라디오 4개 채널, FM 음악방송을 포함한 총 8개 채널을 보유한 대형방송사로 바뀌었다. 라디오의 경우 제1방송을 종전처럼 종합편성으로 운영하며, 제2방송 역시 종전대로 교육 전담 방송으로 운영되다가 제2라디오가 됐고 동아방송 라디오DBS는 KBS 라디오서울로 이름을 바꿔 운영됐다.

이렇게 3개 민영방송이 KBS에 흡수 통합됨으로써 기존 KBS 아나운서 40명에, 통합되어 온 아나운서들을 합해 70여 명의 대 식구가 됐다. 가족 같은 단란한 분위기의 아나운서실이 순식간에 서울역 대합실처럼 변해버렸다.

　KBS 아나운서들은 남산에서 여의도로 청사를 옮긴 후 겨우 안정돼 갈 무렵 갑작스럽게 변한 이 상황을 미처 받아들일 여유가 없었다.

　반면에 하루아침에 삶의 터전을 잃고 절벽으로 내몰린 피통합彼統合 아나운서들은 죽느냐 사느냐 하는 생존의 절박한 상황에서 여의도로 쓰나미처럼 몰려들어 왔다.

　이런 변혁으로 한 식구가 됐지만 생태와 환경이 다른 4개 방송사의 아나운서들이 하나로 동화되는 데는 많은 시간이 필요했다.

국기강하식과 영화 '국제시장'

  1970년대 중반부터 오후 5시만 되면 라디오에서 애국가가 울려 퍼지고 이에 맞추어 전국의 모든 관공서와 공공기관 학교 등에서는 국기강하식이 실시됐다. 이때 길 가던 시민들이나 공무원 학생 등 전 국민은 하던 일을 멈추고 게양대에서 내려지는 국기를 향해 오른손을 가슴에 얹고 경의를 표했다.

  전국 방방곡곡에 울려 퍼지는 애국가에는 "나는 자랑스러운 태극기 앞에 조국과 민족의 무궁한 영광을 위하여 몸과 마음을 바쳐 충성을 다 할 것을 굳게 다짐합니다."라는 맹세 멘트가 애국심을 고취시켰다. 그 국기에 대한 맹세는 재직 당시 필자의 음성으로 녹음된 것이었다. 그러다가 2007년 노무현 정권이 들어서면서 국기에 대한 맹세문이 "나는 자랑스러운 태극기 앞에 자유롭고 정의로운 대한민국의 무궁한 영광을 위하여 충성을 다 할 것을 굳게 다짐합니다."로 바뀌었다.

  내가 읽었던 맹세문에 애착이 가서인지 개정된 맹세문은 뜻부터가 가슴에 와닿지 않아 애국심을 끌어내 주기에 약하고 읽기에도 운韻이 맞지 않으니 호흡도 부자연스럽다. 노무현 정권이 들어서면서 먼저 썼던 국기에 대한 맹세문은 국민에게 무조건적인 애국과 충성을 강요한다며 개정한 것이라 한다. 그러나 어느 단체에서는 애국가 속에 들어있는 국기에 대한 맹세가 영 마음에 와닿지 않는다며 옛것을 쓰고 있다고 한다.

2015년 12월 17일 '국제시장'감독 윤제균이 개봉됐다. 어려운 시절, 가족들을 위해 모든 것을 희생한 아버지 덕수황정민 꼋의 일대기를 다룬 영화로 이 시대를 치열하게 살아 온 내 나이 또래 세대의 이야기를 통해 오늘을 살아가는 젊은 세대의 삶을 재조명하는 감동 스토리이다.

국제시장은 개봉한 지 28일 만에 천만 관객 돌파라는 대 기록을 세웠다. 이 영화에서 주인공 덕수와 아내인 영자김윤진 꼋가 길가에서 파월 기술자 지원을 놓고 싸우다 국기강하식을 알리는 애국가 연주와 국기에 대한 맹세가 울려 퍼지자 싸움을 그치고 국기를 향해 가슴에 손을 얹고 차려 자세를 하는 장면이 나온다.

내가 전혀 예기치 않았던 국기 강하식 장면이 나오고 애국가 속에 국기에 대한 맹세가 흘러나오는데, 들어보니 40여 년 전에 녹음한 내 목소리였다. 감회가 새로웠고 내 나이 30대 때의 목소리여서 그런지 기름기가 있었고 박력이 스며 있었다.

군사정권이 들어서면서 모든 공식석상에서의 보고에 괘도^{掛圖}를 걸어 놓고 하는 군대식 브리핑 형식이 정부나 공공기관 등에도 도입됐고 나중에는 차트가 아닌 슬라이드 화면을 상영하면서 아나운서들의 음성으로 녹음해 브리핑하는 형태로까지 이르렀다. 어떤 계기로 이런 슬라이드 영상식 브리핑에 기용됐는지는 기억나지 않지만 내가 정부 부처나 공공기관, 대기업 등의 홍보물 해설의 상당량을 담당하게 됐다. 어느 정부기관에서 현황보고회를 다 듣고 난 박 대통령이 "방금 해설을 한 사람이 국군의 날 행사하는 그 아나운서 아냐?" 하며 반가워했다는 얘기가 돌면서 내 목소리의 인기가 갑자기 높아졌다.

과대 포장됐는지는 모르지만 '대통령이 좋아하는 목소리'라는 별칭이 붙으면서 브리핑용이나 교육용 영상물의 해설 의뢰가 쇄도했다.

이 당시 조국 근대화와 민족중흥을 부르짖으며 경제개발계획 5개년계획에 따른 국가기간산업 건설이 한창이었다. 경부고속도로 건설을 비롯해서 포항종합제철, 남해화학, 고리원자력 1호기 건설, 광양제철 등 굵직굵직한 공장들과 안동댐, 장성댐, 의암댐 등 수리시설의 기공식과 준공식이 박 대통령이 참석한 가운데 거행됐다. 박 대통령은 거국적인 행사나 건설공사 관련 행사에는 어디든 거의 빠짐없이 참석했고 TV와 라디오 중계방송도 늘 따라다녔다.

아나운서 PD 기술 요원 등 중계방송 요원은 대통령에 근접해서 임무를 수행해야 하는 관계로 철저한 신원조회를 거쳐 신분이 검증된 사람들만 지정돼 있었는데 내가 그중에 포함돼 있었다. 그 덕에 대통령이 참석하는 행사에는 늘 중계방송이 따라갔으니 연간 30회 이상 전국 방방곡곡을 누비며 다녔다.

박 대통령이 살아생전의 마지막 공식 행사는 1979년 10월 26일 충청남도 삽교호 준공식과 출력 1,500kw의 KBS 당진송신소 준공식이었다.

푸른 국토 기름진 강토를 만들어 잘 사는 나라를 가꾸기에 신명을 다 바친 박 대통령은 바다를 막아 농토를 만드는 대역사大役事인 삽교호 준공을 마지막으로 세상을 떠났다. 장장 10리에 걸쳐 쌓아 올린 방조제 위를 걸어 준공식장에 참석한 박 대통령은 치사에서 이 우람한 방조제는 우리가 지난 2년 6개월 동안 불철주야 산을 깎고 바다를 막아 쌓아올린 땀의 결정이며 국토개발에 있어 또 하나의 우렁찬 개가라고 하면서 머지않아 우리나라의 모든 농촌이 가뭄과 홍수의 걱정을 모르는 전천후 농토로 탈바꿈하게 될 것이라고 역설했다.

박 대통령은 이날 그가 참석했던 어느 행사 때보다도 표정이 밝았으며 시종 만면에 미소를 띠고 있었다. 그러던 그가 흔히 10·26이라 불리던 그날 저녁 궁정동의 총소리와 함께 세상을 떠난 것이다. 그날 대통령을 수행했던 한 기자의 얘기로는 11시 삽교호 준공식에 이어 12시에 KBS당진송신소 개소식에 참석하고 돌아오는 길에 대통령 일행이 도고 온천에 점심식사를 위해 잠시 들렀다고 한다. 이때 착륙하는 대통령이 탑승한 헬리콥터 소리에 놀라 근처 목장에 있던 사슴이 갑자기 죽었는데 이를 두고 불길한 징조가 아닌가 하고 수행원들이 언짢아했다는 후문도 있었다. 어쨌든 이날 삽교호 준공식이 내가 그를 가까이에서 본 마지막 중계방송이 될 줄은 꿈에도 몰랐다.

아나운서실에도
족보族譜가 있다

1927년 2월 16일 첫 방송을 내보낸 우리나라 최초의 아나운서는 이옥경李玉慶 아나운서다.

1964년 이광재 아나운서가 KBS 아나운서실장이 되고 나서 가문家門의 족보族譜처럼 아나운서들도 선배를 존경하는 전통을 만들어 보자는 취지로 아나운서실의 족보를 만들기로 했다. 이 실장은 우선 지인을 통해 당시의 명필인 율리栗里 박준근朴俊根 선생에게 부탁해서 '서울中央放送局 아나운서室을 빛낸 사람들'이라는 제목으로 아나운서 족보 제작에 착수했다.

아나운서들의 원조元祖격인 이옥경李玉慶 아나운서와 이영팔李永八, 이혜구李惠九, 이하윤異河潤으로 시작되는 아나운서실 족보 其一은 이승상李承相을 끝으로 40년 동안 아나운서실을 거쳐 간 147명의 선배 아나운서들의 이름이 기록돼 누구나 쉽게 볼 수 있도록 아나운서실 벽에 걸어 두었다.

이 시기 이후에 들어오는 신입 아나운서들의 이름은 바로 박준근 서예가 댁으로 가져가 써넣도록 했다. 이광재 실장은 이 족보를 자신의 재직 동안의 업적으로 만들기 위해 정성을 들였고 아나운서들도 자기의 이름이 족보에 오르는 것을 큰 영예로 여겼다.

두 번째 족보는 송인상宋寅相 아나운서로부터 시작된다.

'서울中央放送局 아나운서室을 빛낸 사람들 其二'에 5번째 줄까지 이름이 올랐을 때, 어느 날 밤사이에 황당한 사건이 벌어진다.

1969년 깊어 가는 가을 어느 날 우리 조組는 숙직 근무를 하고 있었다. 조장인 L 아나운서가 말번인 P에게 먹과 벼루를 내주면서 먹을 갈라고 한다.

'조장이 갑자기 웬 먹을 갈라고 하지? 붓글씨 공부를 하려고 하나?' 하며 나는 별로 신경을 쓰지 않았다. 그는 신문지에 한문 글씨를 열심히 쓰고 있었다. 평소 차분한 성격에 예의가 밝아 '에티켓 선생'이란 별명을 가진 그는 붓을 몇 번 잡아본 것 같으나 내가 보기에는 잘 쓰는 솜씨는 아니다.

다음날 이른 새벽부터 모든 조원組員이 눈코 뜰 새 없이 바쁜 아침 근무를 마치고 한숨 돌릴 즈음 벽에 걸린 족자를 보다가 깜짝 놀랐다.

족자에 쓰여 있던 이름들 뒤에 누가 10여 명의 아나운서 이름을 써 넣은 것이다.

그런데 그 글씨가 차마 봐 줄 수가 없다. 자신은 글씨를 좀 쓴다고 썼겠지만 글을 볼 줄 아는 사람에게는 괴발개발 쓴 글씨로 보이겠으니 앞으로 벌어질 일이 큰 걱정이다. 그러나 조장이 그래 놨으니 후배들이야 대놓고 무어라 할 수도 없는 입장이어서 서로 얼굴만 쳐다보고 있었다.

어젯밤 먹을 갈던 후배에게 이게 어떻게 된 건지 아느냐고 물으니 '조장님이 워낙 글씨를 잘 쓰시는 것 같아 족보에 자기 이름 좀 써 넣어 달라'고 청했더니 쾌히 그렇게 해주겠다고 해서 그걸 해 드린 것이란다.

내가 뉴스를 하러 방을 비운 사이에 있었던 일인 모양인데 내가 알았으면 극구 말렸을 것이나 이미 엎질러진 물이 되고 말았다. 글을 쓴 조장도 자기 이름이 거기에 올라갈 차례인데 이제나저제나 기다리던 중에 마침 후배가 이름을 넣어 달라니 '이참에 내 이름도 올려보자' 하는 욕심이 생겼을 것이다.

　이윽고 아침에 모두 출근하고 일과를 시작할 즈음, C 방송계장 선배가 벽 쪽을 바라보다가 "어! 족보에 글씨가!" 하며 "누가 장난을 쳤어?" 하는 소리에 모두 족자 쪽으로 눈을 돌렸고 배당 판에 뉴스를 배당하고 있던 실장도 족보를 보고는 놀란 기색으로 "누구야? 저거 누구 짓이야?" 하고 소리를 지른다. 이때 L 아나운서가 자리에서 일어나 실장 앞으로 다가오며 "제가 그랬습니다." 하고 기어들어가는 특유의 콧소리로 이실직고以實直告한다. 실장은 뜻밖의 인물이 나타나자 기가 찬다는 듯 그를 뚫어지게 쳐다보더니 "이봐, 저 족자가 어떤 건지 몰라? 감히 거기다 붓을 대나?" 하고는 호통을 친다. 벽에 걸린 족보를 아나운서실의 자랑거리로 삼아온 그로서는 그 작품에 그야말로 먹칠을 해 놓았으니 화가 안 날 수 없다. 감정을 억지로 누르는 듯 목소리를 낮추어 "내일 당장 서예가 박 선생 댁을 찾아가 족보를 다시 만들어 와!" 하며 크게 꾸짖는다.

　그 다음 날 이 필화사건筆禍事件의 장본인인 L 아나운서는 서예가 박준근 선생 댁을 찾아갔으나 그는 이사를 간 뒤였다. 여기저기 수소문 끝에 알아낸 소식은 그가 미국으로 이민을 갔다는 얘기이니 '족보 其二'의 제작은 물 건너갔고 벽에서 내려 말아 둔 족자는 철제 캐비닛에서 잠을 자는 동안 해가 바뀌었고 이광재 실장이 돌연 미국 VOA로 떠나면서 재제작이 중단됐다가 KBS 청사가 여의도로 이전한 뒤에 다시 착수했다.

제작에 책임을 맡은 나는 일중一中 김충현金忠顯 선생의 제자이면서 예서체隸書體가 뛰어난 오천午川 이광범李光範 서예가를 찾아갔다. 그는 나의 고향 친구이면서 대학 동창이다.

애꿎게 먹칠을 당하며 우여곡절을 겪은 '서울中央放送局 아나운서室을 빛낸 사람들 其二' 족보는 공채 6기로 1976년에 입사한 '황인우黃仁宇', '오미영吳美榮' 아나운서를 끝으로 127명의 이름을 올리면서 마무리된 것이다.

그 후속 족보는 방송 3사가 KBS에 통폐합되면서 한동안 제작이 중단됐다가 죽봉竹峰 황성현黃晟現 서예가의 글씨로 '韓國放送公社 아나운서室을 빛낸 사람들 其三'으로 이름이 바뀌었고 바뀐 아나운서들의 족보는 其四~其七로 계속 이어질 것이다.

이규항 전 KBS 아나운서 실장은 '예서체隸書体의 진수眞髓를 보여준 율리栗里, 오천午川, 죽봉竹峰, 세 명필들의 휘호로 태어난 아나운서들의 족보는 예술성과 희귀성, 역사성으로 보아 문화재적 가치가 매우 높다'고 강조한다.

1927년부터 근 100여 년에 걸쳐 이어져 온 우리 아나운서실의 역사가 담긴 족보는, 최근 한국아나운서클럽 이계진 회장이 사비를 들여 제작해 회원들에게 나누어 준 '나는 대한민국의 아나운서였다' 사진 액자와 함께 한국방송사韓國放送史를 길이 장식하게 될 것이다.

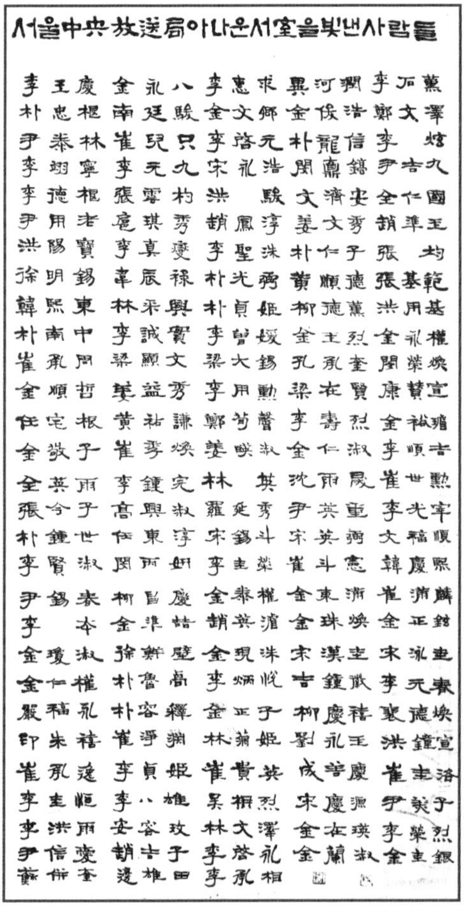

● KBS 아나운서실 족보族譜 2023년 현재 기육其六까지 있다.

나는 대한민국의 아나운서였다!

● 〈가을 향기〉 유화 52×31㎝

아나운서들의 만형,
이규항 아나운서

이규항 아나운서는 아나운서로서 갖추어야 할 모든 조건을 다 갖추고 태어난 분이다. 음성은 벨벳처럼 부드러워 유려한 장기범 선배의 목소리를 그대로 이어받은 듯 하고 마이크 앞에 앉으면 물 흐르듯 흘러나오는 말의 구사驅使는 청취자들을 매혹에 빠뜨린다. 거기에 문학적인 감각과 뛰어난 문장력은 그의 방송에 매력적인 포인트가 됐다.

또 천재적인 가창력으로 그가 가수의 길로 계속 나갔다면 따뜻하고 포근한 감성을 주는 짐 리브스Jim Reeves와 같은 매혹적인 가수가 돼서 팬들을 열광시켰을지도 모른다.

고려대 국문과 후배인 이계진 아나운서는 그에게 보낸 서한에서 '세상을 바로 보시고 늘 공부하시고 다독多讀을 통해 문화의 힘을 역설하시고 또 당신 스스로 즐기시고 향유하시고 그 힘으로 후배들을 이끄시니 눈초장이규항 아나운서의 아호님이 장기범 선배님의 뒤를 잇는 유일한 분일 겁니다.'라고 썼다.

씨름과 야구 중계방송엔 일찍이 일가를 이루었고 그가 가수로 데뷔

해서 부른 '네 잎 클로버'는 지금도 팬들의 사랑을 받고 있다.

독실한 가톨릭 신자이면서 불교와의 인연은 선배인 조지훈 선생과 석성우 스님을 만나면서 불교 교리에 심취해 '0零의 행복'으로 제작된 '부처님의 밥맛'까지 다수의 저서를 내고 수필 형식을 빌린 불교 철학과 인문학에 관한 수많은 글을 남겼다.

그의 타고난 문학적 재질로 글을 썼다 하면 수려한 문장이 되고, 대화를 시작하면 마음을 끌게 하는 특유의 화술로 많은 사람들이 그와 얘기하는 것을 좋아한다. 평소 막걸리를 좋아해서 소박한 안주를 놓고 잔을 주고 받을 때면 그에게서 맏형 같은 친근감을 느낄 수 있어 많은 후배들이 그를 따르고 있다.

2002년 공채로 KBS에 입사한 이상협 아나운서는 이규항 아나운서의 아들로 부전자전父傳子傳의 길을 걷고 있는데 그도 아버지의 성대와 문학적 재능을 고스란히 이어받아 시인詩人으로 왕성하게 활동하고 있다.

나는 청취율 100%의 진행자

　방송경영의 귀재로 불리는 KBS 홍두표 사장 시절, PD들이 프로그램 진행자로 외부 MC를 자꾸 쓰는데 내부 아나운서들의 능력과 자질을 알아볼 기회를 가지면 어떻겠느냐는 홍 사장의 제안에 따라 당시 본관 커피숍에서 PD와 아나운서들의 만남의 시간을 갖는 이색적 이벤트가 벌어졌다.

　아나운서들 입장에서 보면 별로 내키지 않는 자리였지만 사장의 제안이라 하니 응할 수밖에 없었다. 이 자리에서는 아나운서들이 자신에 대한 소상한 소개와 함께 가진 재능과 특기를 유감없이 보여주는 이벤트가 진행되고 있었다.

　그리고 자신이 잘 할 수 있는 프로그램을 즉석에서 제안하기도 하고 담당 PD와 아나운서가 서로 테이블로 찾아가 '나와 함께 일해보자. 그러면 프로그램이 대박 날 것이다.' 하고 '현장 판촉(?)' 행사를 가지기도 했다.

　다음 순서는 이 자리에 참석한 아나운서들이 자기를 소개하는 시간이다. 사회자의 호명에 따라 남녀 아나운서들이 순서대로 일어나 자기의 특기나 맡고 있는 프로그램을 소개한다. 이를테면 자신을 세일즈하는 셈이다.

　이윽고 내 차례가 됐다. 남들은 'TV의 무슨 프로다', '라디오의 무슨 공개 방송이다'라고 자기를 내세우는데 뉴스와 나레이션이 특기인 나는 '라디오 정오 뉴스' 외에는 간판격인 프로그램이 없었으니 나 자신을 어떻게 소개해야 할지 고민이었다. 어쨌든 이 순간은 넘겨야 할 것이 아닌가.

"저는 대한민국에서 청취율이 가장 높은 2개의 프로그램을 담당하고 있습니다. 제가 진행하는 프로그램의 청취율은 누구도 따라올 수 없습니다."

나의 이 한마디가 장내를 조용하게 만들었다.

'아니, 무슨 프로이기에…' 하는 의아한 눈빛으로 나를 바라보았다.

진지한 표정으로 잠시 뜸을 들인 나는 "하나는 매일 오후 5시에 방송하는 국기강하식이고…" 듣고 있던 사장은 물론 장내에서 와아~ 하고 폭소가 터져나왔다. 내친김에 "또 하나는 매달 25일 하는 민방위의 날 훈련 방송입니다." 다시 한번 폭소가 터졌다. 옆 테이블에 앉은 PD들은 "정말 그러네. 그 두 방송이 나올 때는 모든 방송이 중단되니 청취율 100%지. 하하!"

이 한마디에 장내가 뒤집힌 것이다. 사실 이런 뜨거운 반응을 기대한 것이 아니었고 궁지에서 벗어나 보려는 임기응변에 불과한 것이었는데 '청취율 100%'라는 사족蛇足이 나를 위기에서 구출해 준 것 같다.

이 이야기는 (사)아나운서클럽 단톡방에 후배인 김상근 박사가 90년대 초에 있었던 나에 대한 일화를 어제 일처럼 생생하게 소개해주어 당시의 기억을 더듬어서 재구성해 본 것이다.

늘 재치와 위트가 넘쳐 좌중에 웃음과 활력을 주는 그는 『나도 유머

러스한 사람이 되고 싶다』라는 책을 내서 면모를 과시하기도 했다.

중도에 PD로 전직해 'TV는 사랑을 싣고', '11시에 만납시다', '무엇이든 물어보세요' 등 인기 프로들을 제작한 김상근 교수는 유명한 개그맨 김준현 군의 아버지이기도 하다.

미소微笑의 전도사들

어느 직장이나 단체에는 항상 그들이 속한 조직에서 활력과 생기를 불어넣어 주는 인물들이 있기 마련이다.

KBS 아나운서실에도 어려운 근무 여건이지만 그들이 있으므로 늘 활력이 넘치고 웃음이 떠나지 않는 실室 분위기를 만들어 주는 세 사람이 있다.

그들이 바로 이세진 아나운서와 이정부, 김규홍 아나운서다. 이들이 지닌 공통점은 뛰어난 사교성과 친화력이다.

그런데 이들 세 사람은 아나운서실뿐만 아니라 기자나 PD, 엔지니어 등 타 직종 사람들과도 두터운 친분을 가지고 있다. 사람 사귀는 데는 마당발이라고나 할까?

어느 조직사회나 다 마찬가지이겠지만 특히 방송국이란 직장은 아나운서와 기자, PD, 엔지니어, 탤런트, 성우 등 많은 직종 간의 인간관계가 원만해야 일이 매끄럽게 이루어진다는 것은 상식이다. 방송사고가 일어나거나 방송의 질이 떨어지는 것은 각 직종의 스태프들 간에 의사소통이 안 되거나 불화에서 비롯되는 경우가 많다.

그러면 이들 세 사람의 뛰어난 사교성은 어디서 나오는 것일까? 뉴스를 하기 위해 보도국으로 향하다가 아는 사람과 만난다. 그들은 그냥 지나치지 않는다. 미소를 보내거나 상대방에게 오른손 엄지손가락을 치켜세워Thumbs Up 보인다. 치켜든 엄지손가락은 '당신이 최고야'라든가. 그가 여자라면 '당신 오늘 최고로 예뻐 보이네' 하는 인사로 전달되게 말이다.

친근한 사람이라면 덕담이나 평소에 그에게 가졌던 호감을 칭찬으로 표현하기도 한다. 쑥스러움을 많이 타서 칭찬에 인색한 편인 우리나라 사람들에게서 칭찬을 듣는 것은 사막에서 오아시스를 만난 것만큼이나 반갑다.

상대의 긍정적인 모습만을 골라내서 칭찬함으로써 상대방에게 긍정적인 믿음과 호의를 갖게 되는 것이다.

누구나 바쁜 업무에 쫓기며 무표정하게 지나쳐 버리는 우리의 직장 분위기에서 이들의 독특한 인사를 받은 상대방은 그가 아무리 무뚝뚝한 성격의 소유자라도 금방 굳어 있던 얼굴에 미소가 번져 나온다.

이렇게 만난 사람을 다음에 또 만나면 그 상대방도 엄지를 치켜올리며 같이 인사를 한다. 전의 무표정했던 얼굴에는 어느새 미소를 머금고 있다.

이들의 독특한 인사법은 마주치는 상대방에게 경계심을 풀게 하고 마음을 편안하게 해 주는 보이지 않는 힘으로 이들은 사내에 '미소의 전도사'가 됐고 아나운서실에서는 이들에게 '매너 삼인방'이라는 별칭을 붙여주었다.

오른손 엄지손가락을 위로 올리며 상대방을 치켜세우는 제스처의 원조元組는 이세진 아나운서라 할 수 있다. 그는 그 '엄지척'으로 끝내는 것이 아니라 늘 상대방을 칭찬하는 말을 곁들인다.

칭찬을 듣고 기분 좋아지지 않는 사람이 어디 있을까. 남을 헐뜯기는 쉬워도 칭찬하기란 그렇게 쉬운 일이 아니다. 그저 형식적인 칭찬이 아니라 평소 그에게서 느꼈던 장점들을 순발력 있게 찾아내어, 엄지손 가락을 치켜세우면서 전하는 부드러운 찬사는 상대방의 기분을 치솟 게 한다. 이러한 것은 몸에 배지 않고서는 누구도 흉내 낼 수 없을 것 이다. 선비 스타일의 온화한 그의 인품은 경지에 이른 다도茶道와 도예 陶藝를 통해 얻은 것이려니 그와 한 번 얘기를 나누어 본 사람은 금방 그의 차향茶香과 같은 그윽한 매력에 빠져 버리고 만다.

● 이정부 아나운서가 마우스로 그린 서울타워

이정부 아나운서는 재치와 유머가 넘치는 사람이다. 풍부한 유머와 몸짓으로 동료들을 즐겁게 한다. 회식 자리에서 술이 한 순배 돌고 취 기가 오르면 그의 감춰졌던 장기特技가 터져 나오기 시작하고 좌중은 곧 취흥 속에 빠져든다. 이윽고 그의 백조의 호수의 발레리나를 묘사 하는 익살스러운 춤을 출 때는 모두 뒤집어진다. 홍대 미대 출신인 그 는 그림도 잘 그릴 뿐만 아니라 글재주도 뛰어나다.

매사를 긍정적이고 낙천적으로 생각해서 그런지 그의 얼굴에서는 어두운 그림자를 찾아보기 힘들다. 그런 그의 성격으로 누구나 그에게 호감을 갖는다. 그는 남을 칭찬할 때 그의 앞으로 다가가 엄지손가락을 세우며 "선배님 뉴스는 당대 최고야." 하고 조용히 말하는 스타일이다. 그러면 칭찬을 듣는 동료는 "사람, 싱겁긴…" 하고 머쓱해 하지만 얼굴에 금방 미소가 번진다.

아나운서실 매너 삼총사 중 또 한 사람은 김규홍 아나운서다. 한마디로 몸이 3개 있어도 모자랄 정도로 매우 활동적인 사람이다. 그의 사교성은 따를 사람이 없다. 복도에서 누구를 만나면 그냥 지나쳐 버리는 일이 없다. 그가 남자건 여자건 붙들고 한마디라도 얘기를 나누고서야 놓아준다.

그때 상대방에 대한 칭찬의 말을 빼놓을 리 없다. 직장 모임이나 동창회, 사교 모임에서는 회장 아니면 사무총장을 맡아 신명 나게 일하며 모임과 단체를 늘 성공적으로 이끈다.

지금도 그는 아나운서클럽을 이계진 회장과 함께 이끌어 가고 있으며, 남산 시절 아나운서들의 모임인 목멱회의 총무 일을 젊은 사람 못지않게 감당해 내고 있다.

특기할 일은 그가 사는 아파트 단지의 노인회장직까지 맡고 있다는 사실이다. 아파트에 사는 노인들 중에서 가장 젊은 애늙은이(?)인데도 이 사람이 꼭 노인회장을 맡아줘야 동네가 발전한다며 막무가내로 맡겨 그 지역의 대표 일꾼으로서 명성을 날리고 있다. 거기서 더 나아가 그의 명성이 알려지면서 최근에는 지역 노인회의 감사 역할까지 맡게 됐다고 한다.

이렇게 그가 나이를 거스르며 탄탄한 건강을 유지하는 것은 이러한 그의 긍정적인 성격과 왕성한 활동력 때문일 것이다.

● 50여 년이 흐른 지금도 이들은 "당신이 최고야!"
  왼쪽부터 이세진, 이정부, 김규홍 아나운서

　1974년 5월 어느 날 숙직근무우리들은 야근을 이렇게 불렀다를 마친 조원組
員 5명은 함께 퇴근을 위해 남산길을 내려가고 있었다. 김규홍 아나운
서가 갑자기 "우리 극장 구경이나 하고 갑시다. 단성사에서 좋은 영화
한다는데." 하며 얘기를 꺼낸다.

　그러나 아무도 그의 제의를 거들떠 들으려 하지 않았다. 그 당시 가
난한 우리들이 호주머니에는 집에 갈 차비 외에는 여윳돈이 없어 극장
구경이란 생각도 못 할 일이었기 때문이다.

　이런 사정을 김규홍 아나운서가 모르고 한 얘기는 아니었다. 팀에서
말번末番을 겨우 면한 그는 "글쎄, 모두 나만 따라오세요." 하며 앞장선
다. 모두 그에 이끌려 '밑져야 본전이지' 식으로 종로 3가로 향했다.

　이윽고 우리는 단성사 앞에 도착했다. 김규홍 아나운서는 우리를 극
장 매표소 앞에 세워 놓더니 잠시 기다리라 해 놓고 곧장 안으로 들어

가 버렸다. 5분쯤 지난 뒤 그가 나오더니 우리에게 들어오라고 손짓을 한다. 반신반의하며 우리는 문 앞으로 갔다. 극장 관계자인 듯한 사람이 우리에게 90도 각도로 허리를 굽히며 들어오라고 인사를 한다. 영문을 모르는 우리는 그를 따라 극장 안으로 들어갔다. 그는 2층 로얄석으로 우리를 안내하더니 커피까지 내온다. 덕분에 우리는 뜻하지 않게 공짜 영화를 편하게 감상할 수 있었다. 영화를 보고 나오면서 우리는 김규홍 아나운서에게 극장에 뭐라고 했기에 우리에게 융숭하게 대해 줬느냐고 물었더니 그는 픽 웃으면서 우리는 KBS 아나운서들인데 이광재 실장님이 단성사에서 상영 중인 영화를 보고 감상문을 써내라고 해서 왔노라고 했더니 극장 연예부장이라고 하는 사람이 반색을 하면서 들어들 오시라고 했다는 것이다. 지금 같아서는 어림도 없는 얘기 같지만 그 당시만 해도 얼마든지 통하는 세상이었다. 그보다는 김규홍 아나운서의 장난기와 기지, 그리고 사교성에 우리는 혀를 내두르지 않을 수가 없었다.

여기에 재미를 붙인 우리는 맞은편 피카디리 극장에서 또 한 번 공짜 영화를 감상하고는 신사(?) 체면에 더 이상 이런 짓을 하면 안 되겠다고 판단하고 자중하게 됐다.

그가 나서면 안 되는 일이 없다. 그의 주변에서 누구든 어려운 일이 생기면 물불 가리지 않고 달려들어 도와주는 터미네이터해결사로도 통한다.

이렇듯 인간미와 재기, 때로는 장난기가 넘치는 아나운서들에게도 일단 방송이란 현업에 들어서면 가혹한 현실에 직면할 수밖에 없다.

생방송과 맞부딪히는 긴장감과 때로는 피할 수 없는 방송사고에 노출된 것이 아나운서들의 숙명이다.

● 〈자만自滿〉 유화(모사) 46×38㎝

아나운서실의 삐에로

185cm의 키, 90kg이 넘는 체구에 유난히 큰 눈을 가진 임건재任建宰 아나운서. 그는 대인 관계에서 뛰어난 친화력과 함께 유머와 위트로 동료들의 인기를 끌었다.

그가 있는 곳엔 항상 사람들이 모여들었고 그의 재담才談이 시작되면 모두 배를 잡고 웃으며 즐거워했다. KBS에는 속칭 '4대 구라'가 있는 데 스포츠국의 J 피디, 배구의 O 해설위원, 야구의 H 해설위원, 그리고 아나운서실의 임건재 아나운서가 그 중 한 사람이었다.

● 야유회에서의 임건재 아나운서(오른쪽)

어떤 이는 '삼구라와 일뻥'이라 하여 그 중 임건재 아나운서는 '뻥'이 센 사람으로 분류했다.

한 번은 상주尙州에 씨름 중계방송 출장을 다녀오더니 큰 감나무를 보았는데 감이 1,000접이나 달려 있더라고 했다. 천 접이라면 감이 10만 개가 한 나무에 열리는데 무게로 계산하면 개당 100g씩만 해도 10톤의 감이 열리는 것이고 한 나무가 중형 승용차 10대를 이고 있는 것이나 다름없으니 아무도 수긍하려 들지 않았다.

어느 날 회식 자리에서도 그 얘기가 또 나왔다. 듣고 있던 강찬선 선배가 "이봐, 임건재 씨. 뻥이 좀 심한 거 아냐?" 하고 어이없다는 듯이 되물었으나 그는 정색을 하고 "아닙니다. 제가 확인했습니다." 하며 조금도 자기주장을 굽히지 않았다.

그 후에도 그의 '감 1,000접론'은 아무도 꺾지 못했고 그때부터 그에게는 '임뻥'이라는 닉네임이 붙었다. 그런 과장誇張을 제외하면 실제로 그는 백과사전처럼 다방면에 걸쳐 모르는 게 없을 정도로 박식博識했다. 한번 얘기를 꺼내면 특유의 제스처와 유머를 섞어가며 얘기를 어찌나 재미있게 하는지 근처에 있던 사람들이 하나둘씩 모여들어 그를 감싸고 때로는 심각하게 때로는 폭소를 터뜨리며 시간 가는 줄 모른다.

아나운서실은 하루 3교대 또는 4교대 근무로 운영된다. 4교대 근무라면 남자의 경우 4~5명이 한 개조로 짜이는데 통상 1년에 한두 번 정도 조組가 개편된다. 이때 후배들의 가장 큰 관심사는 누구 조組에 들어갈 것인가. 즉 조장組長이 누가 될 것인가가 가장 큰 관심사이며 다음은 내 조組는 어떤 이들로 짜일 것인가다.

어느 직장이건 인품이 원만해서 대인 관계가 좋은 사람이 있는가 하면 성격이 까칠하거나 함께 생활하기에 마음이 편하지 않은 사람들이 있는 것처럼 아나운서실도 다를 바 없다.

후배들 사이에는 어느 조장組長은 성품이 원만해서 모시기가 편하고 어느 조장은 깐깐해서 힘든 현업생활을 해야 한다는 평이 나 있다. 조원組員이 될 사람도 마찬가지이다. 어떤 이는 부지런하고 성실해서 뉴스나 콜 사인 등을 꼼꼼히 챙기는가 하면 어떤 이는 협동심이 부족하고 자기에게 주어진 임무만 수행하면 그만이라는 식의 이기적인 사람이 있고 성격이 까칠해서 동료와 시비가 잦은 이도 있다.

조원 중에 후자가 끼어 있으면 "이번 조엔 잘못 들어갔군." 하며 한숨을 내쉬게 된다.

그러나 임건재 아나운서 같은 이가 들어가면 그는 환영을 받는다. 그가 들어가는 팀에는 늘 활력이 넘치고 일에 재미를 불어넣어 주기 때문이다.

나 역시 조 편성 때 누구에게도 기피인물은 아니었다고 기억된다. 자찬이겠지만 방송도 그렇게 떨어지는 편이 아니었고 현업근무를 충실히 수행한다는 평을 잃지 않았다.

내가 동료들에게 환영을 받는 중요한 이유는 또 있었다. 내가 라면을 끓이는 데는 남이 따라올 수 없는 실력을 가지고 있었기 때문이다. 야근 중 밤이 깊어지면 누구나 배가 출출해진다. 자정 뉴스를 끝으로 당일 방송이 마무리 되면 라면 당번인 나는 조원들이 먹을 라면을 끓인다. 커다란 양은 냄비에 물을 반쯤 담아 코일 선線을 깐 전기풍로에 삼양라면이 당시에는 삼양라면이 시장을 지배하고 있었다 5개를 넣고 끓인다.

조장組長을 비롯한 5명의 조원들은 이 시간이 되면 먹이통을 찾아드는 양들처럼 부르지 않아도 식탁으로 꾸며진 책상으로 모여든다.

각자 라면 봉지를 펴 놓고 젓가락으로 라면을 덜어 먹는다. 이 시간이 야근 근무 중 가장 기다려지고 즐거운 시간이다. 또 하나의 즐거움은 한 잔의 소맥燒麥이다. 소맥이란, 양은洋銀 주전자에 소주 1병이 당시에는 4홉들이 큰 병만 있었음에 맥주 2병을 넣어 휘휘 저으면 적당한 배합의 소맥燒麥이 된다. 라면과 소맥, 환상적인 궁합이다.

요즘 어느 모임에서나 인기를 끌고 있는 소맥燒麥의 원조는 바로 우리인 셈이다.

반세기가 지났건만 이때 몸에 밴 음주 습성에서인가 아니면 그 시절에 대한 향수인가 나는 요즈음도 소맥을 좋아한다. 어느 조組로 가든 나는 항상 라면 당번이 된다. 방송 현업근무 20여 년 동안 나의 라면 끓이기 노하우는 이렇게 해서 얻어진 것이다.

지금도 옛 동료들과 만나면 하나같이 남산 시절 야식으로 먹던 라면 맛을 잊을 수 없다며 그 당시의 애환을 떠올려 보곤 한다.

임건재 아나운서는 씨름과 배구 종목의 중계방송을 담당했다. 원래 스포츠에 관심이 별로 없던 나는 임문택 선배 아나운서의 반강제적인 권유로 배구종목 하나만 중계방송을 하게 돼서 배구 중계 캐스터는 임문택, 임건재 그리고 나 이렇게 3명이었다.

임문택 아나운서는 주로 TV 중계를 맡았고 나와 임건재 아나운서는 라디오 중계를 담당했다. 이 당시는 한국배구의 중흥기中興期라고 해도 과언이 아닐 만큼 국내외로 배구의 인기는 대단했다.

KBS와 대한배구협회가 공동주최하는 백구白球의 대제전大祭典 대통령배 배구대회가 배구의 붐을 일으킨 것도 이때였다. 백구의 대제전은 겨울 스포츠로 자리 잡아 12월부터 다음 해 3월까지 전국 대도시를 돌며 경기를 벌이므로 배구 중계 캐스터들에게는 지방 출장으로 바쁜 계절을 보내야 한다. 특히 연말이나 설 등 연휴 기간에는 하루에 2경기 이상 중계방송을 하는 경우가 많았다.

어느 설 연휴 기간 중계방송으로 임건재 아나운서와 나는 지방출장 길에 나섰다.

그는 큰 체구와 외향적인 성격에 비해 방송에서는 의외로 소심한 편이어서 방송을 앞두고는 늘 화장실엘 다녀와야 하는 습관이 있었다. 배구 경기는 하루에 두 게임을 계속 중계방송 해야 하는데 나와 그가 한 경기씩 담당했다.

하루는 내가 앞 게임 중계를 마치고 다음 중계의 마이크를 그에게 넘겨주려 하니 조금 전까지도 옆에 앉아있던 그가 보이지 않았다. 약 30분간의 인터벌 후에 다음 경기가 시작되려 하는데 그가 어디를 갔는지 통 오지를 않는다. 중계 바통을 받아야 할 임 아나운서가 나타나질 않으니 이상하게 생각하면서 다음 경기의 중계방송을 이어갔다.

경기를 시작하고 몇 분이 지났을까 머리를 흰 붕대로 칭칭 감싼 그가 숨을 헐떡이며 중계석에 나타났다. 그는 자기에게 마이크를 넘겨달라는 신호를 보냈다. 그의 모습에 깜짝 놀란 나는 방송을 할 수 있느냐는 눈짓을 보냈더니 괜찮다고 해서 마이크를 그에게 넘겨주었다. 그는 아무 일도 없었다는 듯이 방송을 이상 없이 마쳤다.

중계방송이 모두 끝나고 그가 털어놓은 사정은 이러했다.
앞 경기가 끝나갈 무렵 그는 여느 때처럼 변의便意를 느껴 화장실엘 갔다. 그 당시만 해도 지방 도시의 체육관은 시설이 그리 좋은 편이 아니라 지금처럼 서양식 좌변기가 아니고 동양식 변기였다. 좁은 화장실은 체격이 큰 그에게는 너무 협소했다. 변기에 쪼그리고 앉는 순간 날카로운 무엇이 그의 머리를 내리찍었다. 순식간에 그의 얼굴은 머리에서 흘러내리는 피로 범벅이 됐다.

볼일이고 뭐고 그는 손수건으로 머리를 감싼 채 체육관을 뛰쳐나와 병원을 찾아 나섰다. 그러나 그날이 설 연휴였기 때문에 문을 연 병원을 찾기란 그리 쉬운 일이 아니었다. 병원을 찾아 이리저리 뛰어다닌 끝에 어렵게 한 병원을 찾아 찢어진 머리를 여덟 바늘이나 꿰매고 돌아온 것이었다.

그러면 그의 머리를 찢은 것은 무엇이었나. 그것은 다름 아닌 스테인리스 휴지걸이 덮개였다. 그 휴지걸이 덮개가 내려져 있어야 하는데 이 덮개의 날카로운 면이 하늘로 향하고 있어 비좁은 화장실에서 거구인 그가 머리를 숙이며 쪼그리고 앉는 순간 칼날처럼 그의 머리를 사정없이 찢은 것이었다. 방송을 마치고 나서 그의 얼굴을 살펴보니 아직도 씻겨지지 않은 핏자국으로 볼썽사나웠다. 그런 상처를 입고도 평소 우스갯소리를 잘하는 그는 태연하게 "휴지걸이가 앞에 달렸으니까 이 정도지 옆에 달렸으면 목 날아갈 뻔했어."하며 손바닥으로 목을 치는 시늉을 해 스탭들의 폭소를 자아내게 했다.

'당황과 황당', '용기와 오기'

여느 날처럼 임건재 아나운서의 주위를 몇 사람이 둘러싸고 오늘은 그에게서 무슨 '뻥'이 나올까 하고 기대하고 있었다.

호기심에 다가갔더니 유머 보따리를 한창 풀어놓는 줄 알았는데 오늘은 그의 분위기가 달라 보였다.

뜻밖의 근엄한 표정으로 우리말의 '당황과 황당', '용기와 오기'의 뜻을 한마디로 쉽게 설명해 보라는 것이다.

아무리 말을 해서 먹고사는 아나운서들이지만 싱거운 소리로 잘 웃기는 그가 갑자기 학구적(?)인 질문을 던지니 모두 얼른 대답하지 못하고 있었다.

'당황과 황당', '용기와 오기' 글자 배열만 달리해 놓은, 그리고 우리가 평소 자주 쓰는 단어인데 말의 뜻이 금방 떠오르지 않는 것이다. 서로 얼굴만 쳐다보며 망설이고 있는 동료들에게 그가 입을 열었다.

"어렵게 생각할 게 없어요. 내가 실례를 들어 아주 쉽게 설명할 거예요. 어떤 사람이 길가에 세워 둔 트럭 뒤에 서서 소변을 보고 있는데 갑자기 트럭이 뒤로 물러서는 거예요. 이때 그 사람이 얼마나 놀랐겠어요. 깜짝 놀라 뒤로 물러서겠죠. 이런 경우 해당하는 말이 '당황唐慌'입니다.

또 그 사람이 볼일을 보고 있는 같은 상황에서 트럭이 갑자기 부릉

하고 떠나버리는 거예요. 자기의 모습을 가려주었던 트럭이 달아나버리니 이 사람 얼마나 어이가 없었겠어요. 그는 돌연 일어난 일에 동작을 멈출 수밖에 없겠죠. 이런 경우를 황당荒唐이라고 합니다." 사전적辭典的인 뜻풀이만 생각하던 동료들은 "하하, 그래 맞아 바로 그거야!" 하며 박장대소拍掌大笑했다.

"그렇다면 용기와 오기는 뭐야?" 하며 그에게 뜻풀이를 재촉했다. 그는 다시 입을 열었다. "깊이 생각할 게 없어요. 트럭 뒤의 남자 얘기를 계속할게요. 이 남자가 트럭 뒤에서 한창 볼일을 보고 서 있는데 트럭이 갑자기 달아나 버립니다. 이때 이 남자의 행동이 '용기와 오기'를 결정하죠. 그 상황에서 트럭이 가버려도 누가 보든 말든 대담하게 그대로 서서 계속 볼일을 보는 것을 '용기勇氣'라고 하고 또, 트럭이 앞으로 가버리니까 '네가 날 두고 가 버린다고? 내가 그만 둘 줄 알아?' 하고 트럭 뒤를 쫓아가면서 보던 일을 계속하는 것을 오기傲氣라고 합니다."

그의 이야기가 끝나자 모두들 배를 잡고 웃는 소리에 아나운서실이 떠나갈 것 같았다.

더 웃기는 것은 특유의 제스처로 그 남자의 자세를 흉내 내면서 우스꽝스럽고 실감 나게 설명하는 그의 재담이었다. 같은 얘깃거리도 다른 사람이 하면 재미가 없는데 그의 입만 통해 나오면 누구나 웃음을 참지 못하게 하니 그것도 그만의 장기長技였다.

"야, 실감 나네. 이제는 그 뜻을 확실히 알았어. 나도 어디 가서 써먹게 좀 적어 둡시다. 황당이 어떻구? 용기가 뭐구?" 하며 그 얘기를 되풀이해달라고 그를 쫓아다니는 유쾌한 일도 있었다.

좀 저속한 유머에 속할 수도 있겠지만 말을 다루는 아나운서들도 격식을 갖추지 않아도 될 모임에서라면 한 번쯤 써도 괜찮을 듯싶다.

참고로 국어사전에 나와 있는 이들 단어의 뜻은 다음과 같다.

황당(荒唐): 말이나 행동이 참되지 않고 터무니 없다

당황(唐慌): 놀라거나 다급하여 어찌할 바를 모름

용기(勇氣): 씩씩하고 굳센 기운

오기(午氣): 능력은 부족하면서도 남에게 지기 싫어하는 마음

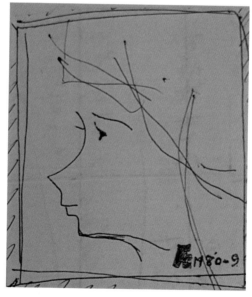

● 임건재 아나운서가 볼펜으로 즉석 스케치한 강성희 아나운서의 모습

아나운서실 내에서뿐만 아니라 밖엘 나가서도 그의 인기는 변함이
없었다. 겨울 시즌 스포츠인 대통령배 배구대회 기간 중에는 거의 2개

월간을 경기 중계방송을 위해 지방 출장을 다녀야 한다. 장기간 전국 투어를 하다 보면 각 팀의 감독이나 심판진, 배구협회 임원들과의 회식자리도 가끔 이루어진다.

어떤 자리에서건 오관영 해설위원의 입담과 임건재 아나운서의 샘처럼 마르지 않고 솟아나는 유머는 좌중을 더욱 즐겁게 만든다. 술잔이 몇 순배 돌아가자 이날도 그는 어김없이 유머 보따리 하나를 풀어놓는다.

"어느 정신병원에서 있었던 얘기야." 하며 담배를 한 대 피워 문다. 술이라면 두주불사斗酒不辭요 담배는 체인 스모커chain smoker인 그는 항상 성냥갑보다 크고 묵직한 은장銀裝 던힐 라이터를 애용했다.

"그 정신병원에 입원 중인 이 남성 환자는 가끔은 제정신이 돌아와 정상적인 사람처럼 보이지. 어느 날 그 환자는 칫솔 목에 끈을 매고 병원 복도를 질질 끌며 왔다 갔다 하는 거야." 이를 본 젊은 의사가 "아저씨는 왜 칫솔을 끌고 다니세요?" 하고 물으니까 그가 대답하기를 "미친 놈, 이게 어디 칫솔이야, 우리 강아지지 쫑쫑! 어서 가자." 의사가 머쓱한 표정을 지으면서도 곧 그가 환자라는 걸 잊었었다는 듯 픽 웃으며 지나갔어.

그런데 다음날 이 환자는 또다시 칫솔에 목줄을 매고 복도를 이리저리 끌고 다니고 있었는데 어제 만난 의사와 또 마주쳤어. 이번엔 의사가 "아저씨, 그 강아지 참 귀엽네요. 쫑쫑." 하며 선수를 치니까 그 환자 왈 "미친 놈, 이게 칫솔이지 무슨 강아지야. 너 돌아도 단단히 돌았구나." 이번엔 의사 선생님이 크게 당했어. 이를 지켜 본 간호사와 환자들이 그 환자보다 의사의 표정을 보고 배를 잡고 웃는 거야. 안 그렇겠어?"

좌석은 모두 뒤집어졌다. 유머에 센스가 바른 사람은 즉각, 좀 둔한 사람은 몇 초 지나서야 배를 잡는다. 환자와 의사 간의 상대적인 관계에서 있을 수 있는 재미있는 유머다.

이렇게 임건재 아나운서는 가는 곳마다 입담과 특유의 몸짓으로 사람들을 유쾌하게 했다.

삐에로를 덮친 불운不運

1986년 겨울 임건재 아나운서에게는 불운의 사고가 발생했다.

그해 12월에 동계체전이 열렸는데 아침 일찍 그는 빙상경기 녹화중계를 위해 태릉 야외 빙상경기장엘 갔다. 모든 녹화 준비를 마치고 스탠바이 상태다. 이어 중계차에서 아나운서에게 인터컴으로 큐Cue가 떨어졌다. 그런데 "여기는 태릉 빙상경기장입니다." 하는 아나운서 멘트가 나와야 할 터인데 아나운서의 목소리가 나오질 않는다. 다시 중계차의 PD는 "큐" 하고 신호를 보냈으나 그는 역시 묵묵부답이었다. PD의 목소리가 높아졌다.

"아나운서 뭐해요? 큐!"

그러나 그는 끝내 입을 열지 않았다. 경기는 이미 시작됐고 녹화 테이프는 돌아가고 있었다. 화가 치민 PD가 중계석으로 달려왔다. "지금 뭐 하는 거예요. 왜 방송 안 해요?"

하고 쏘아붙였으나 그는 무표정한 얼굴에 대꾸도 하지 않았다.

그가 방송할 의도가 없다고 판단한 PD는 아나운서실에 전화를 걸어 아나운서가 현장엔 와 있는데 방송을 거부하고 있으니 다른 아나운서로 대신해 급히 보내 달라고 요청해서 아나운서실에서는 서둘러 다른 캐스터를 현장에 보냈다. 프로그램 제작을 망쳐버린 현장 PD는 아나운서에게 방송을 안 할 거면 돌아가라며 화를 내니 그는 아무 말

없이 현장을 떠나버렸다.

연락을 받은 아나운서실에서는 당혹스러우면서도 PD와 아나운서 간의 불화로 생긴 일로 추측하고 당사자가 돌아오면 사유를 추궁할 예정이었다.

한편 현장을 떠난 임건재 아나운서는 아나운서실로 들어오지 않고 수유동 집으로 돌아갔다. 그의 부인은 분명 중계방송 때문에 새벽에 집을 나간 사람이 바로 돌아오기에 왜 그렇게 일찍 돌아오느냐고 물었다.

그러나 그는 아무 말도 하지 않고 방에 들어가 이불을 펴고 드러 눕더니 이내 잠이 들어 버렸다.

부인의 말에 의하면 평소에도 집에 들어오면 말수가 많지 않은 그이기에 무슨 언짢은 일이 있었나 하고 대수롭지 않게 생각했는데 한참을 자더니 자리에서 일어나 책상에 붙여 놓은 아나운서실 근무표를 들여다보고는 옷을 주섬주섬 입고 나갔다는 것이다.

부인은 그가 말을 한 마디도 하지 않는 것 외에는 이상한 점을 전혀 눈치채지 못했다고 한다.

그의 그날 근무는 오후 2시부터 시작되는 "야근"이었다. 그는 출근시간을 조금 늦게 아나운서실에 도착했다. 그가 출근하면 방송사고에 대한 책임을 추궁하려던 아나운서실장은 그의 얼굴을 보고 아연했다. 입이 왼쪽으로 돌아가 거의 귀밑까지 비뚤어져 있었고 눈꺼풀은 아래로 쳐져 정상인의 얼굴이 아니었다. 사태가 심상치 않은 것을 직감한 P 아나운서가 구급차를 부르는 한편 평소 친분이 있는 연세대 세브란스병원의 뇌혈관 전문의 L 박사에게 전화를 걸어 응급환자를 후송할 테니 적절한 치료를 해 달라고 부탁했다.

환자는 즉시 병원 응급실로 후송됐고 검사가 진행됐다. 그러나 검사 결과는 별로 좋지 않았다. 검사를 담당한 L 박사에 의하면 뇌에 혈전이 생겼는데 이것이 왼쪽 뇌의 언어중추신경을 누르면서 신경을 차단해 말을 할 수가 없다는 것이다. 즉 뇌에서 말을 하라는 명령을 내려야 하는데 뇌와 입을 연결하는 신경이 막혀버리니 머리에서는 말을 하려고 애를 써도 입이 움직이지 않아 말을 못하게 된다는 것이다.

그를 담당한 L 박사는 뇌경색이 발생해도 가급적 3시간 이내에 병원에 들어와서 응급 처치를 받으면 대부분 정상으로 회복될 가능성이 큰데 이 환자의 경우는 발병하고 나서 6시간이 지난 뒤에 병원에 도착했으니 생명에는 지장이 없으나 정상인의 생활은 불가능할 것이라고 진단을 내리면서 조금만 서둘렀으면 거의 회복될 수 있는 환자를 이 지경까지 되도록 보호자들은 무얼 했느냐며 원망조로 나무랐다.

이제 돌이켜보면 그날 사고에 대해 몇 가지 아쉬움을 감출 수 없다. 첫째는 당시 PD와 엔지니어 카메라맨 등 스태프들이 여럿 있으면서 어떻게 해서 그의 건강의 이상을 전혀 눈치채지 못하고 말을 못하는 아나운서를 현장에서 쫓아버렸느냐 하는 것이다. 그들 중 의학적인 상식이나 관심이 조금이라도 있었다면 현장에 있는 의무팀에 연락을 해서 그는 쉽게 구조를 받고 정상적인 아나운서생활을 이어갈 수 있었을지도 모르겠다.

둘째는 본인이 말을 하려고 해도 할 수 없다면 필담筆談으로라도 자기의 건강이상을 PD나 옆에 앉아있는 엔지니어에게 알렸어야 하지 않았을까 하는 것이다. 혈전이 중추신경을 차단하면서 정상적인 사고력에도 이상이 생긴 것일까?

셋째는 몸에 이상이 생긴 뒤 집에 머무는 몇 시간 동안 가족들은 어떻게 해서 그의 용태에서 이상징후를 전혀 눈치채지 못했느냐 하는 것이다. 집에서라도 가족들이 그의 발병을 빨리 발견해서 조치를 취했어도 그의 운명은 달라질 수 있었을지도 모르겠다.

평소 혈압이 높았던 그가 추운 겨울 새벽에 야외의 빙상경기장으로 나가 추위에 떨었을 테니 사고를 불러들인 것이나 다름없었다.

수개월에 걸친 병원 측의 집중적인 치료와 재활치료 끝에 환자의 용태는 많이 좋아졌으나 직장으로의 복귀는 불가능하여 산재産災로 퇴직 처리됐다. 아나운서로서 한창 재능을 발휘할 40대 후반의 나이에 반신불수가 된 그는 문병차 집을 찾은 동료들에게 초점을 잃은 두 눈과 일그러진 얼굴로 "아이, 참", "감사感謝"라는 두 마디 말만 되풀이해서 동료들을 안타깝게 했다.

재치 있는 우스갯소리로 방 식구들을 즐겁게 해 주었지만, 그는 결코 '싱거운 사람'이라는 평은 듣고 지내지 않았고 '1,000접이 달리는 감나무'에 대한 고집은 방송국을 그만둘 때까지 굽히지 않은 '밉지 않은 뻥쟁이'였다.

그로부터 5년 후 그는 결국 그때의 뇌졸중 후유증으로 우리 곁을 쓸쓸히 떠났다.

아! 육陸 여사 노을에 지다

"칭찬계의 거성트星"이라는 호칭이 붙은 이세진 아나운서는 야구, 유도, 레슬링 등 스포츠 중계방송에 유능하지만 국가적인 행사 중계방송에도 많은 경험을 가지고 있다.

7, 80년대는 누구나 공감하듯이 국민 모두가 땀 흘려 일했고 나라의 개발과 발전, 성과가 한꺼번에 이룩되던 시기였기 때문에 어디를 가나 얼굴에 활기가 넘쳤고 눈빛이 빛나던 때였다. 그래서 국가기념일 외에도 여러 분야의 국가적 행사가 연중 끊이질 않았다.

KBS를 비롯한 각 방송사들은 이런 큰 행사들을 라디오와 TV로 생중계하는 것이 관례였다.

그가 담당했던 잊지 못할 행사 중계방송은 1974년 8월 15일 제49주년 광복절 기념식 실황이었다. 그는 이날 KBS 1TV 중계 담당이었고 MBC, TBC 등 민방도 각각 아나운서를 파견하여 중계방송했다.

50세 이상 세대는 아직도 기억하겠지만 이날 현장에서는 기념식 도중에 조총련계 저격수 문세광이란 자가 박 대통령을 저격하려 쏜 총탄에 영부인 육영수 여사가 서거하는 비극적인 사건이 벌어졌다.

벌써 50여 년 전의 일이다. 이제부터 이세진 아나운서가 그날 현장에서 겪고 들려준 얘기를 생생하게 조명해 본다.

이날 광복절 경축식은 장충동 국립극장의 개관 첫 행사로 거행됐다. 대통령이 참석하는 행사에는 대통령 경호실과 경찰의 철통같은 경비 속에 진행되는데 이날은 다른 때에 비해 경비가 그리 삼엄한 것 같지는 않았다. 새로 지어진 국립극장의 내부는 매우 웅장했으며 중계방송 석은 객석 맨 뒤에 중계방송을 위해 따로 마련된 오디오 부스에 있어 연단과 객석이 한눈에 내려다보이고 대통령과는 일직선상에 위치해 있어 시야 확보가 최적이었다.

이날 TV 중계방송 PD는 행사중계의 대부격인 이무기 씨였다.

9시 56분 중계차로부터 큐^{Cue}를 받아 중계방송을 시작하니 어느새 대통령 각하 내외분 입장이라는 사회자 안내 멘트가 흘러나왔다. 정확하게 10시 2분 전쯤 대통령 찬가가 울려 퍼지는 가운데 박정희 대통령이 영부인 육영수 여사와 함께 입장하고 곧이어 경축식이 시작됐다. 국민의례와 독립유공자 포상이 있은 다음 바로 대통령 경축사가 이어졌다. 박정희 대통령 특유의 카랑카랑한 목소리와 절제되고 힘 있는 경상도 억양이 최신식 오디오 시스템에 실려 장내를 압도했다.

7~8분 정도 경축사가 진행됐을까? 남북통일에 관한 대통령의 언급이 시작됐다. 그때나 지금이나 대통령의 8·15 경축사는 남북 관계에 관해 가장 중요한 메시지를 보내는 연설이다.

"조국의 통일은 남북 간의 화해와 협력을 통해 단계적으로 이루어져야 한다는 것을 다시 한번 천명하면서…" 하는 순간, 갑자기 1층 객석 왼쪽 두 번째 통로에서 시커먼 양복을 입은 괴한이 쏜살같이 뛰어나오면서 박 대통령을 향해 권총을 쏴댔다.

연거푸 탕·탕, 탕·탕,-탕. 네 번인지 다섯 번인지 총성이 울렸다. 객석에서는 일제히 비명 소리가 들리고 대통령은 방탄용 연탁演卓에 몸을 숨겼고 총소리와 거의 동시에 의자에 앉아있던 박종규 경호실장이 권총을 뽑아 반대편 손으로 바꿔 쥐며 단상 앞으로 뛰어나오면서 응사했다.

모든 일이 범인의 총격과 동시에 벌어진 일이다. 눈 깜짝할 사이에 객석이나 중앙 단상 모두 아수라장이 돼 버렸다.

단상에 앉아있던 정일권 국무총리, 민복기 대법원장, 양택식 서울시장 등은 무대 뒤로 몸을 숨기고 있었으나 육영수 여사는 의자에 앉아있는 꼿꼿한 자세에서 고개만 오른쪽으로 젖혀져 있는 모습이었다. 육여사가 범인이 쏜 총에 머리를 맞은 것이다.

경호원이 육 여사를 안고 조금 전 입장하던 오른쪽 통로로 나갔다. 혼란의 와중에서 범인은 무대 앞 4~5미터 통로에서 경호요원들에게 제압되어 끌려 나갔다.

장내가 진정되는 듯 하더니 잠시 후 박 대통령의 목소리가 들렸다.

"잡았나?" "네, 잡았습니다."

아마도 박종규 경호실장의 목소리로 추정된다. 대피했던 삼부 요인이 다시 자리에 앉고 박 대통령이 연탁 앞에 섰다.

"하던 얘기를 마저 하겠습니다."

대통령의 무사한 모습에 장내는 우렁찬 안도의 박수가 터져 나왔다. 박수 소리가 잦아들자 대통령의 경축사는 계속됐다. 대통령은 조금 전 총성이 나면서 중단했던 대목의 첫머리 문장부터 정확하게 다시 낭독했다. 음성과 발음, 낭독의 속도 등에서 조금도 흐트러짐이 없었다.

아무리 강골 군인 출신이라 해도 엄청난 담력이었다.

경축사를 마친 박 대통령은 자리에 돌아와 앉으면서 의자 옆에 벗겨져 있던 육 여사의 고무신 한 짝과 육 여사의 의자에 놓여 있던 한복용 조그마한 핸드백아마도 구슬로 장식된 작은 가방을 주워 경호원에게 건네주는 모습이 처연해 보였다.

이러한 큰 소용돌이 속에서 합창단원으로 참석한 천호여상 학생 100여 명 중 한 명이 변을 당했는데 중계 현장에서는 인식하지 못했다.

이날 TV 중계를 보던 국민들은 모두가 자신의 눈을 의심했다.

"어, 어! 저게 뭐 하는 거야?" "저거 장난이야, 진짜야?" "어? 박 대통령한테 총을 막 쏘네?"

도저히 믿어지지 않는 엄청난 사건이 국민들이 생생하게 보는 앞에서 벌어진 것이다.

당시 온 나라는 크나큰 충격에 빠졌다. 그런데 중계 아나운서가 할 역할이란 아무것도 없었다. 총소리가 나면서 사건이 발생하자 조금 있다가 방송이 중단됐다. 주조정실에서 현장 중계를 끊어버린 것이다.

중계가 끊기기 직전의 화면은 무대 뒤편에 있던 카메라1이 잡은 천장의 조명 램프였다. 카메라맨이 총소리에 놀라 카메라 손잡이를 놓쳐 렌즈가 천장을 향하고 있었기 때문이다. 당시에 현장 상황이 얼마나 급박했는가를 보여주는 대목이다.

8월의 뜨겁던 태양이 기울어 가는 이날 저녁 6시경 서쪽 하늘이 노랗게 물들어 가고 있었다. 그것은 분명 다른 때의 저녁노을과는 달랐다.

모두가 처음 보는 이상한 하늘이었다. 노오란 저녁 노을은 사람들의 얼굴도 노랗게 물들이고 있었다.

아침에 광복절 경축식장에서 총격사건이 일어나더니 또 이 무슨 불길한 징조인가?

그런데, 이 무렵 라디오와 텔레비전에서는 긴급뉴스가 터져 나왔다. "조금 전 육영수 여사가 운명하셨습니다." 또 한 번 터져 나온 청천 벽력 같은 뉴스에 시민들은 말을 잊었다.

항상 한복을 입은 우아한 모습, 어려운 사람들에게 더욱 낮은 자세로 늘 겸손하게 다가섰던 분, 나라의 퍼스트레이디로서, 때로는 국모라고도 불렸던 육영수 여사. 우리 KBS 아나운서들의 생활이 어렵다는 이광재 실장의 얘기를 듣고 안타까워하고는 금일봉을 보내 용기를 주기도 했던 육영수 여사가 49세의 젊은 나이에 괴한의 흉탄에 어이없이 세상을 떠난 것이다.

50년 전 그날은 보통 8월의 무더운 날씨였다.

하늘에 구름은 좀 있었으나 햇볕은 따가웠다. 매미들의 울음소리가 유난히 컸고 플라타너스 가로수에 바람이 꽤 일었던 것 같다. 장례는 9일장으로 치러졌다. 전국에 조기弔旗가 걸리고 모든 방송은 오락방송을 중단하고 주로 뉴스와 교양 프로그램만 내보냈고 사이사이에 음악이 방송되고 있었다.

이때 박목월 선생이 노랫말을 짓고 김동진 선생이 작곡한 추모곡 '가시다니 여사님, 육영수 여사님'을 메조소프라노 이규도 씨가 불렀는데 방송과 길거리의 전파상, 동네 스피커 등에서 국장國葬 기간

내내 흘러나와 육 여사의 서거를 애처로워하는 국민의 가슴을 아프도록 울렸다.

분단의 아픔으로 나타난 또 하나의 큰 충격과 상처였으나 많은 세월이 흐른 지금 사람들은 그날의 생생한 기억들을 서서히 잊어가고 있다.

그날의 상황을 동영상을 보는 것처럼 상세히 들려준 이세진 아나운서께 감사를 드린다.

● 〈자비慈悲〉 유화 53×46㎝

5·16 현장의 박종세朴鍾世 아나운서

박종세 아나운서-

황우겸 선배에 이어 고교야구 중계방송의 꽃을 피운 아나운서다. 박종세 선배 아나운서는 60대 이후 세대는 야구 중계방송과 대한뉴스를, 그 이전 세대는 5·16 군사혁명의 '혁명공약' 발표방송을 한 아나운서로 기억되고 있을 것이다. 마이크 뒤에 숨겨둔 이야기는 1961년 5·16 군사혁명 당일 새벽 박종세 아나운서가 겪은 긴박했던 상황을 정리해 본다.

TV 방송이 없던 남산시절, 당시 26세의 박종세 선배는 야근조夜勤組 책임자였다. 새벽 4시쯤이었다. 정문 수위가 숙직실로 달려와 소리를 지르며 그를 깨웠다. 놀란 그는 1층 현관으로 내려갔다. 헌병들이 방송국 안에 쫙 깔려 있었다. 헌병 책임자가 박종세 아나운서에게 다가오더니 북괴군 같은 정체 모를 군인들이 서울로 진격하고 있어 방송국을 지켜주러 왔다고 했다.

그리고 나서 조금 있더니 헌병들은 도망치듯 철수하고 이번에는 얼룩무늬 군복의 군인들이 들이닥쳤다. 공수부대 장병들이었다. 그들은 총을 쏘아대며 순식간에 KBS를 접수했다. 귀를 찢는 총소리에 혼비백산한 박종세 아나운서는 온몸에 총알이 박힐 것 같은 공포 속에서 텔레타이프실로 피해 몸을 웅크린 채 숨었다.

밖에서 문을 두드리며 "박종세 아나운서 있습니까?" 하며 그를 찾았다. 겁에 파랗게 질린 그는 겨우 정신을 가다듬고 나갔다. 철모에 기관단총을 든 대위 한 명이 같이 가자며 그를 앞장세웠다.

2층 계단 앞에 이르자 한 장성將星이 대뜸 "박종세 아나운서입니까? 나 박정희라고 하오." 하며 악수를 청했다. 그와 악수를 하며 쳐다보니 모자에 별 두 개가 선명히 보였다. 그러더니 박정희 소장은 그를 결코 위압적이지 않고 차분하게 설득하는 것이었다.

● 청와대를 방문한 박종세 아나운서 부부에게 박정희 대통령이 "그때 나 때문에 혼났지?" 라고 말을 건네고 있다.

"지금 나라가 어지럽소. 누란의 위기에 처한 나라를 구하기 위해 우리 군이 일어섰소. 5시 정각에 방송해 줘야겠소." 하면서 전단 한 장을 내밀었다. 그 전단에는 혁명공약이 적혀 있었다.

박종세 아나운서는 극도의 긴장 속에 난감했다. 그래서 "기계조작을 하는 엔지니어가 필요합니다. 저 혼자서는 방송할 수 없습니다."라고 말하니 엔지니어 색출 명령이 떨어지면서 분위기는 살벌해지기 시작했다.

그의 등 뒤에서는 철커덕 하고 권총에 탄알을 장전하는 소리가 들렸다. 방송을 거부하면 죽이겠다는 위협 같았다. 박종세 아나운서는 현기증이 나 쓰러질 것 같았다. 그런데 4시 55분 쯤 도망쳤던 엔지니어 2명이 돌아왔다.

애국가가 나가고 5시 시보時報와 함께 행진곡이 울리면서 박종세 아나운서는 거사擧事를 알리는 첫 라디오 방송을 시작했다.

"친애하는 애국 동포 여러분, 은인자중隱忍自重하던 군부는 드디어 금조미명今朝未明을 기해서 일제히 행동을 개시하여 국가의 행정, 입법, 사법의 3권을 완전히 장악하고… 대한민국 만세! 궐기군 만세!"

혁명 공약을 읽는 박종세 아나운서 앞에서 박정희 소장이 방송 장면을 바라보고 있었고 장교 2명은 박 아나운서의 뒤에 앉아 권총을 빼든 채 감시하고 있었다.

박종세 아나운서의 목소리는 역사궤도의 전환을 알리는 신호탄과 같았다. 그 방송은 대한민국 전체를 격렬하게 뒤흔들었다.

5·16 주체세력은 환호했고 장면張勉 정권엔 좌절과 절망을 주는 쿠데타였다. 그 자리에는 공약문을 썼던 JP김종필도 있었다. 검은색 양복, 넥타이를 매지 않은 흰 와이셔츠 차림에 한쪽 머리칼이 축 처졌고 오른쪽 팔에 카빈 소총을 걸치고 군인들을 지휘

하는 모습이 마치 프랑스의 레지스탕스부대장 같은 느낌을 받았다고 박종세 아나운서는 당시의 그를 본 인상을 회고했다.

JP는 5·16 50주년을 맞아 중앙일보 기자와의 인터뷰에서, 그냥 거사군擧事軍 쪽에서 혁명공약문을 직접 발표하지 않고 왜 박종세 아나운서에게 발표하도록 했느냐는 질문에 "처음엔 박정희 소장이 읽으면 어떻겠느냐 생각도 했는데… 그가 목소리가 좀 딱딱하잖아? 그래서 아나운서에게 시키는 게 듣는 사람이 안심할 수 있겠다, 생각한 거지. 애청자들이 목소리만 들어도 누구나 알 정도로 박종세가 유명했잖아. 국민들이 편안하게 듣고 안심을 시키는 게 중요하다고 본 거지. 본래 전날 밤부터 어디 못 가게 하려 했는데 마침 당번이라 방송국에서 자더만… 처음엔 조심스럽더니 읽어 내려가면서 점차 흥분을 하는 거 같더라고. 허허."

5·16은 1961년 5월 16일 박정희 소장을 중심으로 한 군인들이 반공과 부정부패의 일소와 국가재건을 내세우며 제2공화국을 무너뜨리고 정권을 장악한 군사혁명이다.

5·16 군사혁명의 근본 원인은 이승만정권의 장기집권과 독재, 자유당 정권의 부정부패 그리고 제2공화국의 무능에 있었다.

이에 박정희 육군 소장 등 군인들이 국가를 위기로부터 구하고 부정과 부패를 추방한다는 명분 아래 1961년 5월 16일 새벽을 기해 행동을 개시했다.

● 〈월정사 계곡〉 유화 41×24㎝

아웅산의 나팔 소리

1983년 10월 8일 전두환 대통령은 공식 수행원 22명과 비공식 수행원 등을 데리고 동남아 5개국 공식 방문길에 올랐다. 이 중 버마지금의 미얀마는 첫 방문국이었으며 도착 다음 날인 9일은 버마 독립운동가 아웅산의 묘소에서 참배 행사가 예정돼 있었다.

오전 10시 공식 수행원인 서석준 부총리와 이범석 외무부장관, 김동휘 상공부장관 등 각료와 수행원들이 묘역에서 전두환 대통령이 도착하기를 기다리며 예행연습을 하고 있었다. 개식을 알리는 나팔 소리가 울리는 순간, 식장 천장에 미리 설치해 둔 폭탄이 터져 서석준 부총리와 이범석 외무부장관, 김동휘 상공부장관 등 각료와 수행원 17명이 현장에서 사망하고 수십 명이 부상 당하는 국가적 대참사가 일어났다.

대통령은 차량정체로 현장에 늦게 도착해서 화를 면했으나 국정을 이끌어가는 엘리트와 브레인들이 한꺼번에 숨져 국가적 큰 손실을 입었다. 그가 아끼던 참모들을 모두 잃은 전두환 대통령은 모든 일정을 취소하고 급히 귀국했다.

이 동남아 5개국 순방에 KBS 청와대 출입기자로 대통령을 수행해 취재에 나섰던 신광식 기자가 목격한 생생한 이야기를 여기 소개한다. 신광식 기자는 나의 절친 중의 한 사람이다.

첫 방문지 버마지금의 미얀마의 수도 랑군의 아침은 쾌청했다. 이날 대통령의 첫 공식 일정은 아웅산 묘소 참배였다. 아웅산은 미얀마 독립의 영웅으로 이 나라 사람들이 국부國父로 추앙하고 있는 인물. 따라서 그의 묘소는 우리의 국립묘지 이상의 '성지聖地'라고 할 수 있다.

이 묘소 참배는 오전 10시 30분으로 예정돼 있었고 부총리 이하 공식 수행원과 취재진은 본대대통령 내외보다 최소한 10~20분 전에 현장에 와서 대기하도록 잡혀 있었다. 그러나 그날 전 대통령 내외를 묘소까지 직접 안내하게 돼 있던 미얀마 외무장관이 약속된 시간이 지나도 영빈관대통령의 숙소에 나타나지 않았다.

나중에 확인된 사실이지만 문제의 미얀마 외무부장관은 마침 일요일이었던 그날 집에서 한가롭게 TV를 보다가 그만 약속 시간을 넘겨버린 것. 그는 뒤늦게 헐레벌떡 영빈관에 도착했지만, 전 대통령은 그의 무책임과 결례에 몹시 못마땅해했고 그만큼 묘소 출발이 지연됐다.

결국 그의 지각 사태가 전두환 대통령의 목숨을 구한 셈이 되었다.

그야말로 우연이 아닐 수 없다. 그가 시간을 지켰더라면 우리의 역사가 바뀌었을지도 모를 일이었다.

상황은 이렇다. 미얀마 외무장관이 영빈관에 모습을 나타낸 바로 그 시각에 당시 이계철 미얀마 주재 대사는 대통령 일행보다 한발 앞서 묘소에 닿기 위해 양쪽에 태극기가 꽂힌 벤츠 승용차를 타고 경찰 백차의 호위를 받으며 전속력으로 묘소를 향해 달리고 있었다. 이 대사가 묘소에 도착하자 미리 와있던 공식 수행원들은 대통령 도착이 임박했음을 알고 일제히 묘소를 중심으로 2열 횡대로 도열했다. 곧이어

나팔 소리가 울렸고 그 순간 섬광이 뻔쩍하면서 귀를 찢는 굉음과 함께 폭발물이 터져 묘소는 풍비박산, 아수라장이 되고 말았다. 오전 10시 28분 대통령 도착 2분 전이었다.

테러범들은 이계철 대사를 대통령으로 오인했거나(이 대사는 머리가 벗겨짐) 나팔 소리를 진혼곡으로 착각, 미리 설치해 놓은 폭발물을 원격 조정으로 터뜨린 것이다.

● 폭탄 폭발 수 초 전의 모습. 서석준 부총리와 이범석 외무부장관 김동휘 상공부장관 서상철 동력자원부장관 등 공식수행원들이 도열해 있다.

바로 그 시각 대통령을 태운 승용차는 묘소 앞 2km까지 접근해 오고 있었다. 바로 그때였다. 묘소 경내 우리 측 경호팀에서 대통령을 수행 중이던 장세동 경호실장에게 급전무전이 날아들었다.

"현장이 폭파됐다! 위험하니 되돌아가라! 사고 원인은 아직 확인할 수 없다!"

대통령 일행을 태운 승용차는 영문도 모른 채 차를 되돌려 다시 영빈관으로 향했다. 장세동 실장은 영빈관의 대통령 숙소도 위험할지 모른다는 판단에 따라 어느 한 공식 수행원의 객실을 임시 집무실로 정해 급박하게 돌아가는 현장 상황을 대통령에게 시시각각으로 보고했다.

그 자리에 나와 조선일보 기자가 함께 있었다. 누구의 범행이며 희생자는 과연 얼마나 되는지, 한동안 속수무책인 상태로 있었다.

결국 북한의 소행이며 희생자는 시간이 갈수록 늘어나고 있다는 사실만 하나하나 확인되었다. 나는 더는 지체할 수 없었다.

카메라 기자를 대동하고 다시 취재차에 올랐다. 전속력으로 묘소를 향해 달려 15분쯤 후 현장에 도착했다. 목조로 된 묘소 건물은 흔적도 없이 폭삭 주저앉았고 2차, 3차 폭발이 있을지도 모른다는 공포와 우려 속에서도 건물 잔해 밑에 깔린 희생자 구조작업이 진행되고 있었다.

현지 경찰과 우리 경호원들의 목숨을 건 구출 작전에도 불구하고 결국 서석준 부총리를 비롯해 이범석 외무부장관, 함병춘 대통령비서실장 등 17명이 희생됐다. 외교 사상 유례가 없는 참극이었다. 사건 후 확인된 사실 하나, 아웅산 묘소가 폭파되기 3, 4분 전의 상황은 이렇다.

천병득 경호처장(ROTC 1기: 서울대)은 현장 경호책임자였다. 그는 묘소 주변 그늘에서 휴식을 취하고 있던 카키색 복장의 미얀마 병사에게 다가가 신원을 확인할 겸 영어로 인사를 나누면서 무슨 임무를 수행하는지를 물었고 뒷짐을 지고 있던 병사 한 명이 손에 나팔트럼펫을 들고 있었는데 그는 웃으면서 나팔을 입에 대고 불기 시작했다.

이때 어디선가 현장을 지켜보고 있던 테러범들이 이 나팔 소리를 신호진혼곡로 오인하고 원격조종으로 행동에 옮긴 것이 아닌가 하는 추측이다.

그 나팔수가 천 경호처장의 영어 인사를 잘못 알아듣고 '나팔을 불어 보라'는 얘기로 착각한 게 아닌가 하는 추측이 가능한 대목이다.

다시 말하면 이계철 대사를 대통령으로 오인했거나, 아니면 나팔 소리를 진혼곡으로 착각했거나 둘 중에 하나일 것이라는 설이 당시에는 유력했다.

공식 수행원 가운데 유독 황선필 공보 수석만이 화를 모면한 것도 우연이었다. 황 대변인도 당초에는 다른 공식 수행원들과 함께 미리 묘소에 가 있도록 예정돼 있었다. 그러나 대통령의 미얀마 방문을 매우 호의적으로 크게 보도한 현지 언론들의 반응을 대통령에게 보고하는 과정에서 시간이 지체되었다.

흡족한 표정의 대통령이 황 수석에게 '차나 한잔하고 가라'고 권했기 때문이다. 황 수석은 차를 마신 후 현관에 나왔지만 자신에게 배당된 참배용 승용차가 보이질 않았다. 역시 뒤에 확인된 사실이지만 공식 수행원 가운데 누군가가 차량번호를 착각해서 그 차를 타고 출발해 버린 것이다.

황 대변인은 급한 김에 택시를 잡아탔다. 기사에게 팁을 듬뿍 쥐여 주면서 빨리 가자고 재촉했다. 택시가 빨리 달릴 수 있었다면 그도 운명이 바뀌었을지도 모를 일이었다. 그의 차를 타고 가 버린 그 누군가가 황 수석의 생명의 은인이 된 셈이었다. 아니면 대통령과의 차 한 잔이 그의 생사生死를 갈라놓았는지도 모른다.

수행기자 가운데 화를 면한 사람은 나와 조선일보 이현구 기자후에 국회도서관장 그리고 나와 행동을 함께한 KBS 카메라 기자 3명뿐이었다.

동아일보 이중현 사진기자가 현장에서 목숨을 잃었고 윤국병(한국), 최규철(동아), 송진혁(중앙), 윤 구(경향), 권기진(서울), 박창석(코리아타임스), 김기석(코리아헤럴드), 김기성(연합통신), 문진영(MBC) 기자 등 9명이 중상을 입었다.

애초 나와 조선일보 이현구 기자는 묘소 참배 풀대표취재 기자였다. 풀기자는 기자단을 대표해서 현장에서 공식 수행원들과 함께 행동하면서 대통령의 묘소 참배를 취재, 기사 작성을 책임지는 것이 언론의 관행이다. 나머지 기자들은 두 명씩 한 조가 되어 다음 차례의 이벤트를 맡게 된다. 그러나 묘소 참배 당일 아침 9시 40분 이순자 여사의 교민 대표 접견 일정이 갑자기 추가되는 바람에 이 행사 취재를 위해 애초 첫 번째 행사인 묘소 참배 풀러POOLER였던 나와 이 기자는 영빈관에 남아 대통령 일행과 동선을 함께 하게 됐다.

나와 조선 이 기자 대신 묘소 풀러가 된 김기성, 윤국병 기자의 부상이 가장 심했던 것으로 봐서 만일 폭파 순간 현장에 있었더라면 나도 운명이 바뀌었을지도 모를 일이었다. 이순자 여사 덕분에 살아남았다고나 할까? 그래서 사람이 죽고 사는 일은 하늘의 뜻이라고했는가 보다.

대통령과 남은 생존자들은 시신 수습과 부상자들을 현지 병원에 안치, 또는 입원시킨 후 그날 밤 자정 급거 귀국길에 올랐다.

더 이상 현지에 머물 수가 없었다. 2차, 3차 테러를 당할지 모른다는 우려도 없지 않았지만 국가원수가 이 같은 엄청난 비극을 당하고서도 현지에서 국정을 수행할 상황이 아니었을 것이다.

랑군공항을 이륙한 지 5시간, 내 생애에 가장 길게 느껴진 시간이었다. 모든 일행이 같은 심정이었을 것이다. 폭탄 테러를 당한 직후여서 아무리 우리 국적기라 하더라도 안심할 수가 없었다.

랑군공항의 허술한 안전 시스템이 마음에 걸렸고 테러범들이 또 무슨 짓을 했을지 모른다는 불길한 상상을 지울 수가 없었다. 비행기가 김포공항에 안착하는 순간 비로소 모두가 '이젠 살았구나' 하는 안도의 한숨을 내 쉬었다.

우리는 아웅산 묘소에서 훌륭한 인재들을 많이 잃었다. 앞에서 지적한 대로 17명이 숨지고 이기백 합참의장 등 14명이 중상을 입었으며 부상자의 상당수가 오랫동안 부상 후유증에 시달렸다. 이들의 면면을 보면 대부분 1970년대와 80년대로 한강의 기적을 주도했던, 오늘날 우리 경제발전의 기틀을 마련한 동량들이었다. 지금 생각하면 이 엄청난 사건이 제대로 조명되지 못한 채 역사 속으로 쉽게 묻혀버린 듯한 인상이다.

당시로서는 범인 색출과 합당한 처벌 그리고 희생자와 부상자에 대한 보상 등에만 몰두해 온 것도 사실이다. 그 당시의 시대 상황이 이 사건의 의미와 올바른 평가를 가로막은 측면도 없지 않다고 본다.

아무튼 아웅산 사건은 정부수립 이후 가장 큰 비극의 하나, 세계에 유래가 없는 전대미문의 테러 사건이었다.

아웅산 만행은 남북 관계를 재정립하는 과정에서 반드시 짚고 넘어가야 할 대사건이다.

우선 우리 쪽의 문제는 없었는가 하는 점이다. 청와대 경호실은 아웅산 묘소에 대해 위험성을 지적했다. 버마 측은 문제없으니 안심하라고 했다는 것이다. 버마 측은 그곳이 누구도 허가 없이는 들어가지 못

하는 성소聖所라는 점을 강조했다.

버마는 독특한 사회주의 국가로 폐쇄적일 뿐만 아니라 고집과 자존심이 강했다. 바로 이 대목에서 우리 경호에 실수를 범했다고 나는 단언한다.

버마 측 경호책임자의 말을 곧이곧대로 믿는 것이 화근이 됐기 때문이다. 어쨌든 북한의 테러범 진 모, 강민철, 신기철 등 3인 특수부대원들은 7일 새벽 아웅산 묘소 구조물 전장에 폭탄을 설치하는 데 성공했다. 그들을 태워다 준 공작선 '동건애국호'가 이미 출항해 버려 되돌아갈 수 없는 '원 웨이 티켓' 신세가 되어 붙잡혔는데 한 명은 도주 중 사살됐다.

북한은 5공화국 출발부터 전 대통령에 대한 암살 테러에 몰입했다. 첫 번째는 1981년 7월 필리핀 방문 때 캐나다인 2명을 고용해 청부살인을 기도 했으나 사전에 탄로나 미수에 그쳤다. 아웅산 사건은 북한의 직접 원정 테러였다고 할 수 있다.

이 사건 이후 살아남은 우리들은 한동안 매년 10월 9일이면 국립묘지를 찾아 고인들의 희생을 추모했다.

이상은 당시 KBS 청와대 출입 신광식 기자가 사건 현장에서 겪은 생생한 회고담이다.

한편 그 엄청난 사건이 터지고 비보가 전해지자 온 나라는 충격 속에 말을 잊었다. 모든 방송은 정규방송을 중단하고 시시각각으로 들어오는 현지 소식을 '뉴스 속보'로 전했다. 뉴스 캐스터인 나는 보도본부와 스튜디오를 오가며 숨 가쁘게 뉴스를 전했다.

사건이 터진 이튿날 새벽, 전쟁터에 나가 똑똑하고 용맹스러운 부하들을 다 잃고 몇 명의 졸병들만 데리고 쓸쓸히 귀환하는 패전 장수처럼, 청와대 측근 등 몇 명만 데리고 김포공항을 통해 급거 귀국하는 전두환 대통령의 침통하고 초라한 모습을 뉴스로 전하던 순간은 그로부터 40여 년이 흐른 지금도 내 가슴 속에 아픈 기억으로 살아 있다.

그 당시 사건 현장에서 동행 취재했던 신광식 기자, 그리고 그 비통한 소식을 매시간 뉴스로 전하던 나는 친구 사이로 구순九旬을 바라보는 나이가 되었지만 지금도 북한의 도발은 변함없이 계속되고 있다.

배구 중계방송 에피소드

하루는 선배 임문택 아나운서가 부르더니 배구 중계방송을 해 보지 않겠느냐고 물었다. 운동신경이 무뎌서인지 스포츠에는 큰 관심이 없는 나는 망설일 수밖에 없었다. 그러나 배구 중계 캐스터인 임문택 선배는 나의 등을 떠밀어 배구경기장으로 데려가 배구 경기의 규칙과 중계방송 요령 등을 가르쳐주며 매일 녹음기를 들고 나가 중계방송을 녹음해 오라고 지시했다. 동물의 왕국 프로그램 내레이션을 나에게 넘겨준 임 선배이니 마음에 내키지는 않지만 그의 강력한 권유에 거역할 수는 없었다. 매사에 빈틈이 없이 꼼꼼하면서도 일 처리에 있어서는 공사公私가 분명하고 윗사람이라도 사리에 맞지 않는 언행을 했을 때는 거침없이 입바른 소리를 해 "임독사"라는 별명을 가진 그는 때로 성품은 까칠한 면이 있지만 마음에 담아두지 않는 깔끔한 성격의 소유자다.

스포츠 중계방송을 거의 독점하다시피 한 이광재 실장도 배구와 야구 종목만큼은 후배에게 양보했다. 특히 임문택 아나운서는 배구 중계를 하면서 심판자격증까지 획득할 정도로 통달해 있었으니 그의 영역을 넘볼 이는 아무도 없었다.

약 6개월 후 나는 그 선배의 뒤를 이어 배구 중계 캐스터에 이름을 올릴 수 있었다. 그 당시는 가히 한국배구의 전성기라 할 때였다.

1976년 몬트리올 올림픽에서 '나는飛 작은 새 조혜정' 선수를 비롯한 한국 낭자군이 동메달을 획득했고 강만수, 강두태, 장윤창 등 거포들과 컴퓨터 세터 김호철이 78년 세계선수권 4강에 진출하며 세계무대를 주름잡던 시기이다. KBS와 대한배구협회가 '백구의 대제전' 대통령배 배구대회를 창설한 것도 한국배구의 황금기인 이 시기이다.

1986년 제11회 세계배구선수권대회 예선전이 스페인의 바르셀로나에서 열렸다. 이 예선전은 각 대륙 예선에서 본선에 진출한 팀이 이미 정해졌고 마지막 한 장의 티켓을 놓고 동유럽의 강호 불가리아와 우리나라 팀이 결전을 벌이는 아주 중요한 경기였다. 지금 같으면 위성으로 실시간으로 중계되는 화면을 받아 스튜디오에서 방송을 하겠지만 그 당시에는 모든 스포츠 중계방송을 아나운서와 PD, 엔지니어, 해설자 등을 현지에 파견해야만 했다. 덕분에 일반인이라면 좀처럼 해외로 나가는 것이 어려웠던 시절이었지만 축구나 농구 배구 등 인기종목의 캐스터들은 해외여행을 자주 할 수 있는 특권(?)을 누리고 있었다.

거포 강만수 선수를 비롯해서 김호철, 장윤창, 이종경 등 걸출한 선수들이 활약하고 있는 우리 남자배구팀 전력이 남미의 브라질이나 아르헨티나 러시아 등 세계의 강호들과 전력 차이가 크지 않을 만큼 막강해서 우리 배구 팬들의 기대와 관심이 상당히 높을 때였으므로 회사에서는 막대한 예산을 들여 그 먼 바르셀로나까지 중계반을 파견하는 것을 주저하지 않았다.

스페인에 사는 우리 교민들의 환영은 눈물겨울 정도로 뜨거웠다. 멀리 고국의 배구대표팀이 온다는 소식에 바르셀로나에 거주하는 교민들은 선수단에 김치 등 우리 음식을 만들어 호텔에 날라다 주며 선수들을 극진히 보살펴 주었다. 세계배구선수권대회 한 장의 본선행 티켓을 거머쥐는 결전의 날이 다가왔다.

멀리 수도 마드리드에 사는 교민들도 자동차로 몇 시간을 달려와 경기 시작 몇 시간 전부터 체육관에 입장, 손에 손에 태극기를 들고 경기가 시작되기를 기다리며 열띤 응원전을 펼쳤다.

경기는 1세트부터 팽팽하게 진행됐다. 손에 땀을 쥐게 하는 경기는 두 팀 간 세트를 내주고 빼앗으며 세트스코어 2대 2로 마지막 5세트를 남겨두고 있는 숨 막히는 순간까지 이르렀다.

운명의 마지막 세트, 그러나 마지막 5세트는 의외로 쉽게 풀려나갔다. 단숨에 6대 0을 만든 한국 팀은 파죽지세破竹之勢로 달려 나가며 12점에 이를 때까지 상대 팀은 겨우 3점만을 얻었을 뿐이다.

배구는 리듬의 경기라지만 유럽의 강호인 불가리아답지 않은 부진의 늪에 빠져있었다. 반면 한국 팀은 3점만 더하면 본선 티켓을 거머쥐는 것이다. 관중석의 응원단은 열광의 도가니 바로 그것이었다.

승리가 결정된 듯 신이 나서 춤을 추는 이들이 있는가 하면 태극기를 흔들며 목이 터져라 코레아를 외치는 이들도 있었다.

전에 선배 아나운서들이 해외에 나가 "고국에 계신 동포 여러분!" 하고 외치던 기분을 알 수 있을 것 같았다. 나는 "이제 큰 이변이 일어나지 않는 한 승리는 우리의 것입니다!" 하고 목청을 돋구었다.

이러는 사이 수렁에 빠진 불가리아 팀은 마지막 작전시간을 가진 뒤 추격의 불씨가 살아나기 시작했다.

12대 6, 내리 3점을 허용한 한국 팀 감독은 상대의 상승세를 꺾기 위해 작전시간을 가졌으나 꺼져가던 불씨를 되살린 상대 팀의 기세는 더욱 활활 타오르기 시작했다.

13대 9, 상대 팀이 6점을 만회하도록 한국 팀은 한 점을 더 얻는 데 그쳤다. '불가리아도 별 것 아니구나' 하는 방심이 이런 결과를 불러온 것이 아닐까? 공격수가 때리면 빗나가고 블로커가 뜨면 안고 떨어지고 심지어는 서브 에이스까지 허용하게 되니 우리 진영에서는 당황하는 빛이 뚜렷했다.

● 바르셀로나 배구 중계

어느새 13대 11, 우리 팀 벤치와 응원석에서는 이러다가는 지는 게 아닌가 하는 위기의식이 엄습하고 있었다.

9점을 뺏기는 동안 공격수와 블로커도 교체해 보고 심지어는 세터까지 바꾸어도 봤지만 백약이 무효였다. 13대 12, 이제 한 점 차가 됐다. 수많은 국내경기나 국제경기를 봤어도 이런 경기는 처음이다. 정말 이변異變이 일어나는 것일까 두려움이 생긴다. 이때 우리 공격수가 공격한 볼이 상대편 블로커의 손을 맞고 멀리 튕겨 나갔다. 우리가 드디어 마魔의 13점에서 벗어났다. 14대 12가 됐다. 이제 한 점만 남겨 놓았다.

우리 코트에는 다시 생기가 돌았고 응원석에서는 다시 뜨거운 함성이 터져 나왔다. 그러나 그 큰 기대도 잠시 우리의 뿌리침에 상대는 다시 우리의 발목을 잡고 늘어졌다.

14대 13에서 다시 적適의 끈질긴 추격 끝에 14대 14, 듀스가 됐다. 이제는 2점을 먼저 따는 팀이 승리한다.

6대 0 이후 계속 쫓겨온 한국 팀, 기사회생起死回生해서 승리의 발판을 마련한 불가리아, 양 팀 모두 더 이상 물러설 데가 없다. 숨 막히는 경기는 계속된다.

14대 15, 불가리아가 앞선다. 절벽에 몰린 한국 팀. 정녕 우리에게 손짓하던 승리의 여신은 돌아서는 것인가. 그런데 그 우려가 현실이 돼버렸다. 상대편 선수가 공격선 뒤에서 때린 공이 우리 팀 플로어에 꽂히는 순간 모든 것이 끝나고 말았다.

이럴 수가 있는가? 믿을 수 없는 현실이 눈 앞에 펼쳐진 것이다.

12대 3으로 앞서면서 승리를 눈앞에 두었던 한국팀이 이렇게 허무하게 역전패逆轉敗를 당할 수 있단 말인가?

대한민국 파이팅을 목이 터져라 외치며 응원하던 교민들은 스탠드에서, 선수들은 경기장 플로어에서 넋을 잃고 주저앉아 패배의 눈물을 흘렸다.

교민들 중에는 서로 끌어안고 통곡을 하는가 하면 선수들을 향해 욕설이 섞인 야유를 보내기도 했다. 선수들에 대한 철석같은 신뢰가 배신감으로 바뀐 순간이었던 것이다.

그 전부터 지적돼 온 것이지만 우리나라 배구의 고질병痼疾病이 바로 뒷심 부족이다. 다 이겨 놓은 경기를 뒷심의 부족으로 패배한 경우가 허다했기 때문이다.

사이드 아웃이나 작전타임 뒤에는 그 경기의 흐름이 바뀌기 쉬운 경기가 바로 배구다. 야구는 9회 말 투아웃부터 시작되고 축구는 경기 종료 전 1분이 중요하다는 얘기가 있듯 배구는 아무리 스코어에 앞서 있다 해도 방심放心은 절대 금물이다.

이제 다 이겼다는 안이한 경기 태도에서 기인한 어처구니없는 실수로 경기의 흐름을 바꾸어 놓게 되고 결국에는 돌이킬 수 없는 참담한 패배를 안겨주게 되는 것이다.

1985년 바르셀로나의 악몽惡夢, 지금도 그때만 생각하면 아쉬운 마음을 지울 수가 없다.

가상상황과 실제상황

　1975년 6월부터 지금까지 매월 15일에는 적의 화생방공격으로부터 방호하기 위한 민방위 훈련이 실시됐다. 내무부 민방위본부에서 주관하는 이 훈련은 KBS가 주관 방송사가 되어 전 방송채널이 참여하는데, 내가 그 방송의 전담 아나운서가 되어 민방위본부 관계자와 함께 훈련방송을 진행했다. 당일 오후 2시, 경보 사이렌이 울리면 전 국민은 하던 일을 멈추고 방공호로 대피하는 것은 지금도 변함이 없다. 이 방송은 내가 전담으로 맡은 후 15년간 거의 거르지 않았다. 그 공로를 인정받아 나는 1986년 대통령 표창, 87년 국민훈장 석류장을 수훈했다.

　1983년 8월 초, 나는 가족과 함께 강원도 낙산해수욕장에서 휴가를 즐기고 있었다. 그런데 오후 3시쯤 갑자기 해수욕장 확성기에서 사이렌 소리가 울리더니 다음과 같은 말이 들려왔다. "여기는 민방위본부입니다. 서울·경기 일원에 적기의 공습으로 인한 경보를 발령합니다. 이것은 실제 상황입니다. 국민 여러분은 즉시 가까운 대피소로 대피하시기 바랍니다. 실제 상황 공습경보입니다." 민방위본부로부터 다급한 방송이 흘러나왔다. 당시 경보는 훈련 상황이든 실제상황이든, 민방위본부 통제소에서 언제든지 스위치만 올리면 자동으로 모든 방송채널로 송출하게 되어있었다. 조금 뒤, K아나운서가 나와 이 방송이 실제 상황임을 설명하면서 국민 여러분은 당황하지 말고 가까운 방공호나 대피소로 빨리 대피하도록 유도방송을 했다.

해수욕장에서 한창 물놀이를 즐기고 있던 사람들은 갑작스러운 방송에 어찌할 줄을 모르고 우왕좌왕했다.

약 20분 후 경보는 해제됐고 상황은 종료됐다. 나중에 밝혀진 진실은 이날 오후 3시경 중국공군의 손천근이라는 비행기 조종사가 미그 21기를 몰고 귀순한 것이었다. 빠지지 않고 매달 훈련 상황 방송하던 내가 실제 상황을 전하는 방송에는 참여하지 않고 휴가지에서 듣고 있자니 왠지 소외되었다는 생각이 들었다. '하긴, 국민에게 훈련 상황 방송에 익숙해진 내 목소리가 실제 상황에서는 다른 아나운서의 음성으로 바뀌었으니, 더 실감이 나지 않았을까?' 하는 생각도 들었다.

현장 중계 캐스터의 굴욕

제5공화국은 한국의 국제적 지위 상승을 위한 외교적 전술로 대통령의 방문외교와 정상초청외교를 적극 활용했다. 1974년 포드 미국대통령, 1979년 카터 대통령, 그리고 1983년에 레이건 대통령의 방한에이어 유럽과 아프리카 동남아 등 외국의 많은 국가원수들이 초청외교의 일환으로 한국을 방문했다.

전두환 대통령의 외국순방도 7차례에 걸쳐 추진됐는데 81년과 85년두 차례에 걸쳐 미국을 방문했고 1982년에는 아프리카, 1986년에는유럽을 순방했다.

방송은 외국 국가원수들의 방한실황을 김포공항 도착부터 시내로들어오는 가두의 실황까지 중계방송했고 전두환 대통령의 외국순방의출발과 귀국실황까지도 빠짐없이 중계방송했다. 그때마다 나는 TV 중계방송의 전담 캐스터로 공항에 나갔다.

1983년 11월 12일 로널드 레이건 미국대통령이 전두환 대통령의 초청으로 우리나라를 국빈방문 했다. 레이건 대통령의 방한은 어느 외국의 국가원수 방한 때보다 국내외의 관심이 높았다.

어김없이 나는 도착실황을 중계방송하기 위해 김포공항으로나갔다.

이러한 중요한 중계방송은 적어도 방송 3시간 전까지는 현장에 도착해야 비표秘標-보안검색 표지도 받고 PD와의 중계협의 등 준비를 마칠 수가 있다. 11월 중순의 날씨는 무척 추웠다.

특히 허허벌판인 김포공항에 마련된 중계방송석은 드넓은 활주로 끝에서 불어오는 바람을 마주하고 있어 체감온도가 영하 10도 이하였다. 추위에 대비해서 옷을 두껍게 껴입고 나왔지만 몇 시간 동안을 시베리아 같은 벌판에 앉아있자니 추위는 뼛속까지 파고 들었다.

도착 예정 시간 전에 이미 중계방송은 시작됐다. 그러나 레이건 대통령은 예정보다 40분이나 연착한다는 소식이다.

큰일 났다. 이미 준비한 원고는 바닥이 나가는데 40분을 더 시간을 끌어야 한다니…

마침 현장에서 취재하던 K기자를 옆에 앉히고 레이건 대통령 방한에 관련된 이야기를 하며 시간을 메워나갔다. 대통령의 비행기가 곧 도착한다는 방송이 현장 스피커로 울려 나왔다. 일각이 여삼추如三秋 같은 아나운서들에게는 가장 반가운 소식이다.

그런데 갑자기 배가 아파지기 시작한다. 느낌이 심상치 않다.

"드디어 레이건 대통령이 탑승한 미국공군 1호기가 동쪽 하늘에 들어오고 있습니다. 탑승기는 잠시 후에 이곳 계류장에 도착할 것입니다."

중계 멘트가 이어지는 동안 복통은 점점 더 심해졌다. 비행기는 착륙하고서도 유도로誘導路를 따라 이곳 환영식장까지 오는 데도 10분 이상의 시간이 걸렸다. 탑승기가 멈출 계류장에는 비행기 문에 댈 트랩이 놓여 있고 붉은 카펫 양편에는 전두환 대통령 내외를 비롯한 삼부 요인, 주한 외교사절 등 귀빈들이 곧 도착할 레이건 대통령을 기다리고 있었다.

심한 복통을 참느라 배를 움켜잡고 있던 나는 환영식장으로 접근하고 있는 전용기의 모습과 식장 상황 등을 거의 기계처럼 묘사하고 있었다. 드디어 비행기가 행사장에 도착하고 트랩이 대어진 뒤 비행기 문이 열렸다. 외무부 의전장과 주미 한국대사가 기내영접을 위해 비행기에 오른다. 곧이어 레이건 미국 대통령과 영부인 낸시 여사가 환한 미소를 머금고 손을 들어 환영 나온 인파에 인사를 한다.

견딜 수 없는 복통 속에서도 트랩을 내려서는 수려하면서도 부드러운 그의 모습을 보는 순간 과연 위기의 미국을 경제번영으로 이끈 미국 대통령이구나 하는 생각이 들었다.

"지금 레이건 미국대통령 내외분 환한 미소를 지으며 한국방문의 첫발을 내딛는 순간입니다." 하고 멘트를 계속하려는데 갑자기 온몸이 붕- 뜨는 것 같더니 정신이 흐려져 간다.

그러고 나서는 "삐빠- 삐빠-" 하는 구급차의 경적소리가 귓가에 맴돌았다.

얼마쯤 시간이 흘렀을까. 눈은 떠 보니 어느 병원이었다. 팔에는 링거주사가 꽂혀 있었고 한잠을 자고 난 기분이었다. 의사가 다가오기에 내가 어떻게 여기 와 있느냐고 물었더니 위경련으로 쓰러져 공항 근처에 있는 이 병원으로 실려왔다면서 이제 위통이 가라앉았으니 퇴원해도 좋다는 것이다.

그러고 보니 레이건 대통령 내외가 트랩을 내려오는 장면까지는 생각이 나는데 그 이후는 전혀 기억이 안 난다. 시계를 보니 그로부터 2시간이 흘렀다. 내가 큰 방송사고를 낸 것이 아닌가 하는 걱정에 아나운서실에 전화를 걸었다. 아나운서실에서는 내가 병원에 실려 갔을 때 병원 측으로부터 급성 위경련인데 주사를 맞고 나면 괜찮을 것이라는 얘기를 들은 터라 큰 걱정은 하지 않고 있었다. 중계방송은 내가 쓰러지고 나서 오디오 맨의 기지로 옆에서 중계하던 라디오 팀의 오디오를 TV에 물려 내보내 방송사고는 아니니 크게 염려하지 않아도 된다는 것이다. 내가 하고 있던 TV중계석 옆에서는 원창호, 현옥 아나운서가 라디오 중계방송을 하고 있었다. 그 상황에서 크게 걱정을 하고 있었던 것은 바로 내 아내였다. TV중계방송을 보고 있는데 갑자기 보이스 블랭크가 생기더니 돌연 다른 남녀아나운서의 목소리로 바뀌어 나오더라는 것이다.

무슨 사고가 생긴 것이 틀림없다고 생각하면서도 현장과 연락을 할 수가 없으니 애만 태우고 있을 수밖에 없었다.

스포츠와 행사중계방송으로 잔뼈가 굵은 나에게 있어 이번 예기치 않은 사고는 미국뿐만 아니라 세계인의 존경을 받아온 레이건 대통령의 방한실황을 깔끔하게 마치지 못한 아쉬움 외에도 내 방송 생활을 얼룩지게 한 오점汚點이요, 굴욕屈辱으로 내 가슴 속에 남아 있다.

그 후부터 나는 중계방송을 나갈 때면 항상 위경련을 완화하는 약藥을 지니고 다니는 버릇이 생겼다.

● 〈가을 愛〉 유화 35×24㎝

김일성 사망과
정오 뉴스 특종

나의 KBS라디오 정오 뉴스는 1980년 방송 통폐합으로 생긴 '라디오 서울'의 정오 뉴스를 합쳐 15년간 계속했다. KBS 역사상, 아니 한국방 송사상 라디오의 정오 뉴스를 15년간 한 아나운서가 계속한 것은 내 가 유일하지 않을까 생각한다.

라디오의 정오 뉴스는 라디오 뉴스의 꽃이라 할 수 있다. 대개 그날 의 중요한 뉴스 기사는 정오 뉴스에 맞춰 나오고 때로는 뉴스 도중에 긴박하게 터져 나와 편집 기자가 스튜디오 문을 열고 들어와 기사를 던져 놓고 나가는 경우도 흔하다.

급하게 받아 쓴 기사일수록 휘갈겨 써 알아보기 힘들다. 이럴 때는 악필惡筆이라도 유창하게 읽어 내려갈 수 있는 독력讀力과 침착한 판단 력이 있어야 한다.

90년대 초반부터 뉴스 원고 작성이 워드프로세서로 바뀌면서 뉴스 원고 읽기가 한결 수월해졌지만, 그 이전에는 기자들이 기사를 일일이 손으로 썼기 때문에 글씨가 좋지 않은 기자의 기사를 읽어나가려면 애 를 먹곤 했다. 긴 세월에 걸쳐 정오 뉴스를 담당하는 동안 88올림픽과 같은 기쁜 소식도 많았지만, 때로는 천재지변이나 1995년 6월 29일 삼풍백화점 붕괴 사고 같은 충격적이고 안타까운 뉴스도 많았다.

1994년 7월 9일 아침 7시 뉴스에 오늘 정오에 북한 중앙방송이 '특별 발표'를 한다는 소식이 전해졌다. 직업의식의 발로인지 그 뉴스를 듣는 순간 궁금증이 생겼다. 정오 뉴스는 로컬 뉴스를 포함해서 25분간 진행된다. 나는 통상 뉴스 1시간 전인 11시에 보도국 편집부로 가서 그날의 중요 뉴스와 편집부의 분위기를 살피는 것이 습관처럼 돼 있었다. 이날은 북쪽의 '특별 발표' 예고도 있고 해서 10여 분 일찍 편집 데스크로 가서 자리를 잡았다.

편집부는 여느 때처럼 각 부에서 넘어오는 기사들을 정리하느라 분주했다. 마주 앉은 편집부 차장에게 오늘 정오에 북측이 모종의 중대 발표를 한다는데 무엇일 것 같으냐고 물었더니 그는 25일 김일성 주석과 김영삼 대통령 간 정상회담을 앞두고 그들이 상투적인 조건을 내세워 회담을 파기하려는 것 아니겠느냐며 큰 관심을 갖지 않는 것 같았다.

나는 다시 그에게 단파 라디오가 있어야 그들의 특별발표를 듣고 속보를 낼 수가 있는데 어떻게 할 것이냐고 물으니 대답을 못했다. 그때 내 머리에 번개처럼 아이디어가 떠올랐다. 우리 회사에는 아마추어 무선국(HLøKBS)이 있다. 사내 햄(HAM) 동호인 들로 구성된 아마추어 무선국은 마침 내가 동호인회 회장이었다.

바로 그거다. 무선국을 이용하는 것이다.

나는 즉시 회원 한 명을 신관 8층에 있는 무선국에 대기시키고 북한 중앙방송에 주파수를 맞추도록 지시했다. 그리고 편집부장에게는 기자 한 명을 무선국으로 올려보내서 북한방송을 듣고 있다가 전화로 뉴스센터에 연결해 속보를 내보내면 어떻겠느냐는 제의를 했다. 편집부장은 내 제의에 참 좋은 아이디어라며 즉시 조치를 취했다.

드디어 정오 시보와 함께 뉴스가 시작됐다. 정오 뉴스는 항상 긴장 속에 진행되지만, 이날만은 강도強度가 더 했다. 헤드라인이 소개되고 첫 기사가 거의 끝나갈 무렵 편집 기자가 부스 문을 열고 급하게 들어와 원고 한 장을 들이밀고 나갔다. 이런 기사는 일단 "방금 들어온 소식입니다"라고 띄워 놓고 들어온 원고를 곁눈으로 본다. 원고를 보는 순간 나는 깜짝 놀랐다.

"방금 들어온 소식입니다. 북한의 김일성 주석이 오늘 새벽 사망했습니다. 자세한 소식은 속보가 들어오는 대로 계속 전해 드리겠습니다."

이 전혀 예기치 않은 뉴스를 전하는 내 목소리는 떨리고 있었다. 속보가 들어올 때까지 나는 마음을 가다듬고 다음 뉴스를 계속 읽어나갔다. 약 2분쯤 후에 두 번째 속보가 들어왔다.

"방금 들어온 뉴스 속보 다시 전해 드리겠습니다. KBS 아마추어 무선국에 가 있는 기자를 연결하겠습니다. K 기자 전해주세요."

"네. 북한 중앙방송은 방금 전 뉴스를 통해 김일성 주석이 어제8일 오전 2시 사망했다고 발표했습니다."

김일성 사망 뉴스가 우리 정오 뉴스를 통해 처음 전해진 것이 12시 3분쯤이라고 생각된다. 세계 각국의 외신들은 KBS의 정오 뉴스를 인용해 서울발로 일제히 김일성 사망을 타전했다.

이로써 KBS는 아마추어 무선국의 도움으로 김일성 주석의 사망을 세계 최초로 신속하게 보도한 특종이 된 것이다.

후배들의 축하 속에
마지막 정오 뉴스

1965년 5월 육군 장교로 전역하자마자 청주방송국에 발령받아 방송을 시작한 지 34년 만인 1998년 6월 정년퇴직을 맞게 됐다. 반평생을 방송만을 천직으로 알고 걸어 온 외길 34년, 그 길을 주로 뉴스만을 고집하며 여기까지 왔다. 뉴스에는 녹음방송이 있을 수 없다. 항상 생방송生放送이다. 그러기에 나의 직장생활은 긴장 속에서 지속됐다. 그러나 때로는 피를 말리는 긴장 속에서도 '펄펄 뛰는 뉴스', '따끈따끈한 뉴스'의 매력에 이끌려 내가 뉴스를 버리지 못한 것이 아닌가 생각된다.

정년퇴임식 날이다. 그날까지 나의 정오 뉴스는 계속됐다. 며칠 전 중앙일보의 기자가 찾아와 인터뷰를 요청했다. '외길 인생'이라는 제목으로 나에 대한 기사를 쓰겠다는 것이다. 기자는 보람과 애환의 역정歷程인 나의 방송 인생을 설명하면서 제목을 '정년퇴직하는 날까지 뉴스하렵니다'로 달아주었다. 기자의 말처럼 퇴임식을 2시간 앞두고도 나는 내 직업에 충실하고 싶었다.

내 아나운서 생활의 마지막을 장식하는 KBS 제1라디오의 정오 종합 뉴스, 어느 때보다도 긴장되고 경건한 마음으로 마이크 앞에 앉았다.

육군 소위 계급장을 단 군복차림으로 입사시험을 치러 100대 1의 경쟁률을 뚫고 아나운서가 되던 순간부터 1년의 3분의 1을 방송국 숙직실에서 지새우며 온몸을 던져 정열을 바친 남산연주소 시절, 방송 통폐합이라는 혼란스러운 과정을 거치면서도 나의 아나운서 생활의 꽃을 피운 여의도 시절 등 30여 년의 나의 역정歷程이 주마등走馬燈처럼 머리를 스쳐갔다.

정년 나이가 돼서야 방송이 무엇인지, 뉴스의 요령이 어떤 것인지 겨우 터득하게 됐는데 이제 그만 둬야 하다니, 아쉽고 착잡한 마음이 교차하기도 했다.

나의 마지막 뉴스는 의외로 차분하게 끝냈다. 원고 뭉치를 들고 스튜디오 문을 열고 나오는 순간 뉴스센터 조정실에 대기하고 있던 박경희, 유애리 등 10여 명의 남녀 아나운서 후배들이 일제히 박수를 치며 나에게 꽃다발을 안겨줬다.

"선배님, 퇴임을 진심으로 축하합니다." "정년 하시는 날까지 뉴스를 하신 건 선배님이 최초이실 거예요." 하며 진심으로 나의 마지막 뉴스를 축하해 주었다. 전혀 예측하지 못한 후배들의 깜짝 이벤트였다.

눈물이 왈칵 솟았다. 감격의 눈물이었다. 후배들이 나를 이렇게 생각해 주다니…

어떻게 보면 긴 세월 같기도 하고 벌판을 질주하는 열차를 타고 지난 것같기도 한 34년이었지만 무엇과도 바꿀 수 없는 나의 소중한 여정이었다.

● 〈무희舞姬〉 유화(모사) 61×50cm

방송의 고향, 라디오 사랑

방송국을 떠나오고서도 나는 방송을 떠나서는 한시도 살 수가 없을 것 같았다. 마이크와는 이별했지만 반평생을 함께 한 라디오를 몸에 지니거나 곁에 놓지 않으면 왠지 허전해서 견딜 수가 없었다. 산책을 하거나 여행을 할 때 가장 먼저 챙기는 물건이 라디오 수신기이다. 양평에 들어가 10년 동안 농사를 지을 때도 가장 친한 나의 벗은 역시 라디오였다. 취침 시에도 라디오 이어폰을 귀에 꽂아야 잠을 청할 수 있다. 내 아내는 나에게 라디오 중독증에 걸렸다고 핀잔을 주지만 나의 라디오 청취 습관은 고칠 수가 없다. 아니 고칠 마음이 없다. 새벽잠이 없는 나의 라디오 청취는 새벽 4시부터 시작된다.

그런 지가 벌써 20여 년, 시계를 보지 않아도 라디오만 켜면 지금이 몇 시대인지, 뉴스나 프로그램을 진행하는 70여 명 KBS 아나운서들의 목소리나 이름을 훤히 외울 수 있을 뿐만 아니라 그들 한 사람 한 사람의 방송을 나름대로 평가해 보는 버릇이 생겼다.

요즈음 아나운서들의 방송을 들어 보면 격세지감을 안 느낄 수가 없다. 내가 아나운서가 될 때만 해도 시험에 합격해서 최소한 3개월 동안의 연수와 수습 과정을 거쳐야 겨우 5분짜리 뉴스를 할 수 있었다. 그러나 지금은 입사해서 약 2달 간의 연수만 마치면 바로 현업에 투입된다. 세상 돌아가는 것이 빠른 걸 좋아하는 때이니 그렇기도 하겠지만 신인 아나운서들의 적응력과 담력도 놀랍다.

우리 때에는 입사 6개월 만에 5분짜리 라디오 뉴스가 배당되면 전날 긴장돼서 잠이 안 왔는데 요즈음 신인들은 소정의 연수가 끝나자마자 라디오나 TV 프로그램에 투입돼서 잘도 해낸다. 소심해하거나 긴장하는 기색도 찾아볼 수 없다. 거기다 발랄하고 생기가 넘친다.

그러한 대담성은 어디서 생겨난 것일까? 그것은 사회, 경제적인 발전과 교육환경의 변화와도 무관치 않을 것이다. 국민소득 80달러에서 4만 달러를 넘어서는 동안 군사정권 시대의 어두운 터널을 지나 민주사회를 이룩했고 우리 국민의 의식에도 그만큼 변화가 왔다.

5, 60년대 아나운서들의 뉴스와 오늘날 아나운서들의 뉴스를 들어보면 그 흐름과 억양에서 현격한 차이를 느낄 수 있다. 50년대 극장에서 상영되던 '대한 늬우스'와 지금의 뉴스를 들어보면 그 흐름이나 억양이 어떻게 변했는지를 실감할 수 있다.

내가 입사해서 교육을 받을 때만 해도 방송 스타일은 보이지 않는 정형定型의 틀 속에서 이루어졌다. 그렇기에 뉴스든 낭독이든 아나운서가 아니면 다른 사람은 감히 들어올 수 없는 영역처럼 돼 있었다. 예를 들어 라디오 연속극도 반드시 아나운서가 앞 멘트를 넣어줘야 시작을 할 수 있고 끝 멘트를 넣어줘야 완성할 수 있었으니 이 하나의 사실만으로도 그 당시 아나운서들의 방송이 얼마나 소소한 데까지 미쳤었나를 알 수 있다. 그러다가 MBC, DBS, TBC 등 민영방송이 연이어 등장하고 텔레비전 방송시대가 막을 열면서 아나운서들의 전유물이나 다름없던 뉴스는 '앵커'라는 이름으로 기자들이 담당하고 기사의 리포트도 직접 기자들이 카메라와 마이크 앞에 서는 일대 변화가 일어나기 시작했다.

뉴스는 아나운서만이 할 수 있는 영유권이 깨진 것이다. 영역이 침범 당한 것은 뉴스뿐만이 아니다. 다채널시대로 들어서면서 아나운서들 만으로는 그 많은 프로그램을 감당하기 어렵게 되자 탤런트와 코미디언, 가수 등 시·청취자들에게 낯익은 출연자들이 진행자로 나서게 되고 이런 현상이 방송 프로그램 제작에 있어 새로운 패러다임과 함께 트랜드를 형성해 나가기 시작했다. 발음이나 발성, 억양 등에 있어 체계적인 교육과정을 거치지 않은 외부 출연자들의 방송은 기존 아나운서들의 방송에 비하면 충격에 가까우리만큼 이질감이 큰 것이었다. 그러나 그것이 문제가 되지는 않았다.

잘 다듬어진 음성에 정확한 발음 절제되고 품위 있는 말로 길든 아나운서들의 방송만 대하던 청취자들에게는 꾸밈없고 다듬어지지 않은 외부인들의 출연이 더 자연스럽고 따뜻한 느낌으로 다가오기 시작한 것이다. 그런 현상은 특유의 틀 속에 갇혀있어 자연스러움을 잃어버린 아나운서들의 방송에 청취자들이 싫증을 느끼고 있음을 나타낸 것이었다. 시·청취자들의 구미口味가 바뀌기 시작한 것이다. '방송은 다소 거칠어도 자연스러움에 더 끌린다.' '아나운서들의 방송은 딱딱해서 재미가 없다.' 이렇게 변해가는 청취자들의 취향에 따라 아나운서들의 입지는 점점 좁아져 가고 있었다.

이렇게 되자 아나운서의 방송에도 변화의 바람이 불기 시작했다. 1973년 KBS가 국영방송에서 공영체제로 바뀌고 공채 1기 아나운서들이 입사하면서 방송의 패턴은 '정형定型의 틀'에서 벗어나 보려는 몸부림이 시작된 것이다. 지금까지 아나운서 고유의 흐름을 지켜야 한다던 선배들도 고집을 버려야 할 때가 됐음을 알게 된 것이다. 아나운서들의 방송 스타일을 제일 싫어한 사람은 이원홍 사장이었다. 어느 날 그가 아나운서실에 들러 "아나운서들의 방송은 틀 속에 갇혀있으니 벗어나라."며 일갈一喝하고 간 적이 있다. 그가 사장으로 있는 동안 아나운서들은 방송에서 많이 배제된 게 사실이다. 그러나 이원홍 사장이 오기 전부터 아나운서들의 방송 스타일은 이미 변화하고 있었으니 나의 개인적인 견해로는 기존의 '틀'을 깨기 시작한 사람이 이계진 아나운서라고 생각한다. 소정의 연수와 교육과정을 마치고 방송에 등장한 그는 이전 선배들과는 사뭇 다른 방송을 했다.

가공加工된 느낌이 전혀 들지 않은 신선하고 자연스러운 억양과 말의 흐름은 아나운싱에 대한 기존의 틀을 깨는 것이었다. 내 방송 역시 정형定型의 틀에서 벗어나지 못했으므로 그의 방송은 파격破格에 가깝다고 느꼈는데 일부 선배들과 동료들 중에는 아나운서 고유의 방송 스타일을 벗어난 것이라며 마땅치 않아 한 이도 있었다. 그러나 이러한 현상은 지금까지 태평세월을 누리던 우리 아나운서들의 새로운 살길을 모색하려는 몸부림의 징조였는지도 모르겠다.

방송 능력도 뛰어났지만 틀에 박힌 아나운싱에 식상한 시·청취자들에게는 이계진 아나운서의 방송이 신선하게 다가섰던 것 같다. 길지 않은 기간에 그는 장기범, 임택근, 이광재 아나운서의 뒤를 잇는 스타 아나운서로 우뚝 서게 됐다. 그 이후 아나운서들의 방송은 서서히 변해왔고 손범수, 김병찬, 이금희 등 3세대에 이르러서는 기존 아나운서의 구각舊殼을 완전히 탈피한 방송 스타일로 변해버린 것이다. 세월이 흐르면서 모든 것이 바뀌니 아나운서의 방송도 이에 따라 바뀌는 것은 자연스러운 것일 수도 있다.

그러나 우리말의 기초적인 지식마저도 갖추지 못한 연예인들이 진행자로 들어서면서 우리 아나운서들이 신념을 가지고 소중하게 지켜온 우리말이 서서히 오염되기 시작했다. 라디오나 TV를 켜면 거칠고 저속한 말이 귀를 자극하고 비속어까지 거침없이 나올 때면 깊은 한숨마저 나온다. 이러한 현실을 개탄하며 우리말을 사랑하는 이들을 중심으로 방송언어의 순화를 부르짖고 나섰으나 별 효과를 거두지 못했고 시청률 경쟁에 눈이 어두운 방송사들에게는 우리의 그러한 외침이 귀에 들어올 리 없었다. 요즘 들어서는 주말 온 가족이 보는 저녁 시간 프로그램에서 낯 뜨거운 저속어나 욕설까지도 마구 쏟아져 나오니 한심스럽다.

언어 구사나 진행 태도에서 품위를 지켜야 할 아나운서들도 요즈음에는 연예인들과 한데 섞여 프로그램을 진행하다 보니 누가 아나운서이고 누가 연예인지를 구분하기조차 어려울 정도다.

옛날과 달라진 점은 지금은 비디오^{Video}시대인 만큼 신입 아나운서 시험은 음성 테스트보다는 용모에 더 비중을 두는 경향이므로 수박 겉핥기식의 연수 과정만 거치면 방송언어에 대한 충분한 훈련 과정도 없이 바로 방송에 투입되는 게 현실이다. 뉴페이스의 신선감만을 좇는 제작진의 성급함도 이를 부채질한다. 이러한 상황에서 등 떠밀리듯 방송에 등장한 신인들은 천방지축 겁도 없이 잘도 해낸다. 조숙早熟한다고나 할까? 몇십 년 전 선배들이라면 상상도 못 할 일이다. 사실 아나운서가 연예 프로그램을 진행할 경우 출연하는 연예인들과 호흡을 맞추며 프로그램을 진행하려면 '나는 아나운서다.' 하며 품위만 지키기는 어려울 것이다. 아나운서로서 품위만 지키려 하다 보면 방송이 딱딱해지고, 프로그램을 재미있게 진행하려면 천박스러운 진행이라는 비난을 받게 되는 양면성을 가지고 있다.

[註] 이상은 나의 사견(私見)이며 다른 이들은 나와 견해를 달리할 수 있음을 밝혀 둔다.

눈물淚이냐 눈물雪水이냐

내가 아나운서가 돼서 교육을 받는 과정의 상당 부분은 발음과 억양intonation에 관해 선배들의 지도를 받았다. 그중에서도 발음의 고저장단高低長短, 즉 음音의 길고 짧음과 높고 낮음에 많은 시간을 배정했다. 아나운서실에서는 이를 총칭해서 자고저字高低라 불렀지만, 글자의 뜻인 음의 높고 낮음보다는 음의 길고 짧음 지도에 더 중점을 두었다. 그 당시에는 '서울의 중류층이 사용하는 말'을 표준어로 정했었는데 서울 경기나 충청도 등 중부지역 출신이라면 장단음의 구사에는 장애를 가진 사람이 거의 없었으므로 대부분이 쉽게 적응할 수 있었다.

그러나 세월이 흐르고 세태가 변하면서 우리말도 차츰 바람직하지 않은 방향으로 변해갔다. 우리말을 바르고 곱게 다듬어 나가야 할 방송이 제 기능을 다하지 못한 책임을 면하기 어려운 것이 사실이지만 우리 교육계의 어문정책語文政策에도 문제가 있다. 오늘날 우리의 젊은 세대는 우리말의 장단음長短音을 구별하지 못한다. 우리말에서 긴 발음長音이 사라져 버린 것이다. 눈:雪과 눈眼, 밤:栗과 밤夜, 말:語과 말馬, 병:病과 병瓶 이밖에도 긴 발음과 짧은 발음의 예는 이루 다 헤아릴 수 없다.

화:장火葬과 화장化粧, 정:씨鄭氏와 정씨丁氏, 사:과謝過와 사과과일의 발음이 확연히 다르거늘 이를 가려 쓸줄 아는 젊은 세대는 찾아보기 힘들

다. 이러한 현상은 표준어 사용이 필수조건인 요즈음 세대의 아나운서들도 마찬가지이다. 분명 그들은 입사시험을 통과하고 방송언어에 대한 연수과정을 거친 사람들일 것이다. 그런데도 실제 방송에서는 긴 발음을 내지 못하는 장음장애長音障碍에 걸려 있다.

장음長音장애 말고도 "ㅐ애"홀소리 장애도 함께 가지고 있다. 대한민국의 발음을 ㅐ홀소리 발음이 안 돼 '데한민국'으로 발음되는 장애를 가지고 있다. 문제는 발음장애를 가지고 있는 본인들이 심각하게 받아들이지 않고 있으니 교정해 보려는 노력을 기울이지 않는 데 있다.

발음 하나하나에 온 정성을 기울이며 선배들의 지적이 있을 때마다 열 번이고 백 번이고 고쳐보려고 애쓰던 우리들 세대가 지금의 후배들에게 그대로 따라 하라고 하는 것은 무리한 요구일 것이다.

"눈眼에 눈雪이 들어가니 눈물淚이냐 눈물雪水이냐"

이 말은 우리가 아나운서가 되고 발음 실습에서 처음 해 보는 테스트 문장이다. 짧은 문장이지만 신경 써서 발음하지 않으면 정확한 뜻을 알기 어렵다. 이 문장의 '눈'은 사람의 눈과 하늘에서 내리는 눈인데 전자는 짧게. 후자는 길게 발음해야 하고 따라서 슬플 때 흘리는 눈물의 눈은 짧게, 눈이 녹은 물의 눈은 길게 발음해야 그 뜻이 명확해진다. 이에 더해서 발음을 정확하게 하지 않으면 눈물이 "눔물"로 되기 쉬우니 이 점도 유의해야 한다.

이 문장을 긴 발음과 음가音價에 신경쓰지 않고 읽었을 때의 예를 들어 보자. "눈에 눈이 들어가니 눔물이냐 눔물이냐" 우리말에서 긴 발음, 정확한 발음이 왜 필요한지를 생각하게 하는 문장이라 하겠다. 우리말은 어휘의 발음에 있어 장단고저長短高低가 조화를 이룰 때 아름다운 우리말의 흐름이 만들어지는 것이다. 우리말의 장음실종長音失踪 현상을 전 현직 아나운서들이나 우리말에 관심 있는 사람들 말고는 심각하게 여기지 않고 있는 것 같다. 매년 한글날만 되면 우리는 한글을 세계에서 가장 과학적이고 체계적인 문자, 가장 우수한 언어라고 자랑한다. 그러나 문자로 쓰인 한글이 입을 통해 완벽하게 발음될 때 뛰어난 언어가 될 수 있는 것이다.

그럼에도 우리의 현실은 글 교육은 있어도 말 교육은 찾아볼 수 없다.

바른말 교육은 발음으로부터 시작돼야 하지만 초등학교나 중·고등학교 교육과정에서도 우리말 발음에 관한 교육 과정은 찾아볼 수 없는 게 현실이다. 발음 과목이 있다 한들 우리말을 정확하게 발음할 교사가 없다. 교사들도 우리말의 발음 교육을 받지 않고 대학 교육까지 마쳤으니 정확한 우리말 발음을 할 수 없는 것은 당연한 일 아닌가. 그들이 국어교육 시간에 배운 것은 오직 우리 글을 소리 내어 읽을 줄 아는 것뿐이었다.

가령 "대:한민국大韓民國"을 "데함밍국"으로 읽으며 대학 교육을 마쳐도 누구 하나 이를 잘못된 발음이라고 지적해줄 줄 아는 교사가 없었기 때문이다. 교사가 "바담 풍風" 하는데 학생들이 "바람 풍" 하기를 기대하기는 어려울 수밖에 없다. 우리도 저명한 국어학자나 이규항, 김상준 아나운서가 공동으로 편찬한 표준한국어발음사전이 이미 출판돼 있다. 발음사전에는 우리말의 장단이나 억양까지 표기하고 있어 관심을 갖고 찾아보면 말을 정확하게 발음할 수 있으나 국어사전의 이용은 미미한 실정이다. 프랑스나 영국 일본등 국가에서는 자국어에 대한 문법뿐만 아니라 정확한 발음과 말하기 방법을 어렸을 때부터 가르친다.

어문정책語文政策은 글文 교육 뿐만 아니라 말語 교육이 제대로 이루어질 때 소기의 목적을 이룰 수 있는 것인데 우리의 어문정책은 글 교육만 있고 말 교육은 실종 상태라 해도 과언이 아니다. 지금부터라도 초중등학교 교사들의 임용 시나 재교육 시, KBS 신인 아나운서들에 대한 우리말 교육 훈련 과정처럼 우리말의 기초적인 발음법과 말하기 교육과정만이라도 이수하도록 해야 한다.

우리말의 장음실종長音失踪의 또 하나의 원인은 60년대에 실시된 한글전용정책에 있다고 본다. 한글전용이 공표되기 전까지는 신문 기사와 방송뉴스 원고는 한글과 한자를 혼용했다. 우리말 중에 장단음은 한자漢字의 음에 의한 어휘가 많다. 예를 들면 조:씨趙氏와 조씨曹氏, 정:씨鄭氏와 정씨丁氏, 정:당正當과 정당政黨처럼 한문의 뜻이 담겨있는 낱말들은 한자로 표기해야만 그 낱말이 가지고 있는 발음과 뜻을 이해할 수 있고 문장을 읽어도 독해력을 기를 수 있다.

한글과 함께 씀으로써 발음과 뜻의 이해에 조화를 이루던 한자가 사라지면서 우리말에는 고저高低와 장단長短을 구별할 수 있는 수단도 함께 사라져 버린 것이다. 이때부터 우리말에는 발음의 혼란이 생기기 시작했고 지금 40세 이후 세대는 어휘에서 긴 발음을 거의 잃어버리게 된 것이다. 이런 상태로 버려둔다면 우리말에서 긴 발음은 자취를 감추게 될 것이 뻔하다.

나는 여기서 우리말의 장음실종長音失踪에 대해 방송의 책임을 꼬집지 않을 수가 없다. 말을 목소리로 표현하는 아나운서나 성우 탤런트 중 40대 이상의 세대는 비교적 우리말 발음에 문제가 없다. 그러나 그 이후 세대는 직종을 불문하고 장단음 등 발음이 엉망이다. 특히 우리말의 수호자를 자처하며 방송에 뛰어든 젊은 아나운서들의 방송을 들어

보면 안타까운 마음을 금할 수가 없다.

영국의 표준어는 BBC 아나운서들이 구사하는 언어이고, 일본의 표준어는 NHK 아나운서들이 쓰는 언어라면 우리나라의 표준어는 우리 아나운서들이 쓰는 언어임을 잊어서는 안 되겠다.

장음장애長音障碍가 가장 귀에 거슬리는 방송은 사극史劇이다. "뿌리 깊은 나무"라는 역사드라마의 예를 들어보자.

정전正殿에서 조회朝會가 열리고 있다. 세종대왕이 옥좌에 앉아 계시고 왼편에는 영의정 황희를 비롯한 나이가 많은 백관百官이 입시해 있고 오른편에는 성삼문, 박팽년 등 젊은 집현전 학사學士들이 도열해 있다.

왼편의 대신들은 비교적 나이가 많은 탤런트들이고 오른편의 집현전 학사들은 20대의 젊은 탤런트들이 분扮을 맡아 시각적으로 대조를 이룬다. 그런데 이들의 대사臺詞를 들어 보면 양편의 판이한 대조를 느낄 수 있다.

대신大臣들은 말의 장단음長短音을 잘 지키고 있었으나 집현전 학사들의 발음에서는 장음長音을 거의 찾아 볼 수 없다는 것이다. 더구나 이들은 훈민정음訓民正音을 창제하고 계신 세종대왕의 명을 받들어 한글을 만들고 있는 집현전 학사들이다. 그렇다면 이들이 쓰는 한마디 한마디의 말은 바르고 정확해야 하지 않는가.

궁중에서 사용되는 말 중에는 상감마마, 전하殿下, 성은聖恩, 대감, 하명下命, 짐朕, 과인寡人 등 왕의 주변에서 이루어지는 대화에서 무수히 반복되는 단어들로 이것들은 모두가 장음長音이다. 그런데 젊은 집현전 학사들이나 궁녀들은 하나같이 어휘들을 짧게 발음하여 귀를 거슬리게 한다. 귀에 거슬리는 데 그치는 것이 아니라 뜻이 제대로 전달되지 않는다.

궁중에서 사용되는 말들은 대개가 느리고 발음이 길다. 그래야 말의 품위가 산다. 말을 빠르게 하고 짧게 발음하면 경박하고 천박하게 들리기 때문이다. 전하殿下는 "저언-하"로 성은聖恩은 "서엉-은", 상감 마마는 "사앙-감 마아-마"로 길게 빼서 발음해야 하는데 젊은 탤런트들은 모두가 짧게 발음하고 있으니 말이 경박스럽기 이를 데 없다.

1회분 드라마에서 수십 번 나오는 저언-하殿下를 "전아", "저나"로 발음하니 드라마의 품위를 떨어뜨리는 동시에 사극의 극적 효과를 반감시킨다. 정전 왼편의 늙은 대신들의 말은 느린 반면에 오른편 젊은 학자들의 말은 너무 빠르고 발음이 부정확해 무슨 말을 하는지 알아듣기 힘든 것도 또 하나의 대조적인 현상이다.

이 드라마는 보통의 역사드라마가 아니라 훈민정음의 창제과정을 엮은, 우리말 발음에 특히 주의를 기울였어야 할 드라마였다.

다른 예를 들어보자. 시청률 60퍼센트의 대기록을 세운 드라마 "太祖 王建"에서 왕건 역을 맡은 최수종 배우는 역사 드라마의 발음의 중요성을 깨닫고 국어사전을 지니고 다니며 대본에 일일히 장단음을 표시해 발음 연습을 했다고 한다. 이는 모든 방송 진행자들이 본받을 만한 일이며 그가 다수의 역사 드라마에서 주인공 역을 맡은 것도 이같은 노력의 결과라고 생각된다.

● 김영희 作, 〈정물〉, 수채화, 46×38㎝

우리말, '너무'로 통通하다

언제부터인가 우리의 언어생활에는 '너무'란 표현이 넘쳐나고 있다. 너무란 말은 '일정한 정도나 한계에 지나치게'를 뜻하는 부사다. 우리 속담에 '물이 너무 맑으면 고기가 안 모인다'나 '머리가 너무 아프다' 등 너무란 단어는 보통 부정적否定的인 표현에 많이 쓰여왔다. '너무'와 대치할 수 있는 긍정적肯定的인 뜻을 지닌 어휘로는 '정말, 몹시, 아주, 매우, 엄청, 참으로' 등 말의 뉘앙스에 따라 다양하게 사용할 수 있다.

그러나 이 어휘들 대신 '너무'라는 단어 하나가 점령해 버리니 그 좋은 어휘들은 어느새 쫓겨나 버렸다.

이런 현상은 내가 방송을 떠나기 전부터 젊은 사람들이 자주 쓰기 시작하더니 요즈음은 세대와 연령을 가리지 않고 일상 대화에서 전혀 거부감 없이 넘쳐나고 있다. 한강시민공원을 찾은 시민은 TV 인터뷰에서 "긴 장마가 너무 지루했는데 날이 개고 이렇게 나오니 기분이 너무너무 좋은 거 같아요." 이 시민의 말 중 앞에 쓴 '너무'는 자연스럽지만 뒤에 쓴 '너무'는 부자연스럽다.

거기에 너무를 반복한 것은 강조라기보다는 버릇에서 온 것이라 생각된다. 여기에서 또 한 가지 지적할 것은 "같아요"라는 표현이다. "같아요"는 "너무"라는 말이 유행하기 전부터 튀어나온 어휘이다.

이것도 어떻게 해서 우리에게 버릇이 됐는지는 모르겠으나 젊은 층이나 학생들의 입을 통해 급속히 번지게 된 것으로 생각된다.

'같다'라는 표현은 남들 앞에서 자기주장을 제대로 내세우거나 확실하게 표현하지 못하고 애매모호하게 말하려는 심리에서 비롯된 게 아닌가 생각된다. "기분이 아주 좋아요." 할 것을 "기분이 너무 너무 좋은 거 같아요." 하니 어법에도 맞지 않을뿐더러 어색하기 짝이 없는 표현이다.

누구는 이런 현상을 '〈같아요 문화〉 속에 살고 있다'라고도 했다. 실제로 방송이나 일상 대화 중에 "너무 감사합니다." "좋은 거 같아요." 등의 표현은 이제 귀에 익어 잘못된 표현이라고 생각하는 사람은 많지 않다. 언어는 습관이고 세태가 변하면서 말도 변화하게 되므로 한번 사람들의 입에서 입으로 옮겨지며 시간이 지나다 보면 지금 잘못 쓰이는 말들이 어느샌가 귀에 적응하게 돼 언젠가는 표준어가 될지도 모른다. 그러나 일반인이 아닌 아나운서들까지도 "너무 감사합니다."라든가, "너무 맛있습니다." 등의 표현을 스스럼 없이 쓰고 있으니 '너무'의 남용濫用에 대한 제동은 '너무' 늦은 것 같다. 아니 우리의 일상 대화에서 '너무'라는 말이 빠지면 오히려 부자연스러운 느낌이 들 정도이니 양화良話는 이미 악화惡話에 쫓겨났나 보다.

가끔 TV 출연자가 "너무 좋은 거 같아요."라고 말하면 "아주 좋아요."라고 자막으로 고쳐주는 것을 보는데 그나마 다행으로 생각한다.

젊은 사람들의 또 하나의 잘못된 말버릇은 대화 말미의 '~할게요.'다. 우리가 병원을 찾아갔다고 가정하자. 젊은 간호사가 "혈압을 재실게요." "주사 맞으실게요." 말끝마다 '~실게요'다. "~할 게요"는 말하는 사람의 의지를 나타내는 어휘이므로 "혈압을 재드릴게요." "주사를 놔드릴게요."라고 해야 한다. 비록 병원뿐만 아니라 젊은 사람들이 일하는 직장에서는 거의 '~하실 게요'가 만연돼 있다.

　이런 현상은 병원뿐만이 아니다. 헬스클럽엘 가도 수영장엘 가도 젊은 지도자가 있는 데는 영락없이 "팔을 올려 보실게요." "공을 쳐 보실게요."다. "이리 들어오실게요." "의자에 앉으실게요." 도대체 어법에도 맞지 않는 이런 말버릇들이 어떻게 해서 유행하고 있는지 이해할 수가 없다.

　그리고 '할게요'란 어휘는 정중하지 않은 표현이다. 자기보다 연상이거나 지체가 높은 어른에게는 '요.', '죠.'가 아니라 '습니다.'로 말끝을 맺어야 한다. "혈압을 재 드리겠습니다." "주사를 놔드리겠습니다." "이리 들어오십시오." "의자에 앉으십시오." 이것이 상대방에 대한 예의 있고 정중한 표현이다.

　요즘 젊은이들의 대화 중에 '완전'이란 어휘가 자주 등장한다. '완전 좋았어.' '완전 맛있어.'다. '완전'은 일부 명사 앞에 쓰여 모자람이나 흠이 없다는 뜻의 명사이므로 맞지 않은 표현이다.

　그런데 매우 좋다는 표현에 언제부터인가 '완전'이라는 단어가 쓰이기 시작했다. 그렇다고 뜻이 안 통하는 것은 아닌데 듣기가 어색하다. '완전 맛있어.'는 TV 광고에도 나오니 이미 유행하고 있다는 얘기다. '정말 좋았어.' '아주 맛있어.'라고 하면 얼마나 자연스럽고 듣기 편한가. 부사 형태로 써서 '완전히 맛있어.'도 적절하지 않은 표현이다.

전원田園의 향기

人生 제2막을 열다

● 〈전원의 향기〉 유화 46×38㎝

전원田園의 향기

꿈을 좇아 자연의 품으로-

방송 생활을 끝내자 나는 제2의 인생을 살 구상에 들어갔다. 직장생활 말년이 가까워지면서 나는 주위 사람들에게 퇴직하면 시골에 내려가 농사를 지으며 여생을 보내고 싶다는 말을 자주 해왔다.

도시 생활에 찌들며 사는 이들은 누구나 한 번쯤은 '한적한 농촌으로 들어가 농사나 지어볼까' 하는 막연한 생각을 해 보지만 그 꿈을 실천에 옮기는 사람은 백에 하나도 안 된다고 하니 그런 일을 저지를 위인이 못 됨을 잘 아는 아내는 내가 시골 타령을 할 때마다 그저 해 보는 소리려니 하고 별로 귀담아듣지 않는 눈치였다. 35년 동안 드나들던 방송국을 그만두고 나니 어쩐지 마음 한구석이 뻥 뚫린 것 같이 허전하다. 더구나 퇴직 날까지 매일 하던 정오 뉴스 시간이 다가오면 무언가 해야 할 일을 앞에 두고 있는 것 같은 착각에 빠진다. 허전한 마음을 달랜다는 핑계이기도 하지만 내가 제2의 인생을 살아갈 곳을 찾을 겸 아내와 함께 서울교외의 농촌을 이곳저곳 다녀보기도 했다.

그러던 어느 날 경기도 양평에 사는 아내 친구로부터 바람도 쐴 겸 한번 놀러 오라는 전화를 받았다.

전부터 양평 쪽에 관심이 있던 나는 아내를 재촉해서 친구댁을 찾아갔다. 양수리에서 북동쪽으로 약 9km 들어가 고개를 넘으니 삼태기처럼 산으로 둘러싸인 마을이 나타났다. 원주민 주택들을 가운데 끼고 두어 군데 10여 채 씩으로 형성된 통나무주택단지가 보이는데 마치 유럽의 어느 마을에 들어선 것 같은 착각이 들 정도로 호감이 갔다. 목조로 지어진 친지의 집은 그들 전원주택단지 안에 있었는데 주위 경관과 어울려 평화롭고 아늑했다.

내가 이 동네 생활에 관심을 보이자 집주인은 이왕 왔으니 동네구경이나 하고 가라며 단지 안을 이집 저집 돌아다니며 구경을 시켜주었다. 그중 언덕바지에 있는 한 집 앞에 이르자 이 집은 재미 교포가 주인인데 지어놓고 미국으로 가게 되어 집을 내놓았다고 하며 주인이 집을 비워놓고 미국에 가 있으니 집 구경이나 해 보라며 우리를 안으로 안내했다.

● 벚꽃 마을. 내가 자연의 품에 안겨 "인생 제2막"을 시작한 전원주택,
  이 집에서 나는 농사를 지으며 10년을 살았다.

300평의 대지에 건평 80평이나 되는 큰 통나무 주택인데 요모조모로 꽤 정성을 들여 지은 집이었다. 무엇보다 내 마음을 끄는 것은 거실 창으로 바라보이는 탁 트인 전경과 앞산 기슭에 잣나무 숲이 우거져 있어 스위스의 어느 마을에 온 착각이 들 정도였다.

집으로 돌아온 나는 그 집이 아른거려 잠을 이룰 수가 없었다. 여러 모로 따져봐도 내 마음을 사로잡는 집이었다. 이튿날 날이 밝자 아내에게 그 집을 다시 한번 가 보자고 채근했다. 나에게는 무엇이든지 마음에 드는 물건이 있으면 빚을 내서라도 사들이고야 마는 나쁜 버릇이 있었다. 그렇더라도 이번 경우는 거금巨金이 들어가는 주택이 아닌가? 게다가 집을 산다면 아내도 함께 그곳으로 이사를 해야 할 터이지만 그런 생각 다 접어놓고 냉철한 마음으로 그 동네와 집을 다시 한번 가 보고 싶었다.

다시 찾은 그 집은 내 마음을 더 사로잡았다. 2단으로 된 드넓은 정원에는 봄꽃들이 옹기종기 피어있어 한층 정겨워 보였다.

그렇게 해서 우리는 그 집을 48시간 만에 사들이게 됐다. 아내도 그 집이 마음에 들어 하는 눈치였다. 우선 이사를 와도 친구가 옆에 사니 외롭지 않고 서울에서 그리 멀지 않으니 외진 곳이라는 느낌이 덜 드나 보다. 그보다는 남편이 그렇게 마음에 들어 하고 전원생활을 해 보는 것이 소원이라 하니 더 말려봐야 소용이 없다는 걸 깨닫고 체념한 것일 거다.

이렇게 해서 우리는 그로부터 한 달 후에 서울생활을 정리하고 양평으로 들어가 전원생활을 시작했다. 시골에 들어가 농사나 지으며 여생을 보내겠다는 나의 꿈이 이루어졌다. 이와 함께 나의 인생 제2막이 오른 것이다.

맑은 물이 흐르는 동네 앞 개울과 우거진 잣나무 숲에는 백로들이 둥지를 틀어 고즈넉함을 더해주고 있다. 나를 따라온 아내는 각오는 하고 이곳으로 들어왔겠지만 갑자기 바뀐 환경에 마음을 잡지 못하는 기색이다. 쾌적한 공기에 수려한 주위 경관보다는 집 주위에 둘러쳐진 야트막한 목책 울타리며 방범창이 없는 집이 자꾸 마음이 쓰이는 모양이다.

● 아내가 정성 들여 가꾼 정원, 지나가던 행락객들이 들러 구경하곤 했다. 차茶 대접은 집주인의 예의.

전원과 도시의
2중 생활

　이사한 지 며칠 안 된 어느 날, 대학과 ROTC 동기인 LG그룹의 정장
호 부회장으로부터 도와달라는 제의를 받았다. 내용인즉, "공익사업으
로 사회에 기여하라"는 선친先親의 유언에 따라 물려주신 유산遺産의 일
부로 '사단법인 마루음악연구원'이라는 공익법인을 설립하는 동시에
연구원이 활동할 공간인 콘서트홀을 건립 중인데, 자네가 적격자라고
생각되니 이 사업체의 운영을 맡아 달라는 것이었다. 나는 퇴직하고
농사를 짓기 위해 이미 농촌으로 들어갔다며 제의를 거절했으나 삼고
초려(三顧草廬) 끝에 내린 결정이니 꼭 맡아달라는 것이었다.

● 정장호 LG그룹 부회장

　이 연구원은 국민 정서를 드높이고 사회
공익 증진을 목적으로 거액의 시설자금과
운영자금을 투입해 설립되었다. 자체 이벤
트홀인 콘서트홀을 마련하여 아름다운 시
(詩)와 음악을 창작하고 보급하는 활동무
대로 사용하고 있다. 그리고 외국에 비해
상대적으로 중소 공연장이 부족해 실기
발표회를 갖기 어려운 우리의 음악 꿈나
무들에게 콘서트홀을 실비로 대여하고 있다. 이렇게 기예技藝를 마음껏
연마하고 발표할 수 있는 공간으로 젊은 음악학도들과 학부모들의

많은 사랑을 받고 있다.

결국, 나는 고심 끝에 그의 청을 받아들이고 말았다. 도시 생활의 편리함과 감각적 쾌락 대신 자연에 묻혀 마음의 여유로움과 풍요를 찾아보겠다고 산골을 찾아 들어왔는데, 헛된 귀거래사歸去來辭가 된 것인가 보다. 삶의 속도를 늦추어보겠다는 나의 계획은 완전히 빗나갔고 오히려 서울까지 한 시간 걸리는 거리를 출퇴근하느라 생활의 속도는 그 전보다 더 바쁘고 빨라진 것이다.

이렇게 해서 전원생활의 참맛을 채 느껴보기도 전에 매일 도시와 시골을 넘나드는 나의 이중생활二重生活이 시작됐다. 어느 정도 각오는 하고 들어왔지만, 쾌적한 공기와 아름다운 주변 경관은 눈에 들어오지 않고 집 주변만 마음이 쓰인다. 산짐승도 뛰어넘을 수 있는 나지막한 목책 울타리와 집을 둘러싸고 있는 유리창들도 허술하기 짝이 없다.

산촌의 밤이 되자 잣나무 숲 사이로 불어오는 바람이 창문을 흔들고 구슬픈 소쩍새 울음소리에 쉽게 잠을 못 이루고 뒤척거리는 아내가 안쓰럽고 참 미안하다는 생각이 든다.

어느 농촌이나 노령화 때문에 큰 사회적 문제가 되고 있지만 여기라고 예외가 아니어서 젊은 사람들을 쉽게 만날 수가 없다. 지금은 젊은이들 사이에서 귀농歸農 바람이 불어 그나마 다행이지만 전처럼 논밭에서 젊은 사람들이 일하는 모습을 되찾기는 어려울 듯하다. 자식들은 다 도시로 떠나고 70을 넘긴 노인들만 남아 농사를 짓자니 힘겨울 수밖에 없다.

대대로 농사를 지어온 땅이지만 힘에 부치니 그 땅을 놀릴 수밖에 없는 촌로村老의 심정을 짐작할 수 있을 것 같다. 땅을 차마 놀릴 수 없어 구부러진 허리를 겨우 폈다 굽혔다 하며 일하는 노부부의 모습이 안쓰럽기 짝이 없다.

흙에 살리라

집 주변에 주인을 모르는 황무지가 있기에 주말을 이용해 밭으로 일구려 하니 워낙 돌이 많아 여간 힘이 드는 게 아니다. 오며 가며 힘겹게 곡괭이질을 하는 나를 본 한 촌로村老가 안쓰러웠는지 "거긴 땅이 거칠어 농사짓기 어려울 거유." 하며 힘 빼는 소릴 하기에 이 근처에 어디 농사 지을만한 땅이 있으면 도지를 낼 테니 좀 알아봐 주겠느냐고 말을 건넸다.

"저 땅이 내 땅인데 내가 늙어 힘들어 놀리고 있소이다. 그렇게 농사짓고 싶으면 저 밭에다 지어 보실라우?" 하기에 불감청不敢請이언정 고소원固所願이라고 얼른 받아들였다. 바로 우리 집 앞에 개울을 끼고 있는 밭인데 텃밭으로는 안성맞춤이었다.

이 땅에 희망의 씨앗을 뿌림으로써 나는 비로소 농사꾼이 되었다. 서울의 직장엘 다니면서도 틈틈이 농사 책이나 농촌진흥청 사이트에 들어가 농사법을 익혀가며 서투르지만 열심히 농사를 지은 덕분에 채소 등 작물은 잘 커 주었다.

이듬해 나는 땅 주인으로부터 500평이나 되는 그 땅을 사들이게 됐고 두 아들이 나의 회갑 기념이라며 농기계小型 경운기를 사 주어 본격적인 농사꾼의 면모를 갖추게 되면서 퇴직하면 농촌에 들어와 농사나 지으며 살겠다던 나의 소원이 드디어 성취됐다.

이곳으로 들어와서 동네사람들과의 관계는 비교적 원만했다. 서울을 떠나기 전에 농촌에 들어가면 원주민들의 텃세 때문에 고전을 하거나 심지어는 적응하지 못하고 쫓겨나온 사람들의 얘기를 들은 적이 있던 터라 동네사람들을 만나면 먼저 인사를 하거나 매사에 거만하게 보이지 않게 행동하도록 집사람에게도 일러두는 등 긴장을 늦추지 않았다.

● 〈형제송兄弟松〉 유화 34×21㎝

● 〈형제송兄弟松 2〉 유화 34×21㎝

못 배운 자식이 효자다?

우리 농장 이웃 밭에서 밭일을 하는 노인과 가끔 만난다. 70이 넘어 보이는 나이에 도와주는 사람도 없이 늘 홀로 일하는 그 노인이 애처로워 우리 밭 그늘막으로 불러 막걸리를 대접하곤 한다. 늘 이렇게 혼자 일을 하시는데 집안에 농사를 도울 사람은 없느냐고 물으니 부인과 함께 사는데 부인은 무릎이 아파 바깥나들이가 어렵다고 한다. 자제분들은 없느냐고 물으니 손을 내저으며 신세 한탄을 늘어놓는다.

그 노인은 아들만 둘을 두었는데 공부를 잘하고 똑똑해서 둘 다 서울로 보내 대학까지 공부시켜 대기업에 취직을 해서 큰놈은 미국 지사에 가 근무하다가 눌러앉아 돌아오지 않고 둘째 아들은 서울에 있는데 회사 일이 바빠 한 달에 한 번 삐꿈이 다녀가면 그만이란다.

그 노인은 이 마을 토박이로 제법 땅뙈기나 있었는데 두 놈 대학 공부시키느라 다 팔아대고 두 노인 겨우 먹고 살 땅밖에는 안 남았다고 한숨이다.

"아들들이 다 잘 됐으니 부모님 생활비는 넉넉히 보내드릴 것 아닙니까?" 하니 그 노인은 그저 쓸쓸하게 웃으며 막걸리잔을 비운다.

막걸리 기운이 돌았는지 노인은 "이거 보슈, 저 아래 동네 노인회장 김 아무개는 아들 하나를 두었는데 대학 보낼 형편이 못 돼 고등학교만 간신히 마치고 보낼 데 없으니 데리고 농사를 가르쳤지. 아들놈이 많이 배우진 못했지만 제 애비를 닮아 심성이 착하고 부지런해서 농사를 열심히 지으니 집 형편이 나날이 일어서는 거야. 이제는 이 마을에서 논밭이 제일 많은 부농이 됐다우. 그렇지만 그런 건 부럽지 않아요. 그 아들을 장가들였는데 손주도 둘이나 보고 며느리가 어찌나 효부인지 시부모 공경을 그렇게 잘한다고 동네 사람들의 칭찬이 자자해요. 이보시오. 땅 다 팔아 자식들 출세시키면 뭐 하겠소? 자식 공부 안 시켰으면 그 자식들 내 곁을 떠나지도 않았을 거고 논밭 다 그대로 있어 땅땅거리고 손자들 재롱 보며 늦복이 터졌을 텐데."

술기운이 돌아서인지 그 어르신의 신세 한탄처럼 토해 내는 푸념에 이해가 가는 면도 전혀 없지는 않았다.

"자식들이 부모에게 효도하는 방법이 어디 한 가지뿐이겠습니까? 어르신께서 부러워하시는 그 분은 아마 어르신을 부럽다고 생각하실지도 모를 것입니다. 자식들 번듯하게 공부시켜 나라에 큰 일꾼을 만들어 놓으셨으니, 아버지로서 얼마나 자랑스러운 일인가요. 동네에서도 아마 어르신을 소홀히 대접하지 않을 겁니다. 예부터 '내리사랑'이라는 말이 있지 않습니까? 아무리 부모에게 효도한 들 부모가 자식에게 주는 사랑에는 못 미친다는 뜻이지요. 그러니 자식들이 찾아뵐 때마다 열심히 가꾸신 농작물을 바리바리 싸 보내세요. 그게 다 행복이지요."

나는 이러한 말로 그 노인을 위로해주었다.

농기구를 꾸려 집으로 돌아가는 그를 바라보면서 그 어르신이 늘어놓은 이야기들을 다시 한번 곱씹어 보았다.

'못생긴 나무가 선산先山을 지킨다는 속담처럼 뼈 빠지게 농사지어 잘 가르쳐 출세시킨 아들보다 못 가르친 아들이 더 효자더라.'

다소 역설적인 얘기지만 점점 고령화 돼가고 있는 농촌의 현실의 한 단면이라고 생각하니 씁쓸한 생각이 들었다.

CQ! CQ DX!
세계의 HAM을 부르다

농촌생활에 어느 정
도 정착이 되자 집 한구
석에 쌓아 두었던 HAM
무선장비들을 풀어 아마
추어 무선국의 재가동을
시도했다.

지붕 위에 올라가 안
테나를 세우고 송신기에 연결해 파워 스위치를 올리고 해외 원거리
HAM을 호출했다.

"CQ! CQ DX! This is HL2ALO, CQ DX & stand by."CQ는 Come
Quickly, DX는 Distance의 통신 약어

이렇게 북유럽이나 남미 등 먼 나라 햄HAM들을 향해 몇 차례 호출
을 시도했으나 인도네시아나 대만 일본의 햄들만 바글바글 응답해 왔
다. 산중에서의 첫 교신은 인도네시아 햄과 이루어졌다. 산들로 둘러
싸인 로케이션으로는 만족스러운 교신이었다.

내가 아마추어무선사HAM가 된 것은 1984년 호출부호 HL1ALO로
개국開局했다.

1982년 배구 경기 중계차 일본 출장 중 많은 주택들에 세워진 철탑에 거대한 왕王 자형 안테나가 얹힌 것을 본 나는 궁금증이 생겼다. 함께 간 엔지니어에게 물었더니 저건 개인 방송국이라 할 수 있는 아마추어무선국 안테나인데 국가시험에 합격해 자격증을 따면 세계 어느 나라 햄들과도 교신이 가능하다는 설명을 해 주었다.

● HAM용 안테나

그 당시에도 일본에는 HAM 인구가 수십만 명이 될 정도로 한창 인기를 끌고 있을 때였지만 한국에는 아마추어 무선국이 아주 드물었다. 호기심이 발동한 나는 귀국하자마자 아마추어무선사 자격증을 획득하기 위한 공부를 시작했다. 시험과목은 무선공학과 전파법규 그리고 모스 부호符號, 통신 실기 등이다.

교신을 위한 통신 영어, 일본어 등 1년여의 공부 끝에 나는 HAM 국가시험에 합격했고 송신기 세트와 안테나 등 부속 장비를 사들여 개국을 서둘렀다. 체신부로부터 호출부호(HL1ALO)를 부여받고 드디어 1984년 4월 나의 개인 방송국인 아마추어 무선국이 첫 전파를 발사했다.

첫 교신은 일본의 햄과 이루어졌다. 기후현岐阜縣의 마쓰모토松本란 무선사였다. 지금까지도 그와는 첫 교신의 인연으로 일본과 한국을 오가며 우정을 나누는 친구가 됐다.

그 교신을 시작으로 20년 동안 35개국 600여 명의 HAM들과 우정을 주고받았다. 국내외의 햄들과 교신을 하고 나면 반드시 "QSL교신카드"를 교환한다. 자기 호출부호를 넣어 특색있게 인쇄된 QSL카드는 교신 증명이나 마찬가지로 이를 근거로 각종 어워드AWARD도 수상할 수 있다.

아마추어무선의 교신 내용에는 정치적이거나 사상적, 그리고 도덕성을 저해하는 이야기는 금기로 되어 있으며 전파 법규를 위반하거나 아마추어 무선사로서 품위를 잃은 교신을 했을 때는 전파 감시소로부터 제재를 받게 된다. 외국과의 교신은 주로 영어로, 일본과의 교신은 일본어를 병용하며 이밖에 교신용으로 사용되는 통신용어가 따로 있다. 교신을 통해 친구가 된 일본의 햄들이 한국을 방문했을 때는 그들에게 관광 안내와 편의를 제공했고 나 또한 일본에 갔을 때는 같은 대접을 받으며 HAM을 통한 색다른 보람을 만끽했다.

이에 만족할 수 없는 나는 가족국을 만들 욕심이 생겼다. 내친김에 아내와 국민초등학생인 두 아들에게 국가자격시험을 준비하도록 강력하게 권유했다. 아버지의 성화에 못 이겨 그들은 억지로 시험공부를 해서 다음 해 모두 시험에 합격해 아마추어무선사가 됐다.

아내는 HL1LAD, 첫째 재원宰源은 HL1LAE, 둘째 준원準源은 HL1LAF
의 호출부호를 받아 드디어 우리집은 HAM 가족이 되었다. 전 가족이
햄인 경우는 국내에서도 흔치 않은 일이다.

인터넷이나 무선전화가 없던 시절, 나는 차량에 송신기를 장착한 이
동국移動局이 되어 언제 어디서라도 집이나 국내 햄들과도 교신하는 재
미를 맛보았다.

농촌에서의 교신은 그런대로 재미가 있었다. 농업에 종사하는 햄들
끼리 그날 한 일을 서로 주고받으며 농사에 대한 정보와 지식을 나
누고 도시와 떨어져 사는 외로움을 달래는 사랑방 역할을 훌륭히
해냈다.

● 〈화진포에서〉 유화 53×40㎝

잡초와의 전쟁

농사는 잡초와의 전쟁이라 해도 과언이 아니다. 한여름 뙤약볕 아래 쪼그리고 앉아 잡초와 싸우려면 웬만한 인내가 없어서는 안 된다. 뽑아도 뽑아도 또 나는 것이 잡초이니 그 끈질김에 비유해서 포기하지 않고 끝까지 도전하는 사람을 가리켜 잡초 같은 인생生이라고 하지 않는가. 풀을 뽑다가 돌아보면 저만치 뽑고 온 자리에서 잡초가 또 나오더라는 시골 노인네의 얘기가 실감 난다. 가끔 도시에 사는 가족들을 위한 주말농장 앞을 지나칠 때가 있다. 직장을 가진 사람들이 주말에만 찾는 농장이다.

10평 남짓한 작은 밭이라도 일주일에 한 번 찾아서는 농작물이 잘 될 리가 없다. 어쩌다 한 주를 걸러 2주 만에 농장을 찾아와서는 놀란다. 말 그대로 잡초더미에 묻혀 어느 것이 채소이고 어느 것이 잡초인지 가려 내기가 쉽지 않을 정도이니 말이다.

'농작물은 주인의 발걸음 소리를 듣고 큰다.'는 속담이 있다. 농작물은 주인이 정성을 들인 만큼 잘 된다는 말이리라. 주인의 관심과 사랑이 멀어진 밭은 자연히 잡초더미가 되고 밭 주인은 결국 중도에 경작을 포기하고 만다.

밭에 씨를 뿌리고 나서 3, 4일이면 새싹이 흙을 밀치고 올라오고 다음 날 새벽 나가보면 새파란 떡잎이 나를 반긴다. 땅 기운과 함께 온

몸에 스며드는 흙냄새, 그 순간 말로 표현할 수 없는 행복감과 신비로운 생명력을 느낀다. 나는 태생적胎生的으로 흙을 사랑하게 됐나 보다. 차를 타고 달리다가도 흙이 좋아 보이는 밭을 발견하면 차를 세우고 다가가 흙을 만져보고 향기를 맡아보는 버릇이 있다.

농작물도 동물처럼 의식이나 감정은 없지만 분명 생명체다. 내가 새벽에 밭엘 나가면 그들은 나를 무척 반기는 것 같은 기분을 느끼게 된다. 그래서 나는 그들을 향해 "너희들 잘 잤니?" 하고 말을 건넨다. 그러면 그들이 "네, 주인님도 기분이 좋아 보이시니 잘 주무셨나 보죠?" 하고 화답하는 것 같다.

농작물은 주인의 발걸음 소리를 듣고 자란다는 속담을 실감하는 순간이다.

우리 주변에 사는 것은
모두 우리 친구다

어느 여름날 정원에서 집으로 들어오던 아내가 "어머나!" 하고 비명을 지르며 호들갑을 떤다.

깜짝 놀라 밖으로 나가 보니 현관 옆 데크^{Deck} 위에 커다란 독사 한 마리가 똬리를 틀고 점잖게 앉아있다.

정원이 뱀이 좋아하는 돌 축대 밑에 있어 정원에서는 뱀을 본 적이 있지만 데크까지 올라와 있을 줄은 몰랐으니 아내가 기겁氣怯하고 놀라 울부짖을 만하다.

땅꾼을 빼고 뱀을 보고 놀라지 않는 사람이 흔하겠는가? 나도 예외는 아니다. 그러나 나도 같이 놀라 달아난다면 남편의 위신도 안 설뿐더러 아내는 여기서는 무서워 못 살겠으니 당장 서울로 가자고 조를 것이다.

나는 일부러 태연한 척하면서 작대기로 뱀을 건드려 쫓으면서 "이제 그만 놀고 너의 집으로 가거라." 하니 슬그머니 기어서 데크 밑으로 사라졌다.

그리고 아내에게 "전원생활을 하려면 우리 집을 드나드는 고양이도 다람쥐도 개구리도 뱀도 우리의 친구라고 생각해야 해요."라며 위로를 겸해서 안심을 시켰지만 그로부터 며칠간은 현관 밖엘 나가지 않으려고 해서 애를 먹었다.

뱀이 접근을 못 하게 하는 데는 백반白礬이 좋다는 통설通說이 있어 서울에서 백반 한 포대를 사다가 집 주변에 뿌려 놓고 뱀이 절대로 못 오므로 안심하고 밖엘 나가도 된다고 하니 뱀 공포에 떨던 아내는 그제야 조심스럽게 바깥 출입을 하게 됐다.

우리 동네에는 유난히 뱀이 많아서 정원에서 잔디를 깎다가, 밭에서 일을 하다가도 뱀을 여러 차례 봤다.

언젠가는 아침에 오이를 따기 위해 오이 넝쿨에 손을 대는 순간 커다란 뱀 한 마리가 혀를 낼름거리며 넝쿨 위에 걸치고 있지 않은가?

혼비백산해서 "악!" 소리를 지르며 달아난 뒤로는 그 주변의 기다란 새끼줄만 봐도 놀라 뒷걸음질을 치곤 한다. 물론 농사일을 싫어해서 밭엘 잘 나오려 들지 않는 아내에게 밭에서 뱀을 보았다는 얘기를 하면 그나마 밭쪽으로는 얼씬도 하지 않을 것 같아 내색도 하지 않았다.

그러나 '땅꾼'처럼은 되지 않더라도 뱀을 만나면 놀라지 않으려고 애쓰니 이제는 혐오스러운 마음이 옅어졌다.

말벌과 꿀벌 이야기

늦여름 어느 날 아내가 헛간에 갔다가 벌에 쏘여 아프다며 호들갑을 떨며 들어왔다. 벌에 쏘여 벌겋게 부풀어오른 팔에 약을 발라주고 헛간으로 가 보았다. 언제 지어 놓았는지 천장에 대접만 한 벌집이 매달려 있었고 수많은 방들 입구에는 수십 마리나 되는 말벌들이 윙윙 날갯소리를 내며 수북이 붙어 있었다. 이를 본 순간 공포감이 느껴졌다.

왜냐하면 말벌들은 공격성에 봉독까지 강해서 사람이 쏘이면 심하면 쇼크를 일으켜 목숨을 잃는 일이 종종 발생하기 때문이다.

얼마 전 현관 앞 데크에 올라와 똬리를 틀고 있는 뱀을 보고 기겁을 한 아내에게 '우리 주위에 살고 있는 것은 모두 우리의 친구'라며 뱀을 작대기로 쫓아버린 적이 있는데 이 말벌들은 그냥 내버려 둘 수가 없다. 전쟁을 싫어한다 해도 적이 쳐들어오면 싸워야 하듯이 공격성이 강한 말벌을 그냥 내버려 두면 언제 날아와 나를 쏠지 모르기 때문이다.

벌 떼를 퇴치하는 방법을 누구에게선가 들은 적이 있다.

나는 얼른 집으로 달려가 라이터와 분무형 모기약에○킬라 통을 들고 와 벌 떼 소탕 작전을 준비했다. 마치 전쟁에서 적진을 향해 화염 방사기를 메고 돌진하는 태세로 벌집을 향해 접근했다. 손에는 고무장갑과 머리에는 자전거용 헬멧에 양파망을 덧쓰니 좀 우스꽝스럽게 보이겠지만 벌이 달려들어도 안전할 것 같았다. 벌집 1m 가까이에서 살충제 통 버튼을 누르는 동시에 라이터로 노즐에 불을 붙였다.

뿜어져 나오는 살충제는 화염방사기처럼 시뻘건 불길로 변해 벌집을 덮쳤다. 순간 벌들은 힘없이 바닥으로 떨어졌다. 벌들이 불에 타 죽은 것이 아니라 불길에 날개가 타버리니 날 힘을 잃어 떨어진 것이다. 날개를 잃고 땅에 떨어진 말벌들은 뱅뱅 돌며 허둥댔다. 벌들에게는 미안한 마음이 들었으나 적을 죽이지 않으면 내가 죽게 되니까 말이다. 말벌들이 모두 떨어진 걸 확인한 나는 마치 적을 섬멸하고 고지를 점령한 병사처럼 의기양양해 장대로 벌집을 떼어내 손에 들고 찢어보려 했으나 어찌나 견고하고 질긴지 찢어지질 않는다.

그들 편에서 보면 헛간에 집을 지은 것이 하나도 죄 될 것이 없다. 비바람을 막아주니 가장 안전한 곳이라고 보았을 것이다.

그들이 내 아내를 먼저 공격한 것이 아니라 무의식중에 그들에게 위협을 주었으니 자기들의 영역을 지키기 위해 침입자를 공격한, 정당방위의 행위였을 것이리라.

말벌도 꿀벌처럼 꽃가루를 옮겨 주고 산림 내 유해곤충을 없애 주는 순기능의 역할도 한다. 그러나 말벌은 공격성이 강해 말벌 몇 마리가 꿀벌 수만 마리를 잡아 죽여 양봉업자들에게 큰 피해를 주기도 한다.

벌에 관한 얘기가 나왔으니 오이 호박밭으로 눈을 돌려보자. 꿀벌이 호박꽃을 드나들며 부지런히 꿀을 따고 있다. 그 덕에 호박은 벌이 수

꽃에서 묻혀온 꽃가루로 수정이 돼서 열매를 맺는다. 모든 농작물은 이런 식으로 결실을 얻으니 꿀벌은 농사에 없어서는 안 될 곤충이다. 농사뿐만 아니라 꿀벌은 우리에게 귀중한 꿀을 가져다준다. 그래서 꿀벌은 곤충이지만 축산법상 가축으로 분류된 것도 특이하다.

이처럼 꿀벌은 인류에게 큰 공헌을 하고 있다. 사람도 못된 일을 하는 사람이 있는가 하면 착한 일을 하는 사람이 있는 것처럼 말벌은 공격성이 강해 사람을 공격하는가 하면 꿀벌들도 잔인하게 물어 죽이기도 한다. 꿀벌은 절대 호전적이지 않다. 사람을 무서워하며 먼저 해하지 않으면 덤비지 않는다. 그런데 이 사건을 계기로 알게 된 또 한 가지 놀라우면서도 걱정스러운 사실이 또 하나 있다.

지구의 벌들의 개체 수가 점점 줄어든다는 사실이다. 지난 5년 간 미국의 양봉업자들은 벌 떼의 군집붕괴群集崩壊 현상으로 매년 벌들의 30%를 잃었다. 군집붕괴 현상이란 벌 떼 전체가 알 수 없는 이유로 갑자기 벌집에서 사라지는 현상을 가리키며 세계 각지에서 발생하고 있다고 한다.

이러한 현상은 최근 우리나라에서도 일어나고 있다. 올해 전국 양봉

농가 곳곳에서 월동을 한 후 다시 움직여야 할 꿀벌이 집단 실종되는 현상이 일어나 전국에서 약 70억 마리의 벌들이 사라졌다는 것이다.

무분별한 농약의 사용과 전자파, 환경오염 등에 의해 벌들의 생존이 위협받고 있다는 것이다.

벌들의 멸종은 곧 인류의 멸망을 뜻한다. 지구상의 거의 모든 곡물과 과일 등 1,500종의 작물 중 30%의 수분을 책임지는 꿀벌의 실종은 인간의 식단뿐만 아니라 모든 생태계에 영향을 미치는 것이다. 벌들의 매개로 결실이 이루어지는데 만일 벌이 없다면 이 일을 누구도 대신할 수 없다. 벌의 숫자가 줄어들면 이에 비례해서 우리의 주식인 식량과 과일도 줄어들고 결국 인류는 먹을 것이 없어 기아와 전쟁으로 큰 혼란을 겪다가 멸망하고 말 것이라는 생태학자들의 무서운 예언이다.

진객珍客들의 방문

양평으로 이사한 지 어느덧 1년이 되는 이른 봄날 아내의 친구들이 찾아왔다.

우리 내외에게 모처럼 찾아온 진객珍客들이다. 봄꽃이 피어나는 정원에서 산에서 갓 따온 두릅과 더덕 등 산나물로 식탁을 꾸미고 상추쌈에 불고기가 산골에서 손님을 대접할 수 있는 전부였다. 소박한 식탁이었지만 다들 도시에서는 좀처럼 맛보기 어려운 신선한 밥상이라며 맛있게들 들었다. 앞산을 메운 잣나무 숲이 뿜어내는 신선한 공기에 더 매혹되는 듯 즐거워했다.

돌아갈 시간이 가까워지면서 산속의 아름다운 풍광과 신선한 공기에 대한 예찬을 감탄사를 연발하던 그들의 대화는 어느덧 현실적인 얘기로 바뀌어 갔다.

아내에게 "어떻게 해서 이런 외진 산속에 와서 살게 됐느냐, 도둑이나 산짐승이 무섭지 않으냐, 외롭지 않으냐"며 마치 귀양살이하러 온 사람을 동정하는 표정으로 물었다.

아내는 산골 생활이란 도시 생활보다는 좀 외로움을 느낄 때도 있고 불편한 점도 많지만 그에 못지않게 자연이 주는 보상도 많으니, 일생에 한 번은 살아볼 만한 가치가 있는 곳이라며 애써 스스로를 위로하듯 대답했다. 돌아가면서도 그들은 배웅하는 아내에게 친구를 외진 산속에 내버리고 가는 기분이라며 안쓰러워했다.

동구 밖으로 사라지는 친구들의 차를 보며 손을 흔드는 아내의 모습이 이때처럼 쓸쓸하고 애처로워 보인 적이 없었다. 시골에 떨어져 사는 친구를 위로한다고 몰려온 친구들이 오히려 아내에게 상처만 주고 간 것 같아 야속한 생각이 들었다.

그 후 나는 아내에게 양평에는 화가들이 많이 살고 있고 군郡에서 운영하는 수영장도 시설이 아주 훌륭하고 비용도 저렴하다니 서울에서 하던 수영과 그림공부를 해 보라고 권해서 수채화에 재미를 붙이게 됐다. 수채화에서 유화까지 섭렵하며 경력이 20년이 넘었고 이제 취미를 넘어 화가의 경지에 들어섰으니 그때 그림 그리기를 권하기를 잘한 것 같다.

시골로 들어와 생활하면서부터 나는 그전에는 그냥 지나쳐 버린 일에 관심을 갖게 되는 버릇이 생겼다. 직장이 강남이므로 어쩌다 백화점엘 들르면 그 많은 손님들의 90%는 여자들이다. 어제오늘에 갑자기 생긴 현상이 아닐텐데 왜 내 눈에는 여자들만 보일까 백화점 꼭대기 식당가에 가도 거의 여인네들이다. 그뿐이 아니다. 점심모임이 있어 좀 고급스러운 식당에 가면 사모님들이 각 방을 독차지해 적어도 일주일 전에 예약하지 않으면 방 잡기가 어렵단다.

이런 광경들이 나의 눈에 새삼스럽게 비춰진 것은 지금 농촌에서 외롭게 생활하고 있는 아내의 모습이 생각나서인가 보다. 중·노년 여성들의 가장 큰 즐거움은 백화점에서 쇼핑을 하거나 친구들과 만나 수다로 쌓인 스트레스를 푸는 것이라고 한다. 그 또래 나이의 내 아내인들 어찌 그러고 싶지 않겠는가. 서울에 있을 때에는 가끔 백화점 구경도 하고 친구들과 모임도 가지던 아내가 서울을 떠나고부터는 두문불

출이나 다름없는 생활을 하고 있으니 본인은 얼마나 답답할까. 그녀에게 큰 죄를 짓는 것 같아 미안하기도 하고 안쓰럽기도 하다.

도시 생활의 쾌락이나 편리함 대신에 흙냄새 짙은 농촌을 택한 나의 가치관이나 인생관을 더 이상 아내에게 강요할 수는 없다는 생각에 이른 나는 나이를 더 먹기 전에 아내를 있던 자리에 다시 돌려보내야 하겠다는 생각을 하게 됐다.

'그 시기는 전원생활 10년을 마치는 해로 하자.' 나는 속으로 이렇게 다짐했다.

● 〈인제 원대리에서〉 유화 53×45㎝

젊은 과학도 부부의 낙향落鄕

몇 해 전 KBS 1TV의 "인간극장" 프로그램은 어느 젊은 부부의 산
중생활山中生活을 5부작으로 방송한 적이 있다. 그 당시는 우리도 양평
으로 이사를 해 한창 전원생활에 재미를 붙이고 살 때였다. 그 부부는
둘 다 명문대학을 졸업하고 KAIST에 들어가 연구원으로 일하고 있는
엘리트들이었다. 한 직장에 근무하면서 그들 사이에는 사랑이 싹트게
됐고 결혼까지 약속하게 됐다.

두 사람 모두 남부럽지 않은 집안에서 태어나 정상적인 성장 과정을
거쳐왔고 장래가 보장된 과학도科學徒 커플이니 결혼을 하게 되면 탄탄
한 장래가 보장된다. 그런데 이들의 결혼 후의 꿈은 엉뚱했다. 결혼과
동시에 이들은 직장에 사표를 냈다. 그러고는 아무 연고도 없는 안성
군의 어느 산속으로 들어와 신혼살림을 차렸다. 물론 양가의 부모들
이 이들의 무모한 행동을 허락할 리 없었다. 더군다나 과학도로서 앞
길이 구만리 같은 젊은 부부가 수재秀才나 들어갈 수 있는 그 직장에
돌연 사표를 던지고 산으로 들어간다니 부모로선 기가 찰 노릇이다.

두 사람에게 꾸짖어도 보고 타일러도 보았으나 그들의 신념은 확고
해 아무도 말릴 수 없었다. 결국 이들은 부모들의 엄중한 만류에도 불
구하고 계획을 실행했다. 마을로부터 약 2km 산속으로 떨어진 외딴집,

첩첩산중이어서 이웃이라고는 보이지 않는다. 그들의 신혼 보금자리는 누가 살다 떠난 집인지 지붕이고 벽이고 한참 수리를 해야 할 정도로 낡은 10평쯤 되는 오두막이다.

밤이 되니 천장에선 쥐들이 시끄럽게 뜀박질을 해댄다. 신랑은 자고 나면 집에 난 쥐구멍과 허물어진 곳을 진흙을 개서 때우거나 부서진 문짝들을 보수하느라 바쁘다. 신부는 신부대로 할 일이 많다.

빨래는 세탁기가 없으니 자연히 손빨래를 하고 환경을 오염시키지 않기 위해 비닐백이나 폐비닐도 한 번 쓴 건 그냥 버리지 않고 깨끗이 씻어 모아 두었다가 다시 사용한다.

물은 골짜기에서 흘러 내려오는 샘물을 호스로 집까지 끌어다 쓰는 지혜를 발휘해 불편이 없다. 다행히 집까지 자동차가 겨우 들어갈 수 있는 길이 나 있어 중고 1톤 트럭한 대를 마련해 안성 시내까지 생활필수품을 사오거나 볼일이 있을 때 드나든다. 세간살이라고는 아주 기초적인 취사도구와 자그마한 옷장과 침구류, 그리고 컴퓨터가 전부다.

집 주변에는 텃밭을 만들어 열무와 배추, 상추, 고추 등 채소를 가꾸어 반찬을 해결한다. 서울에서 불편함이란 전혀 모르고 자랐고 직장생활을 하면서도 고생이란 해 본 적이 없는 이들이 그야말로 원시생활이나 다름없는 환경에 저리도 잘 적응하며 살 수 있을까? 우리 부부는 그 프로그램을 보면서 놀라지 않을 수 없었다. 그들의 생활환경에 비하면 우리 집은 낙원이나 다름없다. 겨울이면 그들은 아궁이에 나무를 때서 온돌을 덥히고 방에는 드럼통 난로를 놓아 나무를 때서 난방을 한다.

목욕은 커다란 플라스틱 둥근 물통을 방에 들여놓고 난로에서 물을 끓여 부어 그 속에 들어가서 목욕을 하는 지혜를 발휘했다.

이러한 거친 생활을 하면서도 두 사람의 입에서는 추호도 불편하다는 말이 나오지 않는다. 마치 이런 곳에서 몇 년을 살아 익숙해진 것처럼 여유가 있다. 이들은 한쪽 벽을 허물고 유리로 창문을 냈다. 높은 산의 중턱이니 훤히 내려다보이는 산속 경치는 그만이다.

그러고는 눈 아래 펼쳐진 산 아래 풍경을 내려다보며 둘이 마주 앉아 커피를 마신다. 이때가 이들에게는 가장 행복한 시간이란다. 아마 이들은 이러한 즐거움을 맛보기 위해서 모든 걸 다 버리고 이 외진 산속으로 들어왔는지도 모르겠다.

평소에 이들과 가까웠던 동료들이나 지인들은 이들의 갑작스러운 도시탈출을 어떻게 생각할까? 인생에 있어 가치관의 변함인가, 아니면 현실 도피인가.

우리 부부는 이 프로그램을 아주 재미있고 관심 있게 시청했다. 나이와 처한 환경은 우리와 다르지만 다른 사람들이 감히 엄두도 내지 못할 일을 쉽게 결정하고 실천에 옮겼다는 사실이다.

우리에 비해 너무나 열악한 환경에서도 그 불편함이 그들의 신혼생활에 아무런 걸림돌이 되지 않는 양 살아가는 그들에게 큰 감명을 받았다. 5부작의 방송이 끝나고 우리는 그들이 사는 곳을 한번 찾아가서 얘기라도 나누어 보고 싶었다. 그들과 만나면 산촌 생활을 먼저 시작한 선배로서, 아니면 동병상련同病相憐의 정을 나누어 보고 싶은 것이었다.

그래서 "인간극장" 제작 담당자에게 그들이 사는 곳을 알려 달라고 전화를 했더니 그들의 연락처를 아무에게도 가르쳐주지 않는 조건으로 프로그램을 제작했기 때문에 절대 알려줄 수 없다고 하여 그들을 찾아가는 것을 포기하고 말았다. 그런 후 우리 내외는 젊은 그들에 관한 애기를 가끔 나누었다.

"그들은 지금 어떻게 살고 있을까? 생활의 불편을 못 이기고 다시 서울로 돌아가지 않았을까?"

우리가 시골 생활을 청산하고 돌아온 지금도 우리 내외는 그들을 잊지 못하고 그들의 거취를 궁금하게 생각하고 있다.

● 〈샛강〉 유화 55×40㎝

어느 노부부의 귀거래사 歸去來辭

뻐꾸기 울음소리가 다정스럽게 들리는 초여름 휴일 오후 밭에서 일하고 있는 나를 아내가 불렀다. 흙 묻은 손을 털며 집으로 오니 집 앞에는 낯선 승용차 한 대가 서 있고 교양 있어 보이는 노부부가 정원에서 아내와 얘기를 나누고 있었다. 아내가 손님들에게 나를 소개했다.

노신사는 우리 동네를 지나다 집과 정원을 아주 아름답게 꾸며 놓아서 주인이 어떤 분인지 만나보고 싶어 들렀다기에 손님들에게 차와 과일을 대접하며 우리 생활의 실상을 들려주었다. 그 60대 초반으로 보이는 신사도 기업을 운영하던 분으로 회사를 정리하고 한적한 산촌에 들어와 텃밭이나 가꾸며 사는 것이 평소의 꿈이었는데 선생 같은 분을 뵈니 용기가 생긴다며 이곳 생활의 경험담과 조언을 들려달라고 간청했다.

나는 조언을 하기 전에 옆에 있는 부인에게 몇 가지 질문을 했다.

"부인께서는 전에 시골 생활을 해 본 경험이 있으십니까?"

"없습니다."

"백화점이나 영화관 등 문화생활은 자주 하십니까?"

"한 달에 한 번 정도요."

"이곳에 오시면 아무래도 쇼핑이나 문화생활과는 멀어질 텐데 그래도 괜찮으시겠습니까?"

"좀 불편하겠지만 이 양반의 의지가 워낙 강하니 어쩌겠습니까?"

그 부인은 이미 남편에 뜻에 따르기로 마음을 정한 것 같았다. 나는 그제야 이곳 생활의 경험을 바탕으로 그에게 4가지의 조언을 해주었다.

첫째는 전원생활에 대한 막연한 동경만으로 농촌으로 들어와서는 안 된다. 도시에서 꿈꾸던 농촌의 모습과 현실과는 너무나 큰 차이가 있기 때문이다.

둘째, 배우자의 지원이나 동의 없이 농촌에 들어온다면 부부간에 불화가 생기기 쉽고 전원생활의 재미를 찾을 수 없다.

셋째, 쾌락과 편리함 만을 추구하던 도시생활에 대한 환상은 이곳에 들어오는 날부터 버려야 한다.

넷째, 그곳이 고향이 아니라면 언젠가는 도시로 다시 돌아가게 될 것에 대비해서 재산을 완전히 정리하고 들어와서는 안 된다.

이러한 조건에 문제가 없다면 산속 오지에 들어온다 해도 충분히 전원생활을 즐거움으로 가꿀 수 있다. 가족 중 한 사람의 건강이 좋지 않아 공기 맑고 조용한 산속에 들어가서 요양을 하라는 의사의 권고에 따라 신병치료 차 들어오는 사람들도 많이 있다

요즈음 농촌을 떠났던 젊은 사람들의 귀농 붐이 일고 있지만 그들에게는 자금이 없어도 젊음과 야망이라는 커다란 재산이 있다. 그리고 그들은 농사를 지어 생계를 꾸려가야 할 절박한 사정을 가진 사람들이 대부분이다.

그러기에 어떠한 고생이 따르더라도 이를 극복해 내겠다는 의지로 농촌으로 돌아온 사람들이니 웬만한 난관은 극복할 수 있다.

그러나 노후에 자연을 벗 삼아 텃밭이나 가꾸며 유유자적悠悠自適하겠다고 농촌으로 들어오려는 사람들은 그들과는 마음가짐이나 처한 상황이 다르다.

그러기에 평소 품었던 꿈을 실천에 옮기기 전에 한 번 더 신중하게 생각해 봐야 한다.

나는 이상과 같은 요지의 설명과 함께 이곳에 들어와 생활하며 느낀 일들을 그 손님들에게 자세하게 설명해 주었다. 그들은 나의 얘기를 시종 진지한 표정으로 들어주었다.

내가 직감적으로 판단하기엔 그분들은 전원생활에 대한 남편의 의지가 강하고 부인도 시골 생활에 대한 어느 정도의 각오가 돼 있는 것 같으니 이곳 생활에 쉽게 적응하고 산골마을에서의 즐거움을 찾을 것 같았다. 부인은 나에게 방범 문제를 조심스럽게 물었다.

나는 "그 점은 안심하셔도 됩니다. 우리 주택단지에는 창문에 방범창防犯窓을 한 집은 우리 집밖에 없습니다. 그것도 처음 이사 와서 우리 집사람이 너무 허전해하기에 창문에 철창을 달았더니 이웃에서 다들 의아해했답니다. 특히 우리 동네는 10년째 범죄가 일어나지 않아 '범죄 없는 마을'로 지정되어 표지석標識石이 마을회관 앞에 세워져 있답니다." 라고 대답하니 적이 마음이 놓이는 표정이었다.

그들은 농장까지 세심하게 돌아보고 돌아가는 그들의 모습에서 어느 정도 마음을 정한 듯한 느낌을 받았다.

그들이 돌아가고 난 몇 달 뒤 그 신사분 내외가 선물 꾸러미를 들고 우리 집을 다시 찾아왔다.

그날 부부가 돌아가 마음을 결정하고 난 후 정착할 곳 물색에 나서 우리 집에서 약 5㎞ 떨어진 문호리 한강 변에 터를 잡고 2달 전 이사를 마쳤는데 이제는 어느 정도 이곳 생활에 적응도 되어 아주 만족스러운 전원생활을 하고 있다는 것이다.

처음 우리 집을 찾았을 때 나의 성실하고도 친절한 조언에 큰 용기를 얻어 결단을 내리게 됐다며 감사를 표했다. 우리 내외 역시 외로운 산속에서 마음을 쉽게 터놓고 지낼 수 있는 이웃이 생기니 더없이 반가웠다. 그것이 인연이 되어 우리 두 집은 서로 오가며 친분을 쌓아가니 전원에서의 생활은 즐거움이 더해 갔다.

0.4g 한 알의 약藥이
생명을 구하다

1998년 봄 회사에서는 정년 퇴직자들에게 재직 동안의 노고를 위로해 주기 위해 부부동반으로 3박4일 일정의 제주여행을 마련했다. 전해까지만 해도 퇴직자들에게 7박8일의 해외여행을 시켜주었는데 그 것도 해외여행의 복(福)이 없는지 올해부터는 예산을 절약한다는 핑계로 국내여행으로 계획을 바꿨다는 것이다. 정년 동기생들 기분은 좀 내키지 않고 언짢았지만 부부동반으로 20여 명이 제주 여행길에 오르게 됐다.

아침 8시 김포공항 로비에 도착하니 일행 10여 명이 와서 인솔자를 기다리고 있었다. 우리의 일행 중에는 드라마국 PD 출신이면서 나의 친구인 L군君도 있었다. 그 친구 내외와 반갑게 인사를 하고 여행 얘기를 나누려던 참인데 L군이 갑자기 가슴이 답답하고 아프다면서 드러눕는 것이었다.

순간 그의 얼굴은 창백해 졌고 손은 가슴을 감싸고 가쁜 숨을 몰아쉬었다. 그를 본 일행이 몰려 들었으나 어찌할 줄 모르고 우왕좌왕 할 뿐이었다.

한 사람이 119를 부른다며 공항 안내 데스크로 달려가는 것이 보였다. 환자는 가슴이 아프다며 비명을 질렀다.

이때 번개처럼 떠오르는 것이 있었다.

"니트로글리세린이다!"

나는 급하게 지갑을 뒤졌다. 나는 협심증 때문에 비상용으로 니트로글리세린 2-3알을 지갑 속에 지니고 있었다. 얼른 그 약 한 알을 꺼내 그의 입을 열고 혀밑에 밀어 넣었다.

그러고나서 약 1분이 지났을까 그는 한숨을 크게 쉬더니 혈색이 다시 돌아오고 거짓말처럼 부시시 일어나는 것이었다. 괜찮으냐고 물었더니 괜찮단다. 정말 신기한 일이다. 0.4g 밖에 안 되는 작은 알약이 사경의 그를 구했으니 그의 부인은 말할 것도 없고 주위에 있던 일행들은 놀란 가슴을 쓸어내리며 안도의 한숨을 쉬었다.

조금 있더니 119 구급차가 도착했으나 그는 이제 괜찮다며 여행을 따라나서려 했다.

나는 그를 말렸다. 이 니트로글리세린은 응급약에 불과하니 즉시 병원으로 가서 정밀진단을 받고 재발을 방지해야 한다며 떠밀듯이 그의 부인과 함께 큰 병원으로 보냈다. 나는 그 정도로 심한 증상은 겪어보지는 못했지만 협심증이나 심근경색에 관해서는 의사에게 들어 조금은 알고 있었기 때문이다.

병원으로 실려간 그는 정밀검사 결과 관상동맥의 일부가 막혀 있어 심장발작을 일으켰고 카테터 삽입시술로 막힌 혈관을 확장시켜 건강을 되찾았다.

여행을 다녀와서 그들을 찾았을 때 그의 부인은 내 손을 꼭 잡고 눈물을 글썽거리며 감사를 표했다. 치료를 담당한 의사의 말이 심장 발작을 일으켰을 때 니트로글리세린 처치를 누가 했느냐며 그때 투약을 안 했으면 심정지가 왔을 수도 있었다면서 그를 평생 생명의 은인으로 대접하라고 일렀다는 것이다.

나 자신의 비상시를 대비해 지니고 다니던 니트로글리세린 한 알이 친구의 귀중한 생명을 구한 것이다.

니트로글리세린을 혀밑에 넣으면 바로 혈관을 타고 들어가 뇌나 심장의 혈관을 확장시켜 피를 잘 통하게 하는 작용을 한다.

사람을 살상하는 무기를 만드는 다이나마이트의 원료인 니트로글리세린이 사람의 생명을 구하는 약품으로 쓰인다니 참 아이러니하다.

나에게서 증상이 없어진 뒤에도 나는 항상 니트로글리세린 2-3알을 지니고 다닌다. 언제 어디서 그약이 또한 생명을 구하게 될지 모르기 때문이다.

신앙심의 위력

내 친구인 보도국의 S 기자는 아주 독실한 불교 신자다. 사찰 순례를 좋아해서인지 산을 좋아해서인지 어림할 수는 없지만 그는 전국의 산을 안 가 본 곳이 없을 정도이고 산엘 가면 늘 그곳에 있는 사찰에 들러 작은 액수의 돈이라도 꼭 불전에 보시布施를 하고 온다.

하루는 등산 도중 자주 가는 사찰에 들러 법당에 들어갔다가 마침 주지스님을 만났다. 그리 넉넉지 않은 봉급쟁이가 사찰에 들를 때마다 시주를 하는 것도 어떤 때는 부담이 되는 것도 사실이었다.

그러나 이날은 잘 아는 주지스님이라 지갑을 꺼내 수표 한 장을 선뜻 내놓았다. 마침 그에게는 살고 있는 집의 2층을 전날 전세를 주고 받은 돈이 있었던 것이다.

그리고 돌아와서 이튿날 지갑을 들여다보니 200만 원짜리 수표 한 장이 감쪽같이 없어진 것이 아닌가? 곰곰이 생각해 보니 절에서 수표로 시주하고 돌아온 일이 생각났다. 내가 분명 10만 원짜리 수표를 내놓았는데 200만 원짜리 수표가 없어지다니.

아차, 내가 그만 착오로 200만 원을 내고 왔구나.

정신이 번쩍 들었다. '봉급쟁이가 200만 원 시주라니. 아무래도 이건 과하다.' 한참을 고민하던 끝에 사찰로 전화기를 들었다.

마침 주지스님이 받았다.

'저 서울의 S 아무개입니다. 저- 실은 어제 제가 보시를 하고 왔는데 10만 원을 한다는 것이 그만 200만 원짜리 수표를 드리고 온 것 같습니다. 죄송하지만…' 이렇게 사정을 해 보리라 마음을 먹고 전화를 했는데,

"아이구, 선생님! 웬 보시를 그렇게 많이 하셨습니까. 감사합니다! 저희 절을 증축하는 데 큰 보탬이 되겠습니다. 나무관세음보살."

그가 입을 떼기도 전에 주지스님이 먼저 감사의 인사부터 한다. 그러니 그 인사를 받고 어떻게 시줏돈을 돌려달라는 용기가 나겠는가.

"아, 예. 많지 않은 액수지만 유용하게 써 주십시오." 하고 수화기를 내려놓았다.

'그래, 부처님께 통 큰 시주 한번 잘 했다.' 하며 체념하고 나니 마음이 금방 편해졌다.

그 이튿날 오후 7시경, 퇴근길에 그의 차는 여의도를 건너 마포를 통과하고 있었다.

그곳은 5호선 지하철 공사로 몹시 복잡하고 어수선한 도로였다. 퇴근 시간이라 차들은 철제 복공판 위를 꼬리를 물고 느리게 통과하고 있었다. 그때 그의 머리 위에서 "꽝" 하는 굉음과 함께 그는 순간 정신을 잃었다.

정신을 가다듬고 눈을 떠보니 차 앞 유리창은 박살이 나고 십 미터쯤 되는 육중한 철제 아이 빔이 이마 앞에 가로 놓여 있었다.

공사장에 있던 인부들과 행인들이 차 문을 열고 달려들어 그를 구출해 내고 어디 다친 데 없느냐고 물었다. 차 밖으로 나온 그는 자기

의 몸을 만져가며 살펴봤으나 아픈 곳이나 상처 하나 없었다.

차를 보니 운전대 앞 후드보닛 위에 대형 철제 빔이 가로질러 놓여 있었고 떨어질 때의 충격으로 엔진 부분은 푹 꺼진 채 땅바닥으로 내려앉아 있었다. 그는 자기 앞에서 일어난 끔찍한 광경에 몸서리를 쳤다.

움직이는 차가 한 뼘만 앞서갔어도 그는 철제 빔에 깔려 목숨을 잃었을 것이다. 불과 30㎝의 간발間髮의 차差로 운명이 엇갈린다는 경우란 바로 이런 건가 보다.

이런 기묘한 상황은 우연이 아니라 자연을 초월하는 어떤 절대자의 힘이 작용했을 것이라고 그는 생각했다.

사흘 전 사찰에 시주한 일이 번개처럼 머릿속을 스쳤다. 그리고 자기가 죽음 직전에 몸에 아무 상처도 입지 않고 온전히 살아 있다는 사실이 그 일과 무관하지 않을 것이라는 믿음을 얻게 됐다. 그 후 그는 부처님의 보호막이 죽음의 문턱에서 그를 구출해 주었다는 믿음으로 더욱 열심히 절을 찾았다. 이게 신앙인가 보다. 그런 믿음으로 사람들은 교회나 성당, 사찰을 찾아 열심히 기도를 드리며 아낌없이 헌금을 하고 또 보시普施를 하는 것이리라.

얼마 전 나는 가장 사랑하던 친구들 중 한 명을 저세상으로 떠나보냈다.

그는 10여 년 전 여행길에 공항에서 심근경색으로 쓰러져 내가 지니고 있던 비상약 나이트로글리세린으로 생명을 구했던 바로 그 친구이다. 당시에 병원에서 관상동맥 카테터 삽입술 등 치료를 받고 완쾌됐으나 나이 일흔 고개를 다 넘기지 못하고 건강이 다시 악화되어 우리 곁을 떠난 것이다.

머리가 워낙 명석해서 명문 고등학교와 대학을 나왔지만 원만하지 못한 성격이어서 40여 년 간 우정을 쌓아오면서도 나와는 가끔 마찰을 빚기도 했다. 그러면서도 '고운 정 미운 정' 다 들어 그와는 떨어질 수 없는 사이였다.

우리들은 직장과 ROTC 동기들로 부부 동반 모임도 자주 가져 부인들끼리도 아주 친숙한 사이가 되었다.

그의 부인은 몇 년 전 교회에 나간다고 하더니 어느샌가 독실한 기독교 신자가 됐는지 모임에서 만나면 "우리 하나님이 보살펴 주셔서…"

"하나님께 열심히 기도했더니 바라던 일이 이루어졌어요." 하며 입버릇처럼 하나님을 찾는 일이 잦아졌다.

그런데 얼마 전 해외여행을 다녀온 그가 시름시름 앓다가 급기야 병원에 입원하더니 며칠 안 있어 위독하다는 소식이 들렸고 그 이튿날 세상을 떴다는 비보를 들은 것이다.

사람이 이렇게 허무하게 갈 수가 있는가. 한 달 전만 해도 그 특유의 까탈스러우면서도 자존심 강한 모습을 보여 준 그였는데 가다니….

비보를 듣고 빈소로 달려간 나는 영정 앞에서 무릎을 꿇고 앉아 눈물을 흘렸다. 이렇게 빨리 갈 줄 알았으면 그가 성질내는 대로 다 받아주고 맞서지도 말 것을 하는 후회가 물밀듯이 밀려오니 눈물을 참을 수가 없었다. 한참을 그의 영정과 마주하고 있다가 미망인에게 다가가 두 손을 붙잡고는 "죄송합니다. 저 친구가 살아있을 때 제가 더 잘해줘야 했는데…"하며 눈물을 흘리는데 부인은 의외로 담담했다. 40여 년 간 부부 동반으로 여행도 다니고 모임도 자주 가져 형제간이나 다름없이 지낸 사이인데 그토록 가까웠던 남편의 친구를 보면 우선 눈물부터 쏟아낼 줄 알았는데 그 부인은 눈물 대신 잔잔한 미소를 머금고 고인의 친구인 나를 위로하는 듯 했다. 조문객을 맞는 그의 가족들의 자세나 표정도 다르지 않았다.

사랑하는 가장을 떠나보내는데 어찌 슬프지 않겠는가. 슬픈 표정을 애써 억누르려는 것이겠지 하면서도 내가 지금까지 경험해 온 여느 초상집과는 분위기가 사뭇 다르게 느껴졌다.

조금 있더니 한 무리의 교회 신도들이 빈소로 들어왔다. 고별예배가 시작되는 모양이다.

이들을 맞는 미망인의 얼굴에는 생기가 돈다.

미망인이 몇 년 전 교회에 나가기 시작한 후 독실한 신도가 되어 권사란 지위까지 얻었다는 소식을 들었다.

처음 빈소에 들어섰을 때 친구의 영정 옆에는 십자가와 함께 위패에 이○○ 성도聖徒라 써 있는 걸 보고 이 친구도 결국 마누라 따라 기독교 신자가 됐다는 것을 알게 되었다.

그의 가족들이 사랑하는 남편과 아버지를 잃고도 왜 그렇게 담담했는가를 깨닫는 데는 많은 시간이 걸리지 않았다.

예배가 끝나고 미망인은 우리 조문객들이 앉아 있는 자리로 왔다. 예배 전보다도 더 안정된 표정이었다.

조문객들의 위로의 인사에 그 부인은 "하나님께서 좋은 곳으로 인도하셨는데요 뭐… 아기가 태어나 엄마 품에 안기듯이 그이는 지금쯤 하나님 품에 편안히 안겨있을 거예요." 하며 하느님과 교감하고 있는 듯 눈물을 머금은 부인의 눈빛은 더없이 평온해 보였다.

입관식과 발인, 화장을 거치는 며칠의 장례 과정이 진행되는 동안 그 가족들은 시종 엄숙하면서도 차분한 자세를 잃지 않았다.

장례 절차를 마친 후 부인은 "그이는 천당에 가서 좋은 자리를 잡아 놓고 나중에 우리를 맞을 거예요." 하며 가볍게 미소마저 지어 보였다.

종교를 가지고 있지 않은 나로서는 그의 장례 과정을 통해 가족들이 보여 준 신앙심의 위력을 느꼈다.

그 부인의 기도대로 그 친구가 하느님 품에 안겨 영생을 누리기를 기원한다.

우리 집 귀염둥이
'나미'를 떠나보내고

　근래 들어 도시나 농촌이나 나날이 늘어나는 길고양이가 골칫덩어리이다.

　수거해 갈 쓰레기봉투를 찢어 흩트려 놓는가 하면 발정기에는 온 동네를 돌아다니며 울부짖는 소리에 밤잠을 설치게도 한다. 우리 집 주변에도 길고양이들이 으슥한 곳만 있으면 서식처를 만들고 새끼를 낳아 그 수가 눈에 보이게 늘어만 가니 막을 도리가 없다.

　어느 봄날 집 현관 앞 데크 위에 귀여운 새끼 고양이 한 마리가 앉아 있기에 아내가 먹이를 주었더니 그 후부터는 매일 그 시간만 되면 와 앉아 돌아갈 생각을 않는다. 한두 번 먹이를 준 것이 버릇이 되어 어느샌가 그 고양이와 한 식구가 됐다. 원래 우리 부부는 주택에 사니까 개는 자연스럽게 키웠지만 고양이는 별로 좋아하지 않았는데 본의 아니게 한 가족이 되어버렸다. 이름은 '나비'라고 짓자고 했더니 너무 흔한 이름이니 '나미'라고 짓자고 해서 "나미"라고 불렀다. 그런데 고양이를 키우면서 보니 재롱과 애교가 여간이 아니다.

　개를 키우면서 느껴보지 못한 색 다른 재미를 발견하게 되어 나미에 대한 아내의 사랑이 점점 더 깊어 갔다. 우리 식구가 외출했다 돌아올 때 차가 언덕을 올라오는 소리가 들리면 어느샌가 달려 나와 갖은 재롱으로 반갑게 주인을 맞는다. 어느 날은 아침에 현관문을 여니 나미가 큰 쥐를 잡아 놓고 자랑이라도 하듯 앉아있었다. 물론 칭찬과 함께 좋아하는 간식으로 상을 주었다.

그러기를 3년쯤 되던 어느 추운 겨울날, 아침에 현관문을 여니 "야옹" 하며 반갑게 인사를 해야 할 나미가 보이질 않는다.

야생 고양이로 우리 집에 들어왔지만 한 번도 집 밖엘 나가 본 적이 없었던 나미였다. 점심때가 돼도 안 들어오고 저녁이 돼도 나미는 모습을 나타내지 않았다. 그 이튿날도 나미는 돌아오지 않았다. 짝을 만나 잠시 가출을 한 것이라면 다행이겠지만 찻길에 나갔다가 사고를 당한 게 아닌가 하는 걱정이 됐다.

시골길을 다니다 보면 차에 치여 죽은 야생 고양이들의 사체死體를 자주 보게 되니 십중팔구十中八九는 사고를 당했을 가능성이 크다. 날씨는 왜 그렇게 추운지 바깥 기온이 영하 15도를 가리킨다.

나흘째 되던 날 아침 현관문을 열고 나가던 아내가 "여보! 나미가 돌아왔어요!" 하고 소리친다. 뛰어나가 보니 몰라볼 만큼 야윈 나미가 밥그릇에서 허겁지겁 먹이를 먹고 있는 것이 아닌가.

"아니, 어디를 갔다가 이렇게 굶고 왔어?" 하며 몸을 들여다보니 이게 웬일인가 앞발에 여러 겹의 철삿줄 올무가 감겨 있는 것이었다. 앞 산엘 돌아다니다 노루나 멧돼지를 잡으려고 밀렵꾼들이 쳐놓은 올가미에 발이 걸려 나흘 동안 묶여 고생을 했던 것이다.

철삿줄을 끊어주려고 발을 들여다보니 올무에서 벗어나려고 얼마나 발버둥을 쳤는지 철삿줄이 조여들어 살을 파고 들어가 있었으며 피가 안 통한 다리는 이미 동상으로 얼음덩어리가 돼 있었다. 가까스로 니퍼를 사용해서 철삿줄을 끊어 주었다. 그 굵은 강철 줄을 이빨로 끊고

집을 찾아 돌아온 나미가 기특하고 고맙다는 생각이 들었다. 나미는 얼마나 허기졌던지 다리가 그 지경이 됐는데도 먹이를 단숨에 다 비워 버렸다. 현관에 있던 나미의 집을 집안으로 옮겨 동상을 입은 다리를 녹이고 보니 상처는 물 먹은 스펀지처럼 부풀어 올랐고 통증이 심한지 계속 "야옹 야옹" 하며 울어댔다.

아내는 나미가 불쌍하고 애처로워 눈물을 흘렸다. 우리는 즉시 나미를 양평 시내 동물병원으로 데리고 갔다. 수의사는 상처를 보더니 동상이 워낙 심해 최선을 다해 치료해 보겠으니 2주간 통원 치료를 해 보라는 것이다. 며칠을 병원을 오가며 정성을 다해 치료해 보았지만 상처는 점점 더 몸쪽으로 확대돼 갔다. 2주째 되던 날 수의사는 나미의 상태가 나빠지자 아내에게 안락사를 시켜야 할 것 같다고 제의했다. 우리도 나미의 상태가 호전되지 않는 걸 보고 마음의 각오는 하고 있었지만 막상 떠나보내야 한다니 충격이 클 수밖에 없었다.

결국 그날 우리 내외는 나미의 최후의 모습을 보며 가족을 잃은 큰 슬픔을 안고 돌아왔다. 올무에 걸려 며칠을 굶으며 집으로 돌아오려고 발버둥을 친 나미의 모습이 오랫동안 우리 내외의 마음을 아프게 했다.

● 〈치유의 숲〉 유화 50×38cm

펜션 유감遺憾

우리 국민들의 생활이 그리 넉넉하지 못했을 때 여름 휴가철 해수욕장이나 경치가 좋은 계곡 주변에는 여관 외에 민박이라는 숙박시설이 생겨나 시설이 비교적 괜찮아서 호텔이나 좋은 여관에 들 능력이 없는 행락객들을 위해 주민들이 실비로 방을 빌려주어 서민들의 사랑을 받기 시작했다. 그러다 국민소득이 높아지고 생활수준이 향상되면서 우리의 레저문화도 그만큼 격이 높아졌다. 이와 함께 생겨나기 시작한 것이 펜션이라는 새로운 개념의 숙박시설이다.

펜션Pension이란 말은 유럽의퇴직한 노인들이 연금을 받으며 민박을 경영해서 여생을 보낸다는 뜻에서 유래됐다고 한다.

정년 퇴직한 부부가 한적하고 경치 좋은 곳에 숙박시설을 갖춘 주택을 지어 찾아오는 여행객들에게 잠자리와 식사를 제공하고 낯선 여행객들의 말벗이 되어주며 노년의 외로움을 달래기 위해 생겨난 것이 펜션이다.

우리나라의 펜션도 2000년대에 들어서면서 바닷가나 주변경관이 수려한 자연 속에 하나 둘씩 생겨나기 시작했는데 별장처럼 고급스럽고 고즈넉한 분위기에서 휴식을 취하기에 안성맞춤이어서 가족단위의 여행객들에게 큰 인기를 끌기 시작했다.

휴가철 휴양지에서 흔히 볼 수 있는 기존의 민박시설보다는 가격은 좀 비싸지만 프라이버시도 보장되고 이용하기에 편리하다는 장점이 알려지자 이용객은 단시간에 폭발적으로 증가했고 펜션 운영자들도 수익 면에서 큰 재미를 보게 됐다. 예약은 보통 1개월 전에 인터넷으로 받고 숙박료는 예약과 동시에 전액 송금해야 예약이 확정된다.

내가 이 마을에 들어갈 당시만 해도 100호도 안 되는 동네에 펜션의 형태를 가진 민박이 한 군데에 불과했으나 수입이 짭짤하다는 소문이 퍼지면서 3년 만에 13곳으로 늘어났고 그 후에도 경관이 좋다고 생각되는 곳에는 자고 나면 펜션이 마구잡이로 들어서서 동네는 온통 펜션 천지가 돼 버렸다.

문제는 또 있다. 지방자치단체에서 펜션민박의 신축허가를 내 줄 때에는 주변환경이나 주민들에게 어떠한 영향을 주게 될 것인가를 면밀히 검토해야 하는데 타성에서 허가를 남발하면서 그로 인한 민원이 자주 발생하고 경관을 고려하다 보니 계곡 하천변이나 산기슭을 절개하고 그 밑에 건축물을 지어 여름철 폭우 시에는 산사태로 인한 인명피해의 위험이 항상 도사리고 있다.

고즈넉하고 조용하던 동네가 주말이나 휴일이 되면 행락객들이 동네를 누비고 다니고 밤이 되면 펜션에서 이용객들의 떠드는 소리로 동네가 소란스러워진다. 젊은이들의 MT인가 뭔가 해서 단체로 들어오면 술에 취해 고성방가는 보통이고 저희끼리 싸우는 소리에 이웃 주민이 펜션 주인에게 항의도 해 보고 경찰에 신고도 해 보지만 그때 뿐이다.

물론 전국에 있는 펜션들이 다 그렇다는 것은 아니다. 양심과 의식이 있어 펜션이 가진 본래의 뜻을 살리면서 휴식을 위해 찾아오는 여행객들에게 진정한 휴식을 제공하는 운영자들도 많을 것이다.

조용하고 아늑하던 동네의 모습은 간 곳이 없고 이렇듯 펜션으로 인한 폐해가 마을의 골치덩어리로 부상하자 마을 총회를 열고 해결책을 논의해 보았으나 마을 차원에서 해결될 문제는 아니었다.

군청에 문의한 결과 건평 230제곱미터(70평) 이하는 지정신청만 하면 민박을 할 수 있고 그 이상의 면적은 숙박시설로 허가를 받아야 하는데 요건만 갖추면 허가를 내 준다고 한다. 간판은 "민박"이라고 하든 "펜션"이라고 내 걸든 제약요건이 안 된다는 것이다.

이곳에 들어올 때는 자연 속에서 농사를 지으며 한적하게 살다가 늙어 힘이 다하면 다시 도시로 회귀 하리라 했는데 이제 이 동네가 우리 내외를 더는 머물지 말라고 내쫓는구나. 그렇다면 이런 환경 속에서 살아야 할 이유가 없어졌으니 돌아가자.

귀농歸農이 아니라 귀도歸都가 되는 셈이다.

나의 인생 제2막에 전원생활을 시작한 지 10년. 나이 60에 들어와서 7순에 떠나니 농촌생활을 즐길 만큼 즐겼다고 생각된다.

다시 도시 생활로 돌아가면서

사람이 90세까지 건강하게 산다 할 때 10년이란 세월은 그리 짧은 시간이 아니다. 나에게는 세월 가는 줄 모르게 지냈다지만 아내에게는 그야말로 인고忍苦의 시간이었을 것이다.

아내의 친구들이 찾아왔을 때 아내의 손을 잡고 이런 데서 불편해 어떻게 사느냐며 동정 어린 말로 위로하던 일이 생각난다. 그러자 아내는 "남편이 그렇게 원하는데 나 싫다고 혼자 보낼 수야 없지 않냐. 불편한 대신 좋은 면도 있겠지." 하며 말을 막았다.

사실 아내가 말없이 나를 따라나선 데는 한 가지 이유가 있었다. 퇴직이 가까워 올 무렵 나에게는 협심증 증상이 있었다.

어느 날 밤에 자다가 갑자기 왼쪽 가슴이 조여오는 통증과 함께 심장의 심박수가 몹시 빨라지고 호흡이 곤란해졌다. 가족들은 급히 119 구조대를 불렀고 병원으로 이송되는 도중 언제 그랬냐는 듯이 증상이 씻은 듯이 사라져 집으로 돌아왔다.

그 이튿날 서울대 병원에서 정밀 진단을 받은 결과는 심근경색이나 심장혈관이 막힌 것은 아니고 심장혈관이 경련을 일으키면 그런 증상이 나타난다는 것이니 그럴 때마다 혀 밑에 한 알을 넣어 녹이라며 "나이트로글리세린"이라는 약을 처방해 주었다. 그 후 증상이 있을 때마다 나이트로글리세린을 혀 밑에 넣으면 감쪽같이 증상이 사라지곤 했다.

　나의 건강 때문에 아내는 양평행을 선뜻 결정하게 된 것이다. 실제로 와 보니 전원생활을 하러 들어온 사람들 중에는 가족 중의 한 사람은 건강에 이상이 있어 요양차 들어온 사람들이 많았다.

　그것이 효험을 본 것일까? 이곳으로 이사한 뒤부터는 신기하게도 나의 협심증 증상이 완전히 없어졌다. 병원에서 정밀검사를 해도 이상 소견은 나오지 않았다. 게다가 체중도 많이 늘어 체력도 많이 좋아졌다. 가족 모두는 내가 좋은 공기 속에서 흙을 만지며 농사짓느라 끊임없이 몸을 움직인 것이 몸을 낫게 했다고 믿고 있다.

　아내의 경우도 이곳으로 들어오기 전까지는 차멀미가 심해서 먼 거리 여행을 해 본 적이 없었다. 남들이 흔히 가는 해외여행도 비행기 멀미 때문에 엄두를 못 낼 정도였다. 그런데 이곳으로 오고부터는 차츰 멀미를 덜 하더니 이제는 완전히 없어져 차를 타든 비행기를 타든 아내는 멀미를 완전히 떨쳐버릴 수 있게 됐으니 그것이 필시 건강이 좋아졌다는 증거로 우리 부부는 믿고 있다.

　이곳에 들어올 때만 해도 심각했던 건강이 몰라보게 회복된 것만으로도 우리 부부에게는 전원생활 10년이 충분한 보상이 되었다며 스스로 위안을 삼고 있다.

아파트 적응하기

전원의 조용하고 고즈넉한 주택에서 벌집 같은 아파트로 이사를 하니 예상하지 않은 것은 아니지만 갑작스러운 생활환경 변화에서 오는 충격은 나에게 여간 큰 것이 아니다.

나와는 달리 아내는 무척 좋은가보다. 서울을 떠난 지 10년만에 다시 시작하는 아파트 생활이지만 난생처음 아파트에 살아보는 사람처럼 좋아했다. 그러니 거기 사는 동안 아파트 생활을 얼마나 동경했었나를 짐작할 수 있겠다.

그러나 젊어서부터 농촌에서의 삶을 지향했던 것도 내 집 위에 집 있고 내 집 밑에 집 있어 마치 샌드위치 같은 중압감을 느끼며 살아가는 아파트 생활이 싫어서였는지도 모르겠다. 시골에서 올라오시면 사방이 아파트 건물로 꽉 막힌 우리 집이 답답해서 못 견디겠다 하시며 사흘도 지나지 않아 내려가시던 어머니의 성정을 이어받았나 보다.

내가 아파트 생활을 달갑게 생각하지 않는 또 하나의 이유는 남을 배려할 줄 모르는 이웃들이 너무 많다는 것이다.

그 중 대표적인 것이 층간소음이다. 이로 인해 친해야 할 이웃 간에 분쟁이 끊이지 않고 있고 심지어는 아래위층 간에 살인사건까지 불러오곤 한다. 누군들 층간소음을 반길 리가 없겠지만 남보다 신경이 예민한 나에게는 층간소음은 공포에 가까울 정도다. 이 아파트로 이사

하면서 나는 가장 큰 관심사인 위층 소음에 대해 먼저 살던 이에게 물었더니 "살아보시면 압니다." 하며 입을 다물고 가 버린다. 분명 조용하다는 얘기는 아닌 것 같으니 긴장이 될 수밖에 없다. 이사를 마치고 나서 내가 제일 먼저 한 일은 과일 상자를 사 들고 위층부터 찾아갔다. 마흔이 채 안 돼 보이는 부인이 인터폰으로 꼬치꼬치 물은 다음에야 현관문을 연다.

"저는 어제 이사 온 아래층 사람입니다. 앞으로 잘 부탁드립니다." 하고 고개를 숙여 인사했다.

나와 첫 인사를 나누는 위층 부인은 그리 따뜻해 보이는 인상은 아니었다.

같은 날 저녁 누가 초인종을 울렸다. 나가 보니 아래층에서 왔단다. 내 나이쯤 돼 보이는 노파가 입주를 축하하기 위해 왔다기에 반갑게 맞아 차를 한 잔 대접했다.

노인은 새 집주인이 이사 온다고 해서 관리사무소에 몇 식구이며 입주자의 나이는 몇 살이나 되느냐고 물어봤더니 6, 70대 두 부부라고 하기에 얼마나 기뻤는지 모른다며 우리를 진심으로 환영하는 인사를 했다. 그러고 나서는 우리도 두 부부만 사는데 이제는 위층 소음에 시달리지 않아도 되니 정말 다행스럽다는 말을 되풀이했다. 우리는 늙은 이 두 식구밖에 없고 살면서 소음으로 폐를 끼칠 일 전혀 없도록 하겠으니 안심하시고 좋은 이웃으로 지내자며 안심시켜 돌려보냈다. 앞으로 소음 일으키지 말고 조용하게 살라는 다짐을 받기 위해 온 것이라고 생각되기도 했지만 그들도 위층 사람들의 소음으로부터 얼마나 시달렸는지 짐작할 수 있었다.

그런데 우려했던 일은 우리 위층에서 벌어졌다. 오후쯤 되니 아이들이 뛰어노는데 시끄러워 견딜 수가 없다.

오늘은 이웃집 애들이 놀러 와 뛰어노니 그렇겠지 하며 그냥 지나쳤지만 다음 날도 또 다음날도 그런 상황은 계속됐고 심야에는 아이들 뛰는 소음은 없는데 자정이 넘도록 어른들이 쿵쿵거리며 걷는 소리, 물건 다루는 소리가 자정을 넘겨서까지 계속됐다. 초저녁잠이 많은 나는 한잠을 자고 위층 소음에 깨서는 통 잠을 이룰 수가 없어 앞으로 살아갈 일이 큰일이었다. 며칠을 그런대로 버틴 나는 경비실엘 찾아가 위층 소음 때문에 고통을 겪고 있는데 도대체 어떤 사람들이냐고 물어보니 근처 초등학교 교사인 부인과 회사원인 남편 그리고 초등학교 저학년 두 아이, 네 식구가 그 집에 세를 들어 산다고 한다.

또 그 집을 찾아가 사정하기도 그렇고 해서 내가 소음 때문에 잠을 잘못 자니 주인을 만나거든 조용히 좀 해주었으면 좋겠다고 전해 달라고 얘기해 놓았다.

그런데 더 큰 일은 그날 밤에 일어났다. 웬일인지 그날은 소음이 더 심해졌다. 새벽 1시가 되도록 발로 쿵쿵쿵쿵 울려대고 의자인지 무언지 육중한 물건을 올렸다 내던지고, 이건 심해도 너무 심하다. 우리 내외는 잠은커녕 공포를 느낄 정도로 불안했다.

그날 잠을 설치고 산책을 위해 집을 나서는데 경비가 "어제는 좀 조용했었죠? 제가 그 집 내외가 들어오길래 얘기를 했죠. 아래층에서 시끄럽댄다고…."

그 얘기를 듣는 순간, 아차! 내가 경솔한 짓을 했구나 하고 후회했다.

그날 저녁 아이들이 좋아하는 아이스크림 한 통을 사 들고 그 댁을 찾아갔다.

초인종을 누르고 기다렸으나 대꾸가 없다. 분명히 아이들이 떠드는 소리가 새 나오는데. 다시 한번 누르고 나서 한참 만에야 문이 열린다. 안주인이 차가운 눈빛으로 맞이한다. 나는 죄인처럼 고개를 숙이고 "어제 경비실에 신고를 했다고 화가 무척 나신 모양입디다. 덕분에 저희 집은 잠을 잘 못 잤습니다. 사죄드릴 겸 아이들이 좋아하는 아이스크림을 사 들고 왔습니다. 잘 부탁드립니다." 하며 인사를 했다. 생각 같아서는 '교양 있는 사람들이 그게 무슨 행태냐.'고 호통을 치고 싶었지만 약자의 신세이니 꾹 참는 수밖에 없었다.

그랬더니 그 부인의 대답이 "왜 그렇게 유난들을 떠세요? 그걸 가지고 경비실에까지 얘기를 하고…."

"그럼 그게 기분 나빠서 일부러 더 심하게 시끄럽게 하셨나요?"

"그렇습니다. 그건 안 받겠으니 도로 가져가세요. 안 받겠습니다." 하며 문을 쾅 닫아 버린다.

'흥부가 기가 막혀!'라는 속된 말이 이런 때를 두고 빗대 한 말일까? 70여 평생을 살아왔지만 이런 기가 막힐 사람 대접을 받기는 처음인 것 같다.

이렇게 막돼먹은 이웃이 있다는 사실이 믿어지지 않는다. 더구나 그녀는 아이들을 가르치는 초등학교 교사가 아닌가? 이런 인성人性이 모자라는 교사에게서 우리 아이들이 무엇을 배우겠는가? 나이로 본다면 나는 그 여인의 아버지 뻘이 된다. 만일 속이 깊은 여자라면 역지사지 易之思之라고 자기의 아버지가 나와 같은 처지에 놓일 수도 있다는 것을 상정해 볼 수도 있으련만.

아내가 위층에서 뭐라더냐고 묻기에 방금 전 내가 수모를 당한 얘기를 차마 못 하고 그냥 얘기가 잘 됐다고만 얼버무리고 말았다. 그러고 나니 그날 밤 통 잠을 이룰 수가 없다.

농촌 생활을 접고 돌아온 것이 후회스럽다. 산속의 적막을 깨는 소쩍새 우는 소리를 들으며 아내와 도란도란 옛 추억을 돌이키며 얘기를 나누던 그때가 그리워진다. 어쩌다 이웃집에 손님들이 방문해서 시끌벅적 밤새 떠들어도 모처럼 사람 사는 것 같고 정겹게 들렸었는데….

그러나 그 문제로 인해 지나치게 신경을 쓰다가는 거칠어지는 것은 내 심성이요, 망가지는 것은 내 몸일 테니 앞으로는 귀머거리가 되어 살자. 운이 좋으면 1년 반 뒤에는 세를 살고 있는 그들이 떠날 테니까.

그리고 얼마 후 외출을 하려고 엘리베이터를 기다리는데 우리 위층에 섰다가 내려온다. 유치원생 또래의 여자애가 타고 있다.

아내가 나에게 귓속말로 이 애가 우리 위층의 시끄럽게 뛰는 애라고 귀띔한다. 나는 마침 잘 됐다 싶어 그 아이에게 "아가, 네가 집에서 뛰면 이 할아버지, 할머니가 시끄러워서 괴롭단다. 조용히 해줄 수 없겠니?" 하고 그 아이에게 다정스러운 말로 부탁을 했다. 그랬더니 그 아이가 하는 말 "그렇게 시끄러우면 할아버지네가 이사 가면 될 거 아녜요!" 하며 엘리베이터가 1층에 서자 쏜살같이 뛰어나가 버린다. 우리 내외는 서로 얼굴을 쳐다보며 할 말을 잃었다. 머리를 망치로 한 대 얻어맞은 것 같다. 아니 예닐곱 살 어린이 입에서 어찌 그리 당차고 모진 말이 나올 수 있단 말인가? 과연 그 엄마에 그 딸이로다.

며칠 전 그 아이의 엄마에게서 강펀치를 맞더니 오늘은 그의 어린 딸에게서 어퍼컷을 맞아 두 늙은이가 그로기 상태가 되었다. 아래층으로부터 시끄럽다는 항의를 받은 그 집 내외가 "그렇게 시끄러우면 자기들이 이사 가면 될 것 아냐?" 하고 불평하는 소리를 그 아이가 옆에서 들었다가 우리에게 그대로 옮긴 것이라고 생각된다.

일본어에 '메이와쿠迷惑 めいわく'라는 말이 있다. 일본인들이 어려서 교육을 받을 때 가장 먼저 듣게 되는 말이고 일생 동안 강조되는 말인데 남에게 폐를 끼치지 않도록 하라는 뜻이다. 일본에 가면 사람들이 공중도덕을 잘 지키고 나보다 남을 먼저 배려하는 모습을 어디에서나 볼 수 있다. 어느 공공장소나 식당에 가든 부모와 함께 온 아이들이 떠들거나 뛰어다니며 장난치는 모습은 찾기 힘들다. 우리나라에서는 식당에서 아이들이 숨바꼭질을 하며 손님들의 정신을 빼도 부모들은 조금도 개의치 않는다. 근처에 앉은 손님이 아이들이 시끄럽지 않게 단속을 해 달라고 요구하면 불쾌한 표정으로 "아이들이 다 그렇지, 무얼 그런 걸 가지고 야단이예요?" 하며 아이들을 타이를 생각은 안 하고 오히려 손님들에게 쏘아붙이는 경우를 흔히 보게 된다.

군이 일본 사람들의 메이와쿠迷惑를 들먹일 필요도 없다. 우리도 남을 먼저 배려하고 폐弊를 끼치지 않는 생활을 하면 된다.

그것은 평소에 남을 먼저 생각하는 생활 태도만 가진다면 저절로 해결될 일인데 우리 위층의 여선생님은 자기의 딸 교육도 제대로 못 시키니 "시끄러우면 아파트를 떠나라"며 할아버지 할머니들에게 면박을 주는 아이들이 앞으로 얼마나 더 늘어날까 두렵다.

지옥과 천국을 오간 날

　1987년 11월 수능시험 날이다. 큰아이는 재수생이고 둘째는 처음 수능시험을 치른다. 시험을 앞두고 어느 집이나 다 겪는 일이지만 수험생 본인 보다도 부모들의 긴장감이나 불안감은 겪어 본 사람만이 알 수 있을 것이다. 더군다나 큰놈이 작년에 실패해서 올해 연년생인 두 아이가 함께 시험을 보게 됐으니 불안과 초조함은 극에 달할 수밖에 없다. 회사에 출근은 했으나 하루 종일 일이 손에 잡히지 않는다. 어느 날보다도 일찍 퇴근해서 아이들이 시험을 마치고 돌아오기를 기다렸다. 이윽고 작은놈이 돌아왔다. 아이의 표정이 밝다. "어떻게 봤니?" 엄마의 성급한 질문에 "네. 잘 본 거 같아요." 하며 밝은 목소리로 대답한다. 우선은 마음이 조금 놓인다. 그런데 큰아이가 늦는다. 들어올 때가 됐는데 안 들어오니 공연히 초조해진다. 사실은 작년에 시험에 실패하고 1년 동안 고생을 한 큰놈에게 신경이 쓰였다. 저녁때가 다 돼서야 큰아이가 들어왔다. 현관에 들어서는 큰아이의 입가에 미소가 번진다. 초조하게 기다린 엄마의 질문은 뻔하다. "밀려 쓰지만 않았으면 잘 본 거 같아요." 한 자락은 깔고 대답한다.

　긴 하루를 어떻게 보냈는지 모르게 저녁이 되고 교육방송의 정답 풀이 시간이다. 아이들이 저희 방에 들어가 정답을 보며 가상 답안지에 채점을 한다. 우리 부부는 거실에서 숨을 죽이며 이들이 채점을 끝내고 나오기를 기다렸다. 드디어 아이들이 채점지를 들고 나온다.

둘 다 환한 웃음으로 부모의 불안감을 씻어주려 한다. 아이들의 표정에 적이 안심한 나는 시험 보느라 하루 종일 제대로 먹지도 못했을 텐데 애들이 좋아하는 통닭을 사다가 풀어놓고 오랜만에 푸짐한 저녁을 맛봤다. 이 자리에서 둘 다 합격하면 설악산으로 여행 가자고 약속했다.

이제는 자기의 예상 점수에 맞는 대학에 지원하는 문제가 남아 있다. 작은 애는 이과理科를 가기 원하니 자기 점수에 맞는 대학에 소신껏 접수하도록 했다. 문제는 큰아이다. 본인은 올해도 작년에 지원했던 대학에 다시 원서를 넣기를 원했으나 어떠한 일이 있어도 아들을 삼수생으로 만들 수 없다며 안전하게 지원할 것을 고집한 엄마를 따르는 수밖에 없었다.

기대 반 불안 반 속에 드디어 합격자 발표날이 다가왔다. 작은애는 합격자 발표날이 하루 빨랐다. 지원한 대학으로 발표를 보러 간 작은애가 전화를 걸어왔다. "아버지, 저 합격했어요. 과 수석 합격이에요!"

순간 우리 집에서는 기쁨의 환성이 터져 나왔다. 이렇게 기쁠 수가. 이제 큰놈만 합격하면 된다. 작은애가 합격에 수석 합격이라니….

그런데 갑자기 큰애가 은근히 걱정된다. 내일까지 기다리는 게 왜 이렇게 조바심이 나고 불안해질까.

이때 그 대학에 교수로 있는 고등학교 친구 C군이 떠올랐다. 옳다. 이 친구가 학장으로 있으니까 미리 좀 알 수 있을 거야.

전화 수화기를 들었다. "내 큰놈이 자네 대학에 지원했으니 합격 여

부를 미리 좀 알 수 있겠나?" 했더니 "알았네. 기다려 보게."

그 시각 이후 좌불안석의 초조한 순간이 계속됐다. 전화벨만 울려도 가슴이 쿵쾅거린다. 일각이 여삼추-刻如三秋란 말이 이런 때를 두고 한 말인 것 같다. 10시가 지나서 그에게서 전화가 왔다. 그의 목소리가 힘이 없었다. "그게 말이야~" 하고 말을 주춤거린다.

"아들 이름을 찾아봐도 없는데~" 아이와 엄마의 입에서 나온 절규에 가까운 외마디는 "아니에요. 그럴 리가 없어요!"다.

아들은 이 사실을 믿으려 하지 않았다. "그럴 리가 없어요. 무언가 잘못 됐어요."를 되풀이하며 제 방으로 들어가 버렸다.

이 참담한 현실을 어찌한단 말인가. 작은아이도 어찌할 바를 모른다. 자기는 이미 합격, 그것도 과 수석 합격인데 형 때문에 합격의 기쁨을 누리지 못하고 소파 한쪽에 앉아 천장만 쳐다보고 있다. 큰놈이 들어간 방에서는 이따금 책상을 치는지 쿵쿵 소리가 들린다. 들어가 무어라 달랜들 효과가 있을 리 없으니 지켜만 봐야 했다. 두 번씩이나 시험에 실패했으니 못된 마음을 먹을까 봐 부모의 마음은 더 타들어 갔다.

이렇게 우리는 긴긴 초겨울 밤을 홀딱 새우고 아침이 밝았다.

8시쯤 됐을까? 전화벨이 울렸다. 이 이른 아침에 누가 전화를 건 거야 하고 수화기를 드니 어제 그 교수 친구가 "어이, 난데, 자네 아들 합격했어. 축하하네."

"뭐 무슨 소리야? 어제 자네가 확인했다며?" "아, 그게 말이야. 어제 내가 바빠서 내 조교한테 보라고 했더니 잘못 본 거야. 자네 아들이 수석합격이라 이름을 맨 꼭대기에 올려놨는데 번호순으로 합격자 명단에서 찾아서 착오를 일으킨 거야. 미안하이. 암튼 수석 합격을 축하하네."

이게 꿈인가, 생시인가~. 그러면 그렇지. 우리 네 식구는 서로 부둥켜안고 기쁨의 눈물을 흘렸다. 순식간에 우리 집은 절망에서 환희로 가득 찼다. 하룻밤 사이 우리 집은 이러한 반전反轉의 상황으로 지옥에 떨어졌다가 천당으로 올라간 기분을 만끽했다.

아이 엄마는 아무래도 그 교수 얘기를 못 믿겠으니 아침밥이고 뭐고 합격자 발표장으로 가서 확인해야겠다며 서둘러 집을 나섰다.

아침 9시 합격 방榜이 나 붙었다. 과연 아이 이름이 맨 위 수석 합격자에 적혀 있었다. 이로써 두 아이 모두 영예의 수석 합격의 영예를 안게 된 것이니 우리는 두 배의 합격의 기쁨을 나눴다.

그러나 이 상황은 참을성의 결여에서 비롯된 해프닝이다. 참고 기다렸으면 이런 마음고생을 하지 않아도 됐을 텐데 하는 후회가 생긴다.

이 사건(?)을 겪으면서 우리는 매사에 순리純理를 어기고 무리하게 일을 하다 보면 이런 역리逆理를 맞게 된다는 교훈을 뼈저리게 터득했다.

그날 나는 바로 속초를 향해 차를 몰았다. 시험을 본 날 합격하면 속초로 여행 가자고 한 약속을 지키기 위해서다. 이날따라 고속도로에는 함박눈이 펑펑 내려 거북이걸음으로 가야 했다. 그래도 좋았다. 펑펑 내리는 눈이 우리 아이들의 합격을 축하해 주는 것 같다.

벌써 30여 년이 흘러 아이들은 중년의 나이가 됐으니 세월은 참 빠르기도 하다. 매년 이맘때 대학 입시철만 되면 그날의 해프닝이 달콤한 추억으로 되살아난다.

● 지옥에서 천국으로 오른 날 설악산에서

산山을 오르며

OECD국가 중에서 우리나라가 기대수명이 두 번째로 긴 나라라는 사실을 알고 나는 눈이 번쩍 띄었다.

교통사고 사망률이 OECD 국가 중 최고라는 명예롭지 않은 뉴스들만 접하다가 이런 기분 좋은 소식이 들리니 말이다.

OECD 평균수명이 남자는 72세, 여자는 80세인데, 우리나라는 남자는 80.5세, 여자는 86.5세라고 한다.

우리나라 국민이 그들 나라에 비해선 소득이나 생활 수준도 그리 높지 않은데 그들보다 장수하는 원인은 어디에 있을까?

물론 우리 국민의 급격한 소득 증가에 따른 생활 수준의 향상과 의료기술의 발전이 국민의 수명 연장에 크게 기여했을 것은 분명하다. 그런 면으로 보면 우리보다 선진국들로 이루어진 OECD 나라들은 왜 우리에 못 미칠까 하는 의문이 생긴다.

어느 의학자는 그 이유를 우리나라에 등산登山 인구가 많아 그렇다고 한다.

우리나라는 산지山地의 면적이 전 국토의 70%를 차지하고 있어 전국 어느 도시를 가나 이름있는 산 한두 개쯤은 끼고 있어 마음만 먹으면 누구나 쉽게 산을 오를 수 있다.

게다가 요즘은 지방별로 산에 등산로와 둘레길을 잘 개설해 놓아 자기의 신체적 조건에 따라 아주 편리하게 이용할 수 있도록 해 놓았다. 내가 살고 있는 용인 수지의 광교산582m은 산세가 완만하고 흙길이어서 남녀노소 누구나 쉽게 오를 수 있어 좋다. 1,300만 명이 사는 우리의 수도 서울처럼 지척에 유명한 산이 많은 나라도 흔치 않을 것이다.

● 〈북한산의 가을〉 유화 35×28cm

국립공원으로 지정된 북한산과 도봉산, 관악산, 청계산, 수락산, 불암산 등이 서울시를 병풍처럼 둘러싸고 있어 시민들이 계절과 관계없이 자기가 사는 인근의 산을 즐겨 오르고 있다.

　평일에는 60대를 넘은 노년층과 여성들이 즐겨 오르고 주말이나 휴일이면 근교의 등산로는 원색의 등산복을 입은 시민들이 꼬리를 물고 몰려든다. 이렇게 등산의 붐이 일어나게 된 것은 각 지방자치단체별로 등산로 개설의 덕도 있겠지만 무엇보다도 시민들의 건강에 대한 인식이 높아진 데도 원인이 있다고 본다.

　우리나라 아웃도어 의류와 등산용품 시장의 연간 매출액이 10년 전 2천억 원에서 지금은 2조 원 대로 10배 이상 는 것만 봐도 우리나라의 등산 인구가 얼마나 늘었나를 한눈에 알 수 있다. 이러한 현상이 우리 국민의 건강을 증진시키고 결국은 수명 연장의 지름길로 이어졌다는 의학계의 논리가 틀린 게 아니었나 보다.

● 〈인수봉의 봄〉 유화 35×28㎝

마음만 먹으면 쉽게 오를 수 있는 산이 마을 주위에 많이 있어 도시락 하나만 챙기면 도시의 찌든 공기에서 벗어나 건강을 다질 수 있으니 등산 인구가 폭발적으로 늘어날 수밖에 없다. 토요일과 일요일이면 근교의 큰 산들은 등산객들로 포화상태가 되어 '사람에 밟혀 못 가겠다'는 불평까지 나올 지경에 이르렀다.

　내가 고등학교에 다닐 때만 해도 등산 인구가 많지 않아 산에 오를 때면 산짐승을 만나지 않을까 두려움을 느낄 때도 있었고 사람을 만나면 반가운 인사를 나누며 지나곤 했는데 지금 생각하면 격세지감을 느낀다.

　사람이 많이 모이는 장소에서 절실히 필요한 것은 공중도덕심과 남을 배려하는 마음가짐이니 산이라고 예외일 수는 없다.

　주말이나 휴일에는 좁은 등산로가 오르고 내려오는 등산객들이 꼬리를 물어 어느 쪽이 비켜주지 않으면 부딪히기 쉬운데 우리 속담에 '옷깃만 스쳐도 인연'이라고 하지만 이럴 때 좋아할 사람은 없을 것이다. 나는 거의 매일 산을 오르며 실천하는 것이 있다. 등산로가 좁아 어느 쪽이 양보해야 할 때는 내가 먼저 길을 비켜 상대편이 지나가기를 기다려 주는 것이다. 가끔은 상대편이 먼저 발길을 멈추고 기다려 주는 이도 있다. 이럴 때 나는 꼭 "고맙습니다!"라는 인사를 빼놓지 않는다. 그러나 길을 양보해 줄 때 고맙다는 인사를 하고 지나가는 사람은 아주 드물다.

　그냥 무표정하게 내 앞을 스쳐 지나가거나 여럿이서 재잘거리며 통과하면서도 눈인사 한번 안 주고 스쳐 지나갈 때는 못내 서운한 생각도 든다. 하긴 산에서뿐만 아니라 일상에서도 인사성이 인색한 우리들이니까 산에서라고 달라질 리 있겠는가.

어쩌다 길을 비켜줬을 때 "감사합니다!" 하고 지나는 등산객을 만나면 산행 내내 기분이 좋다. 이렇듯 사람을 기분 좋게 하는 한 마디 인사하기가 왜 그리 어려울까. 말로 표현하기 어렵다면 가벼운 눈인사나 미소라도 건네주면 좋겠다.

50년 만에
일의 멍에를 벗어던지다

내 평생을 돌이켜 보면 1963년 군장교생활로 시작된 나의 직장생활은 50년 가까이 공백 없이 지속됐다. 군에서 전역한 다음 날 KBS 아나운서로 출발해서 98년 정년퇴직까지 방송을 천직으로 알고 젊음을 바쳤고 퇴직을 하자 마자 곧바로 LG그룹의 정장호 부회장의 공익사업에 뛰어들어 12년을 지내다 보니 나의 소중한 노년老年의 시간이 어떻게 지나갔는지 모르겠다. 100세 시대가 코 앞에 다가오고 있다지만 어느 날 우연히 거울에 비친, 구부정하고 깡마른 몸에 주름진 얼굴로 변해버린 내 모습을 보고는 이제 더 이상 직장에 나가 젊은 사람들을 대한다는 일이 얼마나 구차하고 염치없는 일인가 깨닫고 나니 회사를 더 이상 나갈 용기가 나지 않았다.

지금까지는 직장생활을 하는 동안에 나는 나이를 잊고 살아온 게 사실이다. 친구들과 만났을 때도 나만은 친구들처럼 늙지 않았다는 착각에 빠지곤 했었다. 그러나 여느 때 같으면 출근해 있어야 할 시간에 집 거실에 앉아있는 나를 발견하고는 '아, 나는 한 인간으로서의 역할이 끝났구나. 이제 나도 탑골공원 같은 데서 배회하는 한 쓸모없는 늙은이에 불과한가.' 하는 회한悔恨의 감정을 억누를 수가 없었다.

이런 생각을 하다 보니 갑자기 온몸에 기운이 쭉 빠진다.

아니다. 그렇지 않다. 나는 80여 평생을 충실히 살아왔다. 내 인생의

3분의 2가 넘는 긴 기간 동안의 직장생활을 하면서 나는 내게 주어진 한 평생을 충실히 살아왔다고 생각한다.

그만큼 성실하게 내 가족과 사회와 국가에 성실하게 봉사해 왔으면 이제는 육신을 좀 쉬어도 되지 않겠는가.

이제 나에게 남겨진 시간은 얼마 되지 않는다. 곧 다가온다는 100세 시대 과연 그게 그렇게 반가운 건가? 그때까지 본인의 의지 대로 생각하고 생각대로 몸을 움직일 수 있으며 경제적인 능력이 있는 사람이 얼마나 될까?

그 세 조건 중 하나라도 잃어버린다면 그의 삶은 행복할 수 없을 것이다.

아무래도 나는 지금의 형편으로는 그 나이까지 이 세 가지 요건을 지탱할 자신이 없다.

그렇다면 이제부터는 나의 시간을 갖자. 나에게 주어진 귀중한 시간을 유유자적悠悠自適하며 보내자.

우선 영화가 보고 싶어 아내에게 제안하니 선뜻 따라나섰다.

얼마 만에 찾은 영화관인가. 푹신하고 안락한 의자에 거대한 스크린이 눈을 압도하니 어쩐지 낯설게 느껴진다. 우리가 젊었을 때는 '극장 구경'을 간다고 했다. 낡은 시설에 2층에서 나는 영사기 돌아가는 소리를 들으며 비비안 리 주연의 '애수哀愁', 잉그리드 버그만 주연의 '누구를 위하여 종은 울리나'를 보며 감상에 젖기도 했는데 오늘 호화로운 영화관에 앉으니 감회가 새롭고 격세의 감을 느낀다.

영화관람을 마치고 우리는 근처 레스토랑에서 점심을 함께 하니 옛날 연애할 때의 기분이 되살아 난 듯하다. 아내도 참 오래간만에 맛보는 부부간의 오붓한 시간에 감동했는지 사뭇 상기된 표정이다. 직장생활이 그렇게 쫓기는 것도 아니었는데 왜 진작 이러한 시간을 갖지 못했나 하고 생각하니 미안한 마음이 든다.

그날 이후부터 아무것에도 얽매이지 않는 자유분방한 나의 생활이 시작됐다. 서가 속에 묵혀두었던 한국문학전집을 읽기 시작했고 현관문만 나서면 숲이 우거진 광교산 등산도 일과로 삼았고 집에서 멀지 않은 텃밭에서 괭이질하며 각종 채소를 가꾸니 하루해가 언제 저무는지 모르겠다.

● 〈바닷가에서〉 유화 45.5×37.9㎝

이야기를 끝내며

긴 세월 동안 먼지 쌓인 이야기들을 꺼내놓고 보니 땅속에 묻어두었던 묵은지를 꺼내놓은 기분이 든다.

다소 신맛에 군내가 나기도 하지만 구미口味를 당기는 깊은 맛이 묵은지의 매력이기도 하다.

나의 35년의 방송 생활은 꿈같은 여정旅程이었다. 그 길에서 열정으로 일하는 보람과 기쁨도 한껏 누렸지만, 그 그늘에서 허탈감과 아픔도 맛보았다. 지내놓고 보니 그 모든 것들이 내 인생의 소중한 선물이었다고 생각된다.

6, 70년대 아나운서들의 요람이었던 남산 서울중앙방송국의 건물은 지금은 온데간데없고 오늘의 KBS는 그 옛날 우리들이 정열을 바쳐 방송했던 그 KBS가 아니니 쓸쓸하고 허전한 마음 비길 데 없다.

주머니에 달랑 차비밖에 없이 다녀도 궁窮하게 느끼지 않았고 구두가 헐어 뒤창 한쪽이 떨어져 나가면 한쪽마저 떼어버리고 걸으면 그만인, 여유와 낭만이 살아있던 우리의 남산 시절, 그때가 마냥 그립다.

가난했던 젊은 시절, 두 아이를 착하게 키우며 55년을 한결같은 마음으로 나와 함께 해 준 아내 김영희(金英姬) 여사에게 고마움을 표하며 비망록을 접는다.

마이크 뒤에 숨겨둔 이야기들

최평웅 지음

발행처	도서출판 **청어**
발행인	이영철
영업	이동호
홍보	천성래
기획	남기환
편집	방세화
디자인	이수빈	김영은
제작이사	공병한
인쇄	두리터

등록　1999년 5월 3일
　　　(제321-3210000251001999000063호)

1판 1쇄 발행　2023년 12월 10일

주소　서울특별시 서초구 남부순환로 364길 8-15 동일빌딩 2층
대표전화　02-586-0477
팩시밀리　0303-0942-0478
홈페이지　www.chungeobook.com
E-mail　ppi20@hanmail.net

ISBN　979-11-6855-200-5 (03810)